AF482412

DON BOTH'S

DESIRE ZONE

A.P.P.

Neuauflage
Teil 2 der Dangerzone-Reihe
Kontaktdaten:bethy86@hotmail.de
Persönliche Fragen, Meinungen, mehr Infos über die Autorin:
https://www.facebook.com/pages/DonBoth/248891035138778
Buchcover: Babels Art
Lektorat: Belle Molina, WORT plus
Korrektat: Sophie Candice
Weitere Mitwirkende: Isabella Kaden, Janine, Alice Steiger

Erschienen im A.P.P.-Verlag
Peter Neuhäußer
Gemeindegässle 05
89150 Laichingen
978-3-945786-65-9 mobi
978-3-945786-66-6 epub
978-3-945786-67-3 print

Über das Buch

Seraphina hat sich in der Welt der Gestaltwandler eingelebt, aber nicht zwischen den zwei animalischen Wesen entschieden, die sie besitzen wollen.

Von Liebe völlig ahnungslos lässt sich die junge Frau auf ein gefährliches Spiel ein, bei dem der Gestaltwandler-König Sun, seinen untergegebenen Ice und Seraphina auf erotischste Weise benutzt, unterwirft und quält.

Doch anstatt sich ihm endlich völlig hinzugeben stacheln seine Manipulationen Seraphinas Kampfgeist immer weiter an und die Gefühle für Ice werden immer stärker.

Letztendlich ist Sun ihr kleinstes Problem, denn Ash – der schwarze Werwolf – und Ajax – König der Spinnen – haben noch eine Rechnung mit ihr offen, von der sie noch nicht mal den Hauch einer Ahnung hat und die das gesamte Rudel der Gestaltwandler ins Unheil stürzen könnte …

Ab achtzehn Jahren! Denn der Titel ist Programm!

Mit diesem Buch sind die ersten beiden Teile der Dangerzone-Reihe ABGESCHLOSSEN.

Kapitel 1

Ich war so wütend auf Sun – diesen verflixten Arschkater. Dabei hatte ich noch vor ein paar Stunden gedacht, es gäbe eine Möglichkeit um vielleicht doch glücklich zu werden …

Es kam mir vor, als wäre er gerade eben noch in mir gewesen … Nach so langer Zeit war es ihm endlich gelungen, mich zu unterwerfen und ich hatte es aus vollen Zügen genossen. Doch unser kleines Abenteuer wurde abrupt unterbrochen, als Ice plötzlich vor uns stand – mein persönlicher Angeberwolf.

Endlich war er zu mir zurückgekehrt und fand mich mit einem anderen Mann vor. Ich würde nie den verlorenen Ausdruck in seinen Augen und den Schmerz, den sein wunderschönes Gesicht verriet, vergessen, als er mitansehen musste, wie ich mich einem anderen hingab.

Ice brach zusammen. Was nicht nur an dem Anblick von Suns und meinem verschlungenen Körper lag, sondern auch an der klaffenden Wunde an seiner Schulter. Fast wäre er gestorben, aber nicht an der Verletzung, sondern weil er das wollte. Gestaltwandler können nämlich nicht sterben, es sei denn, sie entscheiden sich dazu. Ich konnte Ice klarmachen, dass ich für ihn nicht verloren war, ihn überzeugen, dass ich ihn liebte, und offensichtlich besaß ich irgendwelche magischen Kräfte, um jemanden zu heilen, so auch Ice.

Ich war so glücklich. Ice war wieder da!

Dann hatte Sun alles zerstört! Dies war anscheinend eine seiner Spezialitäten!

***

Ich hatte genug davon, hier weiter unsinnig rumzuliegen und auf ihn zu warten, nur weil Sun es so wollte, auch wenn ich die letzten zwanzig Minuten seinem Befehl gefolgt war.

Mit einem Ruck setzte ich mich auf, sprang aus dem Bett und stampfte zur Tür.

Ich musste mit Ice sprechen, musste wissen, wie es ihm ging, was er in den letzten Tagen erlebt hatte, ob er vor Sehnsucht auch fast umgekommen war und ob es noch eine Chance für uns beide gab.

Der lange Flur, der einem immer endlos lang erschien und der nur eine Tür offenbarte, wenn man genau wusste, wo sich diese befand, indem man die Schritte abzählte, war leer, als ich aus Suns Zimmer trat. Zielsicher stieg ich die gewundenen, unebenen Stein-Treppen hinab und hörte schon von Weitem das Gejaule und die Trommelmelodien, die aus der riesigen, höhlenartigen Halle kamen. Da wurde wohl gefeiert. Obwohl ich keine Ahnung hatte, was das sein sollte. Mir gefiel es nicht da runterzugehen, weil ich die Energien der Gestaltwandler, die mit ihren inneren Tieren verbunden waren und mich immer aus dem Konzept brachten, bereits aus einiger Entfernung fühlen konnte, so stark waren sie. Aber ich ließ mich nicht abschrecken.

Auf der letzten Treppenstufe blieb ich stehen, drückte mich mit dem Rücken an den glatten Felsen und linste um die Ecke.

Die Höhle war in warmes Licht getaucht und erst nach ein paar Augenblicken fiel mir auf, dass wir uns im Inneren eines Vulkans befinden mussten, denn rot- glühende Lava floss träge die Wände herab. Sie kam jedoch niemals am Boden an und verbrannte alles in ihrer Umgebung, denn es war lediglich eine magische optische Täuschung.

Allerdings war es nicht das, was meine Aufmerksamkeit erregte. Automatisch schaute ich zuerst zu Suns Nische. Es war natürlich die oberste und größte, eingelassen in die rot schimmernden Wände, und keuchte auf, als ich den Arschkater erblickte, denn er war nicht allein!

Lava, die schönste, rothaarigste Frau, die ich jemals betrachten durfte, war bei ihm, ebenso der schwarzhaarige Igelkopf, welcher auf der Seite lag und aus einem Steinkelch nippte. Dabei beobachtete sie Sun, der mit ihr zugewandtem Rücken vor ihr stand.

Anscheinend war dieser eben aufgestanden und Lava die letzte Treppenstufe zu ihm hochgestiegen. Das Lächeln, welches er ihr schenkte, war geradezu umwerfend. Es war das Lächeln eines perfekten Verführers, aber es vermittelte auch Wärme. So sah er nur sie an. Seine weißen Zähne blitzten und meine Nackenhaare stellten sich auf, genauso, wie sich mein Bauch vor Verlangen zusammenzog. Noch vor einer Stunde hatte ich ihn in mir gehabt, so tief, mit Körper und Seele … Jetzt strich er Lava eine ihrer langen Strähnen hinters Ohr. Die Geste war so sanft, dass mir Tränen in die Augen traten.

Verdammt.

Ich mochte Lava wirklich gern. Sie war meine Freundin.

Was aber nicht hieß, dass ich sie nicht am liebsten von ihm stoßen und erwürgen wollte. Sie stand mit dem Rücken zu mir und hatte die Haare zu einem kunstvollen Zopf geflochten, aber ich konnte dennoch sehen, wie sie sich gegen Suns Hand lehnte, als er ihre Wange darin bettete. Und wie sie erschauerte, als er in ihre Haare fuhr, und sie auf die Zehenspitzen ging, während er seine wunderschönen Lippen auf ihre senkte.

Sie harmonierten optisch perfekt miteinander. Sie war bleich, er war braungebrannt. Er hatte raspelkurze schwarze Haare, sie strahlend rote lange. Ihre Körper waren makellos. Lang und drahtig. Seiner strotze vor Kraft, ihrer vor Anmut. Als wären sie füreinander erschaffen worden, schmiegten sie sich aneinander.

Sun küsste sie innig und tief. Dabei zog er sie mit einem bestimmten Ruck enger an sich und ich fühlte mich, als würde ich anstatt ihr keine Luft bekommen.

Hier runterzukommen war eine schlechte Idee gewesen, denn ich wollte das nicht sehen. Aber wegschauen konnte ich auch nicht. Ich konnte genau seine große Hand beobachten, wie sie die elegante Kurve ihres Rückens nach unten strich und dann ihre Backe packte. Er presste sie an sich und ich konnte, trotz des Geheules und Gejohles in der Halle, fast ihr überraschtes Stöhnen hören.

Ebenso registrierte ich sein überhebliches Grinsen an ihren Lippen, und ballte beide Hände zu Fäusten, verdrängte aber gekonnt die Tränen.

Plötzlich öffnete er die Lider und sein Blick traf direkt auf meinen. Auf der Stelle erstarrte ich wie die Beute, die ich für ihn wohl immer war. Er grinste breiter und sah mich direkt aus diesen raubtierhaft- glühenden Augen an. `Siehst du es?`, schien der Ausdruck in ihnen zu sagen. `Du willst das sein, gib es zu.`

Als er sicher war, meine Aufmerksamkeit zu haben, schwang er Lava herum, sodass sie mit den Händen an der Wand lehnte. Sie streckte ihm wie eine rollige Katze instinktiv ihren kleinen wohlgerundeten Hintern entgegen. Langsam rieb er sich an ihr, bis sie die Beine spreizte und den Oberkörper etwas nach vorne beugte. Seine Lippen wanderten über ihren glatten Rücken, dann warf er mir noch einen einzigen, absolut gelangweilten Blick über seine Schulter zu.

Ich zuckte zusammen, als hätte er mich geschlagen, denn ich wusste, was er gleich tun würde.

Um ein Aufschluchzen zu verhindern, presste ich schnell beide Handflächen gegen meinen Mund. Dann drehte ich mich um, schob mich an der Wand entlang, um die Ecke, sodass ich aus seinem Blickfeld verschwand und schloss die Augen. Noch mehr konnte ich nicht ertragen. Es war zu viel.

Schluchzer bebten durch meinen Körper, aber ich ließ sie nicht raus. Ich spannte alles in mir an, um den aufwallenden, hysterischen Heulanfall zu unterdrücken und lehnte meine Stirn dabei gegen den kühlen Stein, während ich versuchte, ruhig zu atmen. Ein und aus … Ein und aus …

Die Genugtuung würde ich ihm nicht geben, dass ich wegen meiner Gefühle für ihn zusammenbrach. Wenn er andere nehmen wollte, dann sollte er das tun.

Mich würde er nicht mehr bekommen.

Schon jetzt bereute ich, mich ihm hingegeben, ihn in mein Herz gelassen, ihm vertraut zu haben. Tatsächlich hatte ich gehofft, ich wäre fortan die Einzige.

Humorlos lachte ich auf, aber das ruinierte fast meine Nichtheul-Fassade und ich musste mich erneut anstrengen, um die Tränen zu verdrängen. Ich war nie die Einzige für ihn gewesen, seine Nummer eins würde immer Lava bleiben. Auch wenn er für mich starke Gefühle zu haben schien, so hatte das nichts mit seiner körperlichen Beziehung zu den anderen zu tun. Sun würde mir nicht treu sein, stattdessen mit seinen Fingern immer andere Frauen berühren, sie mit seinem Lächeln verzaubern und mit seiner Stimme berauschen. So sind Gestaltwandler eben.

Es tat weh. Zu wissen, was er jetzt mit der hinreißenden Lava machte, fühlte sich so an, als würde ich innerlich verbrennen.

Meine Beine drohten nachzugeben und ich ließ es geschehen, rutschte an der rauen Wand hinunter und setzte mich schließlich auf die Treppenstufe. Mein Kopf landete in meinen Händen und ich starrte blicklos auf den Boden. Ich versuchte mit dem tobenden Schmerz in mir klarzukommen, der immer noch drohte, mir die Luft zu rauben und mich losheulen zu lassen. Nein, wegen Sun würde ich nicht heulen! Stattdessen würde ich ihn aus meinem Herzen verbannen, obwohl ich befürchtete, dass mein Körper immer ihm gehören würde. Meine Finger verkrallten sich verzweifelt in meinen Strähnen.

Plötzlich fühlte ich eine Hand auf meinen Haaren und ich stockte, ebenso wie mein Atem. Die Finger strichen sanft meine noch ein wenig nassen, absolut wirren Locken hinab, zart über meinen Kiefer und legten sich schließlich tröstend unter mein Kinn.

Ich wusste schon, wer vor mir stand, noch bevor er mein Gesicht anhob, aber niemand konnte mich darauf vorbereiten, was sein Anblick in mir anrichten würde. Mir wurde warm, geradezu heiß. Die Hitze strömte direkt in mein Herz und belebte es wieder, nachdem, was Sun mir angetan hatte.

Ice. Es war Ice, und sein Daumen streichelte über meine Unterlippe. Seine Berührung hinterließ ein Kribbeln auf meiner Haut und ich musste dem Drang widerstehen, aufzuspringen und ihm um den Hals zu fallen. Aber dann hätte ich losgeheult und das wollte ich vermeiden.

Stattdessen saß ich hier unten und nahm das stattliche Bild seines unbekleideten Körpers in mich auf, denn hier trug niemals jemand irgendwas. Die Bauchmuskeln, welche von unten noch ausgeprägter schienen, die makellose Haut, weiter nach oben über die glatte, gut definierte Brust, den langen Hals hinauf, und schließlich in sein ebenmäßiges Gesicht, dessen scharfe Züge genau zu erkennen waren, weil er das schulterlange hellbraune Haar wieder zurückgebunden hatte.

Der Schmerz und die Wut waren verschwunden. Seine eisblauen Augen funkelten warm, sein Ausdruck weich und mitfühlend. In meiner Brust löste sich ein Knoten, als ich sah, dass er nicht mehr wütend auf mich zu sein schien. Dennoch flüsterte ich mit zittriger Stimme: »Es tut mir leid, Ice …«

»Shhh … « Sanft legte er seinen Finger auf meine Lippen. Dann ging er anmutig vor mir auf die Knie, und ich hatte schon wieder Probleme mit der Luftzufuhr, denn sein ernstes Gesicht war so nah. So schön.

»Es tut *mir* leid«, raunte er mit dieser leicht heiseren Stimme, die ich so sehr vermisst hatte. »Ich hätte dich nicht alleine lassen dürfen. Ich wusste, dass du ohne mich nicht zurechtkommst.« Ich schüttelte den Kopf, doch er sprach weiter. »Ich hätte wissen müssen, dass er es schafft, dich einzuwickeln. Er ist *der* Meister darin … Es ist sozusagen seine Spezialität … Ich mache dir wirklich keinen Vorwurf daraus, aber das Bild von euch beiden, von deinem zerbrechlichem Körper unter ihm …« Er kniff die Augen zusammen und runzelte die Stirn, als hätte er Schmerzen, und ich spürte, wie mein Herz brechen wollte. »Euch so zu sehen und zu wissen, dass ich dich an ihn verloren habe, noch bevor es zwischen uns anfing … Ich habe noch nie etwas so Schmerzhaftes gefühlt. Meine körperlichen Wunden waren nichts dagegen. Ihnen hätte ich noch standhalten können, aber nicht dem Anblick von euch beiden vereint.«

»Nein, Ice …«, erwiderte ich und musste mit den Fingerspitzen seine Wange berühren. Es war wie ein Zwang, der mich in seine eisigen Tiefen zog. »Du hast mich nicht verloren. Ich war immer dein, auch wenn du nicht da warst, auch wenn ich es mir nicht eingestehen wollte. Ich wollte zu keinem außer zu dir gehören aber sie ließen mir keine Wahl. Ich habe dich so vermisst.« Jetzt rannen die Tränen still und leise über meine Wangen. Er blähte die Nasenflügel und wischte sie weg.

»Ich hab dich auch vermisst, Seraphina«, flüsterte er rau. Während er mit den Fingerspitzen in meine Haare fuhr und mich kraulte, schloss ich vor Wonne die Augen. Ich ließ meinen Kopf ein wenig nach vorn fallen und konnte mich gerade so davon abhalten, laut zu stöhnen. »Für dich kann ich meine Bestie unter Kontrolle halten. Glaubst du mir das?« Wortlos nickte ich, fühlte nur seine Finger, die zurückwanderten, seinen Daumen, der meinen Wangenknochen streichelte, seinen süßen Atem, der auf mein Gesicht traf. »Als wir die Zyklopen fanden und sie nicht mit sich reden ließen, sondern uns angriffen, habe ich dich gesehen, Seraphina. Ich habe gesehen, wie du stirbst. Das hat mir meinen Kampfwillen genommen. Auch wenn du für mich nicht dasselbe empfindest wie ich für dich, so muss ich dich in Sicherheit wissen.«

Fast hätte ich gelacht. Er dachte immer noch, ich würde nichts für ihn empfinden, dabei wusste ich es mittlerweile besser. Also summte ich leise.

»Hast du auch gehört, was ich dir sagte, als du mich gesehen hast?« Ich musste schlucken und fühlte Röte meine Wangen hochsteigen, denn ich wusste nicht, ob ich es ihm noch einmal offenbaren konnte. War ich mutig genug?

Vorsichtig öffnete ich die Augen und sah, wie er seinen Kopf schüttelte.

»Nein. Ich habe dich nur gespürt und gesehen, aber nichts gehört«, murmelte er. Ich atmete tief durch, lehnte mich vor und meine Stirn gegen seine, schloss die Augen erneut und sog seinen kräftigen würzigen Duft ein.

Plötzlich fühlte ich mich so schwach. So, als würde ich zerbrechen, wenn er mich nicht stützte. Konnte ich ihm noch einmal sagen, dass ich ihn liebte?

»Ich hasse deine Bestie nicht. Ich hasse dich nicht …«, fing ich stockend an und nahm seine großen, starken Hände in meine. Ich brauchte allen Halt, den ich kriegen konnte. »Ich weiß doch, dass du mich nicht hasst. Es war so dumm von mir, wie ich reagiert habe …«

»Ice …«, unterbrach ich ihn und wir sahen uns an.

»Was?«, hauchte er gegen mein Gesicht und ich konnte so viel Zärtlichkeit in seinem Blick erkennen, dass ich ihm allein dafür mein Herz, eingewickelt in Geschenkpapier, freiwillig als Präsent überreichen wollte.

»Ich …« Hart schluckte ich an dem Kloß in meinem Hals vorbei. Mein Mund war wieder staubtrocken und meine Hände wurden schweißnass. Er musste es erfahren, bevor er mich noch einmal verließ. Oder bevor dieser Moment durch irgendetwas zerstört wurde.

»Welchen Teil von: nicht sprechen, nicht ansehen, *nicht berühren,* habt ihr zwei eigentlich nicht verstanden?« OH, heiliger Mist! Das war eindeutig Sun. Und er klang nicht amüsiert.

Ice versteifte sich genauso wie ich und löste seine Stirn von mir. Er stand auf, ohne sich umzudrehen und ich war froh, dass sein Körper Suns Anblick verbarg, denn ich wollte gar nicht sehen, wie wütend er jetzt war.

»Ihr kanntet die Regeln!«

Ice ließ seine Schultern hängen. »Es tut mir leid, Meister«, flüsterte er leise, doch ich schüttelte den Kopf und sprang auf.

Bevor beide etwas tun konnten, hatte ich Ice umrundet und stand vor Sun. Meine eigene Wut half mir dabei zu verdrängen, was tief in diesem orangenen Inferno seiner Augen glühte.

»Ach? Du darfst mit anderen sprechen und sie berühren? Du darfst das alles und noch viel mehr direkt vor meiner Nase tun, aber mir ist das nicht gestattet?«

»So ist es«, bestätigte er und klang dabei wie die Ruhe selbst, bevor er meinen Arm packte. Sein Griff war eisenhart und ich keuchte auf. Wortlos schleifte er mich die Treppen rauf. »Komm, Ice …« Lässig winkte er ihn hinterher. Ice setzte sich mit hängenden Schultern in Bewegung, als ich einen Blick nach hinten riskierte.

Mein Herz fing aus Protest regelrecht in meiner Brust an zu trommeln. Was würde Sun jetzt mit uns tun? So wie seine heiße Energie gegen mich peitschte und das nicht aus Leidenschaft, würde es nichts Gutes sein.

Der Arschkater zerrte mich in sein Zimmer und ich hörte, wie Ice die Tür leise hinter sich schloss. Die Wände waren heute auch hier glühende Lava. Sahen fast so aus wie Suns Augen und mir wurde gleichzeitig heiß und kalt, als er einige Augenblicke dastand und auf mich herabblickte.

»Hat er dich geküsst?«, fragte er. Ich schüttelte den Kopf, denn mein Mund war zu trocken zum Sprechen. »Dein Glück«, sagte er leise, aber hart.

»Runter!«, war das Nächste, was er von sich gab. Ich schaute fragend an seiner Schulter vorbei zu Ice, der mit dem Rücken an der Tür lehnte und so heftig atmete, als wäre er ein Tier in einer Falle.

»Du wirst *mich* ansehen! Nicht ihn!« Sun drehte mein Gesicht mit einem Ruck zurück und ich war gefangen in der Glut dieser funkelnden Infernos. »Runter auf die Knie! Ich werde es nicht noch einmal sagen.« Er formte die Worte langsam für mich, sodass ich sie auf jeden Fall verstand.

Ich blickte ihn nur an und verengte meine Augen.

»Gut«, zischte er leise, drohend … »Dann sollten wir deine Strafe vielleicht auf Ice umwälzen? Er wird sich nicht wehren. Kein bisschen. Egal, was ich tue. Ich habe im Gegensatz zu dir lange Krallen und spitze Zähne, außerdem eine ausgeprägte Fantasie und ich stehe auf Blut …«

Prompt fiel ich auf die Knie. Aua, das tat weh!

»Du Bastard«, giftete ich ihm von unten zu, doch das brachte ihn nur zum Lächeln. Es war ein eiskaltes Lächeln, das nur ein wenig seine Mundwinkel hob, eben das Lächeln eines skrupellosen Killers, der zu keinerlei Emotionen fähig ist und der sich nimmt, was er will, ohne Rücksicht auf Verluste. War das hier der Mann, der noch vor zwei Stunden so zart, so mitfühlend und so liebevoll zu mir gewesen war? War das der Mann, von dem ich dachte, er würde mich lieben?

Als ich mich daran erinnerte, wie wunderbar er gewesen war, wie er mich berührt hatte und ich in diese Augen blickte, überschwemmte mich Erregung, ob ich wollte oder nicht. Sun war anziehend, verführerisch, selbst hier in der roten Glut, die von den Wänden auf ihn herabstrahlte. Dafür, dass ich so empfand und so hilflos war, hätte ich mich selbst treten können.

Ich schloss die Lider, um ihn nicht mehr sehen zu müssen.

Ich wollte ihn nicht mehr so fühlen, tief in mir, immer und immer wieder, doch die Erinnerungen waren zu stark und zu frisch. Mein Inneres wollte sie nicht vergessen. Niemals. Egal, was er getan hatte und was er tun würde: mein Körper lechzte mit jeder Faser nach ihm.

»So voller gebrochenem Stolz und doch am Auslaufen.« Sun hörte sich amüsiert und äußerst zufrieden an, aber die Kälte verließ trotzdem nicht seine Stimme. »Ice, komm doch näher zu uns …« Ich öffnete die Augen wieder als ich spürte, wie sich blaue Erfrischung in die orange-glühende Hitze mischte, die durch mich loderte, allerdings ohne mich zu reizen, zu streicheln oder zu befriedigen.

»Stopp!« Ice stand jetzt direkt neben uns. Ich hätte ihn berühren können, wenn ich meinen Arm ausstreckte, aber ich wusste, dass ich es nicht tun durfte, weil ich damit nur alles schlimmer machen würde.

»Ich würde sagen, wir werden sie gemeinsam in die Künste der Lust und Leidenschaft einführen. Du gibst die Anweisungen. Ich genieße natürlich«, verkündete Sun sachlich. Als Antwort bekam er ein Knurren.

»Ice«, warnte Sun, »beherrsch dich.«

Konnte sich das Blut gleichzeitig in meinen Wangen sammeln und sie verlassen? Mir war das alles schon jetzt peinlich. Ängstliche Spannung baute sich in mir auf, aber auch etwas anderes: ein Pochen zwischen meinen Beinen, ein Verlangen, das mir den Atem raubte, je länger ich hier unten kniete und nicht wusste, was genau Sun mit uns beiden vorhatte.

Zum Glück, oder besser gesagt zu meinem Unglück, drückte sich Sun jetzt klar und deutlich aus, und ich wollte im Boden versinken, oder aber zwischen den beiden schönen Männern auf dem Bett liegen, sie küssen, sie berühren, sie fühlen … Oh Gott! Nun war ich wirklich knallrot und ich schloss erneut die Augen, schüttelte den Kopf, um derartige Bilder zu verbannen.

»Ich will diese Lippen auf mir, Ice. Sag ihr, was sie zu tun hat. Jetzt.« Suns Stimme hatte den Kommandoton angenommen, den man wohl entwickelt, wenn man jahrelanger Herrscher über eine Rasse ist. Keinen Widerspruch duldend, weder von mir noch von Ice. Mir wäre es egal gewesen, wenn ich nicht gewusst hätte, dass Ice nur auf eine Chance wartete, um die Strafe auf sich zu nehmen.

Mir war klar, dass diese tausendmal schlimmer ausfallen würde als das hier. Sie hätte mit Schmerzen zu tun, was ich keinesfalls zulassen würde. Deswegen öffnete ich wieder die Augen, blickte zu Ice, der jetzt fast neben Sun stand, und nickte. Er schluckte sichtbar, seine Sehnen am Unterarm drohten die Haut zu sprengen, weil er die Hände so fest zu Fäusten ballte. Dann schloss er die Lider und sagte emotionslos:

»Berühre ihn mit den Fingern, erkunde ihn, mach dich vertraut …« Und ich visierte das allererste Mal ein männliches Geschlechtsteil mit voller Absicht an und keuchte. *Das* sollte vorhin in mir gewesen sein? Jetzt war es klar, wieso es mich fast zerrissen hatte! Er war nicht nur lang, sondern auch dick und gerade, von Adern durchzogen.

Er war so steif, dass er fast Suns Bauch berührte, und als ich ihn betrachtete, fühlte ich, wie sich Muskeln tief in mir anspannten, weil sie ihn umschließen wollten. So, wie sie es schon einmal tun durften.

Ich hob meine Hand und berührte den Ansatz mit zitternden Fingerspitzen. Die Haut war samtig weich und die krausen, schwarzen Haare kitzelten mich. Langsam fuhr ich nach oben, die Adern nachzeichnend. Als aus der Spitze ein durchsichtiger Tropfen quoll, verstrich ich ihn über die glatte Rundung. Sun zischte und seine Härte zuckte. Automatisch blickte ich fasziniert nach oben.

Fast hätte ich gekeucht, als ich merkte, wie er mich ansah. Seine Augen hatte alles Menschliche verlassen. Sie glühten so stark wie niemals zuvor. Die Lust nach Fleisch, Blut und Sex, die er ausstrahlte, raubte mir fast den Atem und trieb meine Erregung höher, weiter … Faszinierend. Ich strich mit meinem Zeigefinger erneut über die Spitze und sah, wie sich die Muskeln in Suns Kiefer verhärteten. Das gefiel mir und ich berührte ihn erneut. Sein Mund öffnete sich zu einem leisen Keuchen. Leicht grinsend wiederholte ich mein Tun und der Muskel seiner Wange zuckte. Diese kleinen Reaktionen von ihm genoss ich zutiefst und spürte sie bis in jedes Nervenende.

»Ice, genug gespielt!«, presste Sun zwischen seinen Zähnen hervor. Ich hätte fast gekichert, weil er meine Hand packte und von sich abhielt, bevor ich weitermachen konnte.

»Aber sie hat deine Eier noch nicht erkundet …« Es war Ice deutlich anzusehen, dass er ihn ärgerte. Sun knurrte und ich musste nun doch kichern. Auch wenn das hier eine Strafe sein sollte, so war es doch eher mit Spaß zu vergleichen.

Sobald die Scham von der Erregung überflutet worden war, hatte das demütige Gefühl in mir aufgehört zu wüten und war anderen, heißeren, interessanteren Gefühlen gewichen.

Ice verdrehte die Augen, als ich lachte – wohl aus demselben Grund, der mich amüsierte. Was für eine Strafe! Für ihn schien es auch nicht sonderlich schlimm zu sein, dass ich statt ihn Sun berührte, solange er dabei sein konnte, um auf mich aufzupassen.

»Also, genug gespielt, Seraphina. Jetzt beginnt der Ernst des Lebens als Frau«, verkündete Ice mit einem gespielt strengen Lehrerton. »Befeuchte deine Lippen.« Ich tat wie mir befohlen. »Sammel deine Spucke.« Eifrig sah ich zu ihm hoch und befolgte seine Anweisungen. »Jetzt nimm ihn in den Mund, ganz vorsichtig und lass die Zähne weg. Vorerst ...« Das schien Ice sehr wichtig zu sein. Also beugte ich mich vor, umfasste ihn automatisch mit einer Hand und stülpte meine Lippen über die pralle Spitze, wofür ich den Mund ein wenig aufreißen musste. Ich schmeckte etwas bitterlich Süßes und war mir sicher, dass dies nicht Suns Eigengeschmack war. Ob das Lava war? Ob ich ihn abbeißen konnte? Meine Gedankengänge wurden prompt unterbrochen, denn Sun stöhnte, sobald ich ihn im Mund hatte. Ice stöhnte ebenfalls, nur klang der eine erregt und der andere zutiefst gequält.

»Umkreise die Eichel mit der Zunge.« Ja, Ice hörte sich eindeutig gequält an und noch heiserer als sonst, als ich zu ihm hochsah, um mich zu vergewissern, ob ich alles richtig machte.

Ich erschrak vor dem dringenden Verlangen in seinem hellblauen Blick. Seine Hand wanderte über seine Bauchmuskeln herab – langsam – fast, als würde sie aus eigenem Antrieb handeln. Sun ließ den Kopf nach hinten fallen, während ich tat wie mir befohlen, und murmelte mit geschlossenen Augen: »Wehe, du berührst dich selbst, Ice.« Ice nahm die Hand von sich, presste die Zähne zusammen und ließ die Fingerknöchel knacken.

»Leck ihn von vorne bis hinten.« Seine heisere Stimme intensivierte das Pochen zwischen meinen Beinen. Ich musste mich umherwinden, wollte die Schenkel aneinander reiben, mir irgendwie Linderung verschaffen, als ich die Nässe an meinen Innenschenkeln hinablaufen fühlte, doch Sun befahl: »Beine auseinander, Seraphina.« Ich tat es, aber dabei handelte sich Sun einen wütenden Blick ein. Er grinste nur verführerisch, was mich noch mehr anheizte! »Weiter auseinander, noch weiter.« Oh mein Gott, jetzt konnte ich jeden einzelnen Luftzug da unten auf dieser überempfindlichen, geschwollenen Haut spüren, die im Moment nach so viel mehr Berührung schrie, als nach dem viel zu zarten Streicheln der kühlen Luft.

Leise lachte Sun und ich biss ihn leicht – sehr leicht – in die pulsierende Härte. »Hey!«, beschwerte er sich, nahm ihn in die Hand und wich sofort vor mir zurück. »Von Beißen hat Ice nichts gesagt!« Ich hätte gern geknurrt, wenn ich gekonnt hätte. »Wirst du brav sein?« Er schwenkte damit vor meiner Nase, während ich schmollte, denn ehrlich gesagt gefiel es mir zu gut, ihm durch winzig kleine Bewegungen meiner Lippen solch erotische Töne und Gesichtsausdrücke zu entlocken.

»Vielleicht«, antwortete ich auf seine Frage.

»Können wir jetzt weitermachen?« Ice klang gequält, noch mehr als zuvor, und ich schaute zu ihm hoch. Sein ganzer Körper war derart angespannt, dass er drohte, zu explodieren.

»Entschuldigung.« Schon öffnete ich brav den Mund. Sun gab mir wieder seine Härte und ich leckte ihn von vorne bis hinten.

Dabei waren meine Augen auf Ice geheftet, der bereits schneller atmete. Ich konnte verstehen, dass es schwer für ihn war, mir ging es nicht anders.

Das hier war die perfekte Strafe, ohne offensichtlich grausam oder gewalttätig zu werden. Sun war in gewisser Weise wirklich ein Genie, so, wie er mit uns spielte. Ich wusste jetzt schon, dass wir uns nach diesem Erlebnis und *nachdem* er seine Erfüllung gefunden hatte, nicht selbst würden berühren dürfen. Allein die Aussicht auf ein paar Stunden unerträglichen Pochens zwischen meinen Beinen, machte mich, gelinde gesagt, stinkwütend.

»Nimmt ihn jetzt wieder in den Mund. Saug an ihm, am Anfang leicht …« Ich tat es. »Geh jetzt mit deinem Kopf nach vorne und nimm ihn so tief auf, wie du kannst.« Als ich der Anweisung folgte, musste ich prompt würgen, denn er stieß an meine Kehle. »Nicht *so* tief.« Ice klang belustigt, aber auch besorgt. »So, dass du es aushältst.«

»Wir sind ja keine Unmenschen«, war Suns sarkastischer Kommentar und ich war versucht, ihn zu erwürgen, während er seine Finger in meinen Haaren vergrub und mich sanft kraulte.

»Hm … hm …«, nuschelte ich, konnte aber nichts weiter sagen, weil ich ihn schon wieder im Mund hatte und so weit ich es schaffte, in mich aufnahm. Ich würgte noch einmal, aber diesmal war es nicht so schlimm.

»Mach den Hals lang und locker deine Kehle«, riet mir Ice und ich probierte es.

Tatsächlich wurde es nach und nach leichter. Obwohl es dämlich und das alles eine Strafe war, wollte ich sie beeindrucken. Ich genoss das hier aus vollen Zügen und gab mein Bestes. Suns Berührungen waren berauschend und Ice´ Anwesenheit gab mir Sicherheit.

Als Sun anfing, meinen Kopf vor und zurück zu bewegen und leicht mit den Hüften nach vorne zu stoßen, passte ich mich seinem Rhythmus an.

»Saug fester.« Ice´ Stimme klang so heiser, als fiele ihm das Atmen schwer und ich sah abgelenkt zu ihm hoch. Prompt stöhnte ich um Sun herum, denn die Leidenschaft in Ice´ Blick floss geradewegs zwischen meine Beine.

Er brauchte mich, so wie ich ihn brauchte und doch würden wir nie zusammenkommen.

Ich schaute weiter Ice an, während ich fester saugte, Sun mit der Zunge umspielte und mich zur Unterstützung an seinen muskulösen Oberschenkeln abstützte.

Sun stöhnte lauter, immer und immer wieder, und es war noch viel verführerischer als seine Stimme. Verwirrt runzelte ich die Stirn, als er den Kopf zurückwarf und seine Härte in meinem Mund begann zu zucken.

»Schluck es, nach und nach, nicht alles auf einmal …« Ich wollte Ice noch fragen: ›Schlucken? Was schlucken?‹, da stieß Sun noch einmal heftig nach vorne und hielt meinen Kopf an Ort und Stelle. Dabei stöhnte er noch lauter als davor. Seine Finger verkrampften sich in meinen Haaren und ich starrte hoch in das Erregendste, was ich jemals mitansehen durfte: seinen Gesichtsausdruck beim Orgasmus.

Sein Glied spannte sich eine Sekunde an, schien förmlich noch härter und größer zu werden. Dann fing es an, rhythmisch zu pulsieren und mit dem Zucken fühlte ich warme Ströme Flüssigkeit in meinen Mund schießen. Ach, das sollte ich schlucken!

Ich tat wie mir befohlen und versuchte erst gar nicht zu schmecken, denn die Konsistenz wirkte eher abschreckend. Als sich Sun zurückzog und ich auf die Fersen zurücksackte, hätte ich fast gewürgt vor Ekel, denn sein Aroma haftete an meiner Zunge.

»Wie *ekelhaft* ist das denn?« Mein Gesichtsausdruck musste komisch sein, denn Sun und Ice begannen beide an zu lachen, als ich vorwurfsvoll zu Ice hochblickte. Es war dieses typische, vertraute Männerlachen.

»Wie Sperma.« Sie sagten es gleichzeitig und zuckten mit den Schultern. Oh Mist! So wie sie da über mir standen, wollte ich sie, beide! Jetzt sofort! Auf der Stelle! Unter mir! Auf mir! Egal wo! Hauptsache, sie schenkten mir auch Befriedigung.

Ich streckte die Hände aus und wollte beide am Oberschenkel berühren, doch Sun fing meine Hand ab, während Ice einen Schritt zurückwich.

Er war so hart, dass er bald platzen musste, während Suns Freund sich eine Pause gönnte.

»Oh nein, Seraphina. Nein, nein«, singsangte Sun träge. »Wir gehen jetzt schön schlafen.«

»Schlafen?«, fragte ich absolut neben mir und schaute ihn an, als hätte er mir erzählt, dass Brüste am Hintern wachsen.

»Bist du feucht zwischen deinen Beinen? Willst du nichts anderes als unsere Berührungen? Kannst du nicht klar denken und pocht es so heftig, dass es schon fast an Schmerz grenzt?«, zählte Sun auf und zog mich breit grinsend auf die Beine.

»Ja.« Ich klang mehr als vorwurfsvoll, doch er grinste nur breiter – voller Schadenfreude!

»Gut.« Viel zu sanft strich er mir eine Strähne aus dem Gesicht. »Dann wirst du jetzt schlafen gehen, mit mir neben dir … Damit ich deine süße Erregung und deine glühende Wut bis in den Morgen riechen und fühlen kann«, säuselte er samten.

»Du, du …« Meine Hände zu Fäusten ballend starrte ich ihn wütend an, doch er schüttelte den Kopf, bevor mir ein passendes Schimpfwort einfiel.

»Es soll eine Strafe für euch sein. Kein Vergnügen. Das Ganze hat dir sowieso viel zu viel Spaß gemacht. Ich hätte gedacht, du bist verklemmter, aber in dir steckt mehr, als dein engstirniger menschlicher Geist zugeben will.«

Schon wollte ich alles abstreiten, wollte ihm sagen, dass ich es schrecklich fand, grauenhaft, die pure Erniedrigung und das auch noch mit zwei Männern, aber dem war nicht so, kein bisschen.

Also biss ich die Zähne zusammen und funkelte ihn wütend an. Er legte mir den Arm um die Schulter und zog mich gegen seinen ach so verführerischen, harten Körper. Hilfe!

Er schwenkte uns herum, sodass wir Ice ansahen, der alles andere als belustigt oder befriedigt war. Vermutlich ähnelte sein Blick meinem. Die hungrige Art, mit der er meinen Körper anvisierte, machte das Ganze in meinem Inneren und zwischen meinen Beinen nur schlimmer.

»Du wirst auch schlafen gehen und du wirst dir keine Linderung verschaffen, weder selbst noch bei einer deiner Wölfinnen. Ihr wollt zusammen sein? Okay! Aber nur gleichzeitig mit mir, hier in diesem Zimmer, unter meiner Aufsicht und unter meiner Befehlsgewalt. Bin ich nicht gütig?«

Oh, das, das war die Hölle! Ich würde platzen! Und Ice gleich mit!

Sun war ein Sadist. So viel war ab jetzt klar.

Ice war absolut gehorsam, der perfekte Masochist, und ich, tja, ich stand mitten zwischen den beiden Prachtkerlen und musste jetzt entscheiden, ob ich vor Freude an die Decke gehen sollte, weil ich gleich beide auf einmal bekam, oder vor Wut an Suns Gurgel, weil ich sie anscheinend niemals so haben konnte, wie ich das wollte!

Kapitel 2

Hier lag ich also neben diesem dämlichen, arroganten Sadisten-Arschkater und konnte beim besten Willen nicht schlafen.

Dafür wusste ich aber, wie die verschiedenen Illusionen an den Wänden funktionierte. Man sagte einfach: Nacht. Dann bekam man Nacht. Man sagte: Wüste, Tag, Regen oder fünfzig Sonnen, dann bekam man auch dies, erklärte mir Sun. Aber ich hörte ihm, ehrlich gesagt, gar nicht richtig zu, sondern hing nur an seinen Lippen. Ich wollte sie auf mir haben, oder wenigstens seine Hände, wobei, was heißt hier wenigstens? Was genau, war egal! Er sollte *irgendwas* von sich rausrücken und mich endlich erlösen.

So ging das nicht weiter. Es war nicht zum Aushalten.

Das Pochen ließ nicht nach. Aber wie denn auch, wenn seine Energie mich die ganze Zeit unauffällig umschmiegte und reizte und ich ihn dann auch noch vor mir hatte. Ich sah, wie er zu mir ins Bett kroch, mich dabei mit seinem raubtierhaften Blick fixierte und sich absichtlich auf den Bauch neben mich legte, die Arme unter dem Kinn verschränkt, sodass ich einen perfekten Aussicht auf seine prächtige Kehrseite hatte, über die ich streichen wollte.

Ja, mein Kopfkino spielte verrückt!

Während er sich locker auf die Seite rollte und mich nicht aus den Augen ließ, dachte ich, ich müsse sterben.

Die Hände schön unter dem Gesicht gefaltet, ein Knie so angewinkelt, dass er mich damit berührte, während ich verkrampft neben ihm auf dem Rücken lag und die Decke bis unter mein Kinn gezogen hatte, war er die Verkörperung eines verdammten Sexgottes. Meine Schenkel rieben unablässig aneinander. Es ging gar nicht anders.

Ich hatte zwar noch mein Dreckkleid an, das dringend gewaschen werden musste, aber irgendwas zu umklammern, half mir, ihn nicht an mich zu ziehen, oder auf ihn zu springen, weshalb die Decke herhalten musste.

Mein Blick musste mehr als vorwurfsvoll sein, während er mich amüsiert beobachtete und mich damit zusätzlich quälte. Die Monde standen schon weit oben über der Vulkankulisse, die er in der Nacht wählte, Grillen zirpten, und ich konnte fast die Hitze in der Luft spüren. Aber es war alles eine Illusion …

Genauso wie die Gefühle, von denen ich dachte, dass er sie für mich haben würde, die aber offenbar nur eingebildet waren. Schließlich hatte er es fertiggebracht, vor meinen Augen mit Lava zu …

»Du hast es mit Lava gemacht!« Irgendwann nach vermeintlichen Stunden hielt ich es nicht mehr aus und musste meinen Ärger und die Frustration wenigstens irgendwie rauslassen. Sun lachte leise, heiser, und ich bekam Gänsehaut. Verflixt, konnte mein Verräterkörper nicht einmal auf meiner Seite sein?

»Was?« Er streckte die Hand nach mir aus, doch ich wich zurück. »Wag es nicht!«, zischte ich. Mit den Achseln zuckend zog er sie wieder zurück.

»Ich wollte dich gerade eben von deinen Qualen erlösen«, meinte er nonchalant und meine Augen wurden groß. Die Decke immer noch an mich gepresst, richtete ich mich auf und starrte auf ihn hinunter.

»Wirklich?« Fast kamen mir die Tränen vor Erleichterung, denn mein Unterleib fing schon langsam an richtig weh zu tun.

Gelangweilt blickte er zu mir hoch und sagte einfach so: »Nein.« Ich hätte ihn schlagen können, tat es aber nicht, sondern schloss die Augen und konzentrierte mich auf meine Ablenkung. Tief durchatmen. Ein und aus. Ein und aus. Wooozaaaaaa …

»Du hast es getan! Du hast mit Lava …« Ich konnte es einfach nicht aussprechen.

»Gefickt?«

»OH mein Gott, Sun, bitte, ich dachte, ihr kennt solche Wörter nicht.«

»Klar, kennen wir sie. Wir benutzen sie nur nicht so häufig in der Gegenwart von verklemmten, menschlichen Jungfrauen. Wobei, warte, so verklemmt bist du ja gar nicht und entjungfert bist du dank mir nun auch, nicht wahr?« Als ich ihn aus verengten Augen betrachtete, funkelten seine belustigt. Ich war natürlich schon wieder knallrot, während er locker weitersprach und sich dabei lässig auf einen Ellbogen stützte. »Wir nennen die Dinge gerne beim Namen.«

»Und ihr kommt auch gerne zur Sache, hm?«, grummelte ich.

»Ja, mindestens zweimal am Tag. Wieso denn nicht? Wir sind jung, gesund, attraktiv, und solange die Weibchen nicht rollig sind, gibt's keinen Nachwuchs.«

Er zuckte mit den Schultern, während meine Augen noch größer wurden und mein Mund aufklappte.

»So oft?«

»Ich schon.«

»Du bist unersättlich«, stellte ich emotionslos klar. Er streckte die Hand aus und ehe ich mich versah, strich er über meinen Unterarm. Seinem Zeigefinger folgte Gänsehaut.

»Weißt du … eigentlich ist es nicht meine Schuld. Es sind die Frauen, die sich auf mich werfen und ich sehe keinen Grund, ihnen zu widerstehen und mich ihnen zu verwehren. Es ist meine Ausstrahlung. Sie gehört zu mir, ist sozusagen meine spezielle Fähigkeit. Ich kann das nicht abstellen.«

»Du armer, armer Arschkater, eine Tüte Mitleid für dich«, murmelte ich wütend und er gluckste auch noch belustigt. So hatte ich ihn noch nie lachen gehört.

»Ich glaube, du wirst ab jetzt jede Nacht bei mir schlafen. Es ist sehr amüsant«, stellte er klar und schnippte plötzlich gegen einen meiner Nippel.

»Hey!«, rief ich aus und rieb ihn genervt. Nur löste diese, wenn auch rüde Berührung, erneut ein wahres Feuerwerk zwischen meinen Beinen aus. »Soll ich jede Nacht bei dir schlafen, damit ich live und in Farbe inklusive Bettbewegungen mit ansehen muss, wie du es mit anderen tust? Nein, vielen Dank!«

»Du hast keine Wahl«, erwiderte er und es klang gleichgültig, aber doch so ernst. Meine Finger wollten sich erneut um seinen Hals legen, aber ich hielt mich natürlich zurück.

»Doch, ich habe eine Wahl«, grummelte ich, denn so war es. Eine einzige Wahl hatte ich, jetzt, wo ich wusste, wo der Ausgang war.

»Welche?«

»Ich kann gehen«, drohte ich, aber fühlte mich allein bei dem Gedanken leer. Wohin sollte ich denn schon?

»Kannst du nicht.« Sun schien meine Gedanken lesen zu können.

»Wieso?«

»Wegen Ice«, antwortete er sanft, leise, sogar unwillig. Wegen Ice? Es tat gut, dass er sich auch mal unwohl fühlte und nicht nur mich ständig in die nächstbeste Ecke drängte. »Ich merke, wie stark das Band zwischen euch ist. Du kannst ihn nicht mehr verlassen.« Seine Stimme klang leer. Sein Gesicht war ausdruckslos. Er hielt alle Emotionen zurück. Aber es war ihm deutlich anzusehen, wie sehr ihm das zusetzte. Das wollte ich nicht. Meine Wut auf ihn verflog immer mehr, je länger er versuchte, mir seinen Schmerz nicht zu zeigen und ich hasste mich dafür. Ich war einfach kein nachtragender Mensch.

Nur Menschen, die es nötig haben wütend zu sein, machen aus ärgerlichen Ereignissen der Vergangenheit bis in alle Ewigkeit eine Tragödie. Das hatte Opa immer gesagt und ich war niemand, der gerne wütend war oder mit jemandem stritt, besonders nicht mit jemandem, von dem ich insgeheim wusste, was ich für ihn empfand. Zumindest ein bisschen … Auch Sun könnte ich nicht mehr verlassen. Doch diesen Gedanken würde ich niemals laut aussprechen. Dafür war ich zu stolz und er zu selbstüberzeugt.

Dann war ich lieber wieder wütend auf ihn.

»Ich will nicht mehr mit dir sprechen.« Das war zwar ziemlich kindisch von mir, aber was sollte ich denn sonst sagen? Alles in mir schrie: `SUUN, HILF MIR! KÜSS MICH! NIMM MICH! TU WAS!` Aber das würde ich niemals über die Lippen bekommen. Nicht, solange ich wach war zumindest.

Ich legte mich hin und drehte mich um, von ihm weg. Dabei verschränkte ich die Arme vor der Brust, wohlwissend, dass ich so nicht schlafen konnte. Als ich die Beine aneinander rieb, konnte man *hören,* wie feucht ich war. Ich errötete, während Sun leise und rau lachte, direkt in mein Ohr und ich vor Schreck zusammenzuckte.

Er kletterte unter die Decke, schlang einen Arm um meine Taille und zog mich zurück gegen seinen Körper. Sanft küsste er mich unter mein Ohr und ich schloss die Augen vor Genuss, sodass er es nicht sah. Aber er konnte sicher fühlen, wie mein Körper förmlich dahinschmolz.

»Ich werde dich nicht ficken«, flüsterte er mir leise zu, sanft, verführerisch und ließ seine neckischen Küsse meinen Hals entlangwandern. »Du sollst lernen, dich nach mir zu verzehren, noch mehr, als jedes andere weibliche Wesen es tut. Du sollst dich mehr nach mir verzehren als nach Ice, oder irgendwem anders …« Ha, ha! Wenn Sun nur wüsste!

Ice hatte einen anderen Teil von mir eingenommen, der nicht von Leidenschaft geprägt war. Ich wollte ihn, verlangte nach ihm, aber ich begehrte ihn nicht so stark wie Sun. Meine sexuelle Energie war doch schon längst sein.

Er hatte sie zum Leben erweckt, genauso wie meine Verbundenheit und Zuneigung Ice ins Leben gerufen hatte.

Ice gehörte meine Liebe. Sun meine Begierde.

Doch das würde ich ihm nicht sagen, stattdessen presste ich die Lippen aufeinander, aus Angst ihn ansonsten aus Versehen anzuflehen, oder die falschen Worte zu flüstern.

»Ich werde jetzt schlafen und du wirst neben mir liegen, und verbrennen. Wenn du morgen brav bist, erlöse ich dich vielleicht.« Er gab mir noch einen letzten Kuss auf meine Schulter, dann legte er sich zurück und kuschelte sich enger an mich. Ich spürte seine Härte an meinem Hintern. Dann schob er mein Kleid hoch und legte seine imposante Länge direkt zwischen meine hinteren Backen, wo es feucht und flutschig war. Ein klein wenig hätte ich mich nur bewegen müssen … Aber das würde ich nicht, auch wenn es eiserne Selbstdisziplin erforderte.

Völlig verkrampft versuchte ich meine Gedanken zu ordnen und die Auswirkungen meines Körpers zu ignorieren, der sich meinem Willen kaum anpassen wollte. Ich wusste nicht einmal, was ich fühlen sollte. Einerseits hasste ich Sun, zumindest momentan, andererseits wollte ich ihn. Außerdem empfand ich nach wie vor einen Funken Liebe für ihn, auch wenn ich ihn derzeit mehr verachtete. Es war zum Verrücktwerden.

Würde ich mich jemals entscheiden können?

***

Ich hasste ihn!

Zu diesem Entschluss kam ich irgendwann mitten in der Nacht, als die Tür leise aufging, eine mir noch unbekannte Frau ins Zimmer schlich, sich einfach auf ihn setzte und anfing ihn zu küssen. Mittlerweile lag er laut schnarchend auf dem Rücken, während ich meine Position nicht einmal geändert hatte, aus Angst, mich sonst auf ihn zu stürzen. Ich konnte hören, wie er stöhnend aufwachte und es dann schmatzte, als er den Kuss *natürlich* erwiderte!

Nein! Ich würde hier nicht ausharren, während er es wild mit einer anderen trieb! Ganz sicher nicht! Dann müsste ich nur wieder heulen, oder ich würde mein Messer aus meinem Zimmer holen und ihn abstechen. Ich wollte gerade aufstehen, als er mit einer Hand meinen Arm umfasste und mich zurück auf das Bett drückte. Dabei küsste er sie einfach weiter. Wütend starrte ich ihn in der schummrigen Dunkelheit an und sah, wie er sie an den Haaren zurückzog.

»Nicht heute«, murmelte er ihr heiser zu und sie blickte ihn mit großen Augen an wie eine Ertrinkende.

»Aber, Sun …«, flüsterte sie flehend und sprach seinen Namen aus, als wäre er ihr Gott. Ungeduldig wog sie ihre zierlichen Hüften auf ihm, krallte sich in seine Brust, als wäre sie sehr verzweifelt. »Es ist schon drei Tage her. Ich halte es ohne dich nicht mehr aus.« Gott, Hilfe, würde ich irgendwann auch so enden? Er war für sie ja wirklich wie eine Droge!

»Ich weiß, meine Süße. Nimm einen anderen.« Er war mitfühlend, als er ihr die langen Haare über den Rücken strich und sie somit sachte beruhigte.

»Ist *sie* daran schuld? Du berührst keine mehr von uns, außer Lava!« Und plötzlich funkelte sie mich an und als mich ihr Blick traf, keuchte ich fast. Sie wirkte geradezu ausgehungert, jedoch nicht nach Futter … Ihre Augen waren schwarz und füllten sich zunehmend mit Hass, je länger sie mich ansah. Es wurde mir richtig unangenehm und ich rutschte an den Rand des Bettes.

»Ähm, Sun?«

Er lachte leise. »Thin.« Sobald er ihren Namen aussprach, konzentrierte sie sich wieder auf ihn. Es war, als wäre gleichzeitig eine Last von mir gewichen. Er umfing mit einer Hand beide ihrer Wangen und zog sie plötzlich zu sich herab, sodass sie sich sehr nah waren und sofort Angst in ihrem Blick aufflackerte. »Das geht dich nichts an«, sagte er klar und deutlich, dann ließ er sie los.

»Geh jetzt von mir runter.« Sie tat wie ihr befohlen und beachtete weder mich noch Sun, sondern ließ den Kopf demütig gesenkt. Da stand sie jetzt also im Mondlicht. Ihr Körper war wirklich schlank und ein wenig androgyn: kleine Brüste und schmale Hüften. Aber sie strahlte Anmut aus. Ihre Locken fielen über ihre Brüste und umrahmten ihre zierliche Gestalt. Ich konnte die Haarfarbe allerdings nicht genau erkennen, weil es zu dunkel war.

»Raus.« Sun sagte es sanft, aber mit Nachdruck, und sie ging ohne noch einmal zurückzublicken und wiegte dabei ihre Hüften verführerisch, so wie jedes Gestaltwandlerweibchen es automatisch tat.

»Siehst du, das meine ich … Solche Überfälle …«, erklärte er, ohne mich anzusehen und plötzlich klang er sehr müde. Er ließ sich zurück in die Kissen fallen und rieb sich die Stirn, dann das Gesicht und schließlich fuhr er sich durch die Haare.

»Hättest du es mit ihr getan, wenn ich nicht da wäre?«, fragte ich leise in die Nacht.

»Klar«, antwortete er und warf mir einen Seitenblick zu. Ich schüttelte den Kopf. Aber mehr konnte ich nicht tun, denn seine Augen waren so leer und glänzten nicht. Es gefiel mir nicht, überhaupt nicht. Das Bedürfnis, ihn im Arm zu halten, seinen Kopf an meine Brust zu ziehen, wurde beinahe übermächtig.

Und dann könnte er ruhig anfangen an meiner Brustwarze herumzuspielen, sie ein bisschen über dem Kleid anzuknabbern … Oh Gott, ich war auch nicht besser als diese Frauen! Es war, als würden sie ihm durch ihr ständiges Verlangen die Energie aussaugen und ich wollte genau dasselbe mit ihm tun – am liebsten rund um die Uhr. Aber ich war ein Mensch. Ich konnte mich gegen diese Triebe besser wehren. Zumindest versuchte ich es.

Mein Blick glitt über seinen Körper, der vom imaginären Mondlicht erhellt wurde. Er war so perfekt. Das Abbild eines männlichen Gottes. Wahrhaft königlich. Langgezogene Muskeln unter makelloser Haut. Zwei runde harte Brustwarzen, an denen ich saugen wollte, ein Pfad zum Glück … Er war erfreut, hier neben mir zu liegen und glänzte feucht. Ich wollte ihn berühren, wieder meine Lippen darum schließen, ihm diese sinnlichen Töne entlocken, die mich bis an den Rand der Erregung trieben und wollte die Energie fühlen, die mich begehrend streichelte. Aber ich tat es nicht, nichts davon, schloss nur die Augen, verdrängte die Bilder und ignorierte das Pochen.

»Schlafen wir«, flüsterte ich nur und als ich die Augen öffnete, um ihn anzusehen, wirkte er verwundert. Er hatte sicher in meinem lüsternen Blick meine Gedanken erkannt, wie auch sonst immer. Sicher dachte er, ich würde mich nicht mehr zurückhalten, genauso wie die anderen. Ich konnte es aber, und jetzt und hier war er offensichtlich froh darüber.

»Yeah«, antwortete er leise, fast schon überrascht. Dann reichte er mir seine Hand. Immer noch mit diesem verlorenen Ausdruck in den Augen, doch die Hoffnung glimmerte verborgen in den Tiefen. Ich würde seine Hoffnung nicht zerstören. Die Hoffnung war immer mein einziger Lichtblick gewesen.

Ich ergriff seine langen, warmen Finger, dieses eine Mal tat ich es ohne zu überlegen. Er lächelte langsam, ehrlich und mein Herzschlag beschleunigte sich rapide, während die Röte wieder in meine Wangen stieg. Dieses Lächeln würde irgendwann mein Verderben werden.

»Das ist wirklich bezaubernd«, murmelte er. Mit unseren verschränkten Händen und dem Handrücken strich er über meine rote Wange, während ich noch einen Tick dunkler wurde. Dann zog er mich gegen seinen Körper. Ich legte mein Gesicht auf seine Brust und spürte, wie er meine Haare küsste, beide Arme um mich schlang und mich fest an sich drückte. Sein Herz schlug ruhig unter meinem Ohr.

Er fühlte sich gut an, zu gut, und ich lief aus … Unter mir war sicher schon ein nasser Fleck, aber ich küsste ihn nicht, streichelte ihn nicht.

Ich hielt mich weiterhin zurück und seine Energie wurde langsam schwächer, bis sie ganz von mir abließ, sich beruhigte, so, als hätte diese peitschende, wallende Kraft endlich ihren Frieden gefunden. Zeitgleich konnte ich endlich, *endlich* schlafen.

***

Noch einmal wurde ich in der Nacht geweckt, weil sich ein anderes Weibchen über ihn hermachen wollte. Auch sie schickte er leise murmelnd weg, um mich nicht zu stören. Ich bekam es nur im Halbschlaf mit, als er mich wieder an sich zog. Aber ich dachte mir, noch abdriftend in meine Träume, dass er es wirklich verdammt schwer hatte, auch wenn ihn wohl jeder andere Mann dieser und jeder anderen Welt um seine angeborenen Verführungskünste beneiden würde.

Sun wollte das eigentlich nicht. Er war nicht so viel Tier, wie ich annahm, wollte nicht nur dem Körperlichen folgen. Deshalb liebte er mich wohl, mitsamt meiner Zurückhaltung ihm gegenüber!

Vielleicht flüsterte er das, was ich mir gedacht hatte sanft in die Nacht, vielleicht bildete ich es mir auch nur ein. Aber auf jeden Fall lächelte ich, als ich wieder einschlief – sicher, geborgen und überschwemmt in seinen Armen.

Kapitel 3

Meine Träume wurden durch Sun und Ice bestimmt – immer im Wechsel. Sun war der harte Part ... Erst lag er auf einer grünen Wiese, natürlich nackt. Verführerisch rekelte er sich im glitzernden Sonnenlicht, so wie der anmutige Panther in ihm es tun würde und winkte mich mit seinen langen talentierten Fingern zu sich. Ich konnte nicht widerstehen, aber zu meiner Verteidigung: Ich wusste, dass dies ein Traum war.

Sobald ich bei ihm war und mich neben ihn gekniet hatte, nahm er sich, was er wollte. Er griff in mein Haar, bog meinen Kopf zurück und küsste mich innig, tief, mitreißend, sodass sich in mir alles drehte. Seine Hände strichen über meinen Körper, als würde jeder Zentimeter bereits ihm gehören, über meine Brüste, meinen Bauch hinab und zwischen meine Beine. Stöhnend rieb ich mich an seinen nun feuchten Fingern, ließ mich gehen und war froh, dass er mich endlich berührte, denn ich würde es ansonsten keine Minute länger aushalten. Doch dann verpuffte er in einer orange-glühenden Rauchwolke und ich blieb keuchend allein zurück.

Nur eine Sekunde, bis Ice mit einem Mal auftauchte und umwerfend grinste. Er war der sanfte Part – der zaghaft über meine Haut glitt, mir die Haare aus dem Gesicht strich und mich anlächelte. Plötzlich wollte ich nichts weiter, als gehalten werden, und als hätte er es gerochen, schlang er seine Arme um mich und zog mich an seine Brust.

Ich vergrub leise seufzend mein Gesicht an seinem Hals, sog seinen Duft ein und horchte auf die wunderschönen, beruhigenden Worte, die er in mein Ohr flüsterte.

Abrupt wurde ich wach. Mit einem Ruck setzte ich mich auf, und blickte mich im Zimmer um. Ich wusste sofort, wo ich war, was ich geträumt hatte. Mich verwunderte aber, dass ich Ice neben dem Bett vorfand, denn wir waren allein.

Er saß auf einem Stuhl, hatte die Hände hinter dem Kopf verschränkt, die langen Beine überschlagen auf einer Kommode abgelegt und wippte auf nur einem einzigen Stuhlbein. Dabei sah er mich nicht an, sondern starrte stur in den dämmernden Himmel, der sich an den Wänden widerspiegelte.

»Ice?«, hauchte ich leise, aus Angst, dass Sun gleich reinstürmen und ‚erwischt‘ rufen würde! Mich ärgerte, wie sehr mich der Panther im Griff hatte und mir automatisch dieser Gedanke kam, wo ich mich von ihm doch nicht mehr einengen lassen wollte – trotz der letzten Nacht, in der ich hinter seine Fassade blicken durfte und in seinen Armen so wunderbar geschlafen hatte.

»Redest du nicht mit mir?« Mit einem belustigten Schmunzeln warf ich die Decke zurück. Er starrte stur weiter nach oben und war wirklich angestrengt damit beschäftigt, seinem Gesicht keine Regung zu verleihen. Ich kicherte. Sein Verhalten war einfach lächerlich.

»Das ist doch nicht dein Ernst, oder? Nur weil es Sun befohlen hat?« Langsam richtete ich mich auf und krabbelte auf das Ende des Bettes zu, wo er saß.

Für einen Moment huschten seine Augen zu mir, wurden größer, als er bemerkte, dass ich langsam auf ihn zukam, und schauten dann wieder angestrengt, aber vor allem gehetzt weg. Ich musste lachen. Es ging einfach nicht anders. Es gab nichts Besseres, als Ice am Morgen neben dem Bett vorzufinden. Ich hätte nie damit gerechnet.

»Du willst mich also nicht ansehen, nicht mit mir sprechen, mich nicht berühren, so wie dein großer, weiser Meister Sun es befohlen hat? Bist du so ein braves Hündchen?« Ich verstellte meine Stimme, als wäre er ganz drollig. Ice' Augen verengten sich und ein Muskel an seiner Wange zuckte, als er hörte, wie ich ihn reizte und mich über ihn lustig machte.

Ich war am Rand des Bettes und der Klippe meiner Beherrschung angekommen. Ich hätte nur die Hand ausstrecken müssen, um ihn zu berühren, aber das wäre zu wenig. Besonders, nachdem ich im Traum in seinen Armen gelegen hatte. Ich wollte genau dasselbe, wollte ihm so nah wie möglich sein. Also begab ich mich kurzerhand aus dem Bett, machte einen Schritt zu ihm, schwang dann mein Bein in die Luft, direkt über seine Hüfte, und schon ließ ich mich breitbeinig auf seinen Schoß plumpsen.

Jetzt hatte ich seine volle Aufmerksamkeit, denn automatisch schossen seine Hände nach oben und hielten mich an den Oberarmen fest, stabilisierten mich. Er schaute mich absolut schockiert an, so, als wäre ich jetzt total durchgedreht, weil ich mich so schrecklich gegen Suns Befehle auflehnte. Sein Gesicht war zu komisch, weshalb ich nur noch lauter lachte.

Der Stuhl schwankte gefährlich, für ihn war es jetzt natürlich schwerer, das Gleichgewicht zu halten, aber mir war es egal.

»Bist du verrückt geworden?«, knurrte er mich an und ich erschauerte von dem Laut. »Geh runter!«

»Nein!« Dabei grinste ich ihn an.

»Seraphina«, brummte er warnend.

»Ice!«, jauchzte ich erfreut und erschreckte uns beide, als ich mich nach vorn lehnte und die Arme um seinen Nacken schlang.

Jetzt war es vorbei mit dem Gleichgewicht und wir kippten beide nach hinten. Ich konnte einen Aufschrei nicht verhindern und klammerte mich nur noch fester um seinen Hals, vergrub mein Gesicht irgendwo an seiner duftenden Haut, so wie im Traum.

Er fluchte, sobald er auf dem Rücken lag und ich konnte nicht anders, als zu lachen.

»Tut es weh?« Ein klein wenig hob ich meinen Kopf, um ihn das kichernd zu fragen, und musste nur noch mehr kichern, als er sarkastisch sagte: »Was denkst du denn?« Dabei setzte er sich auf und rieb sich den schmerzenden Rücken.

Vermutlich hatte ich noch nie so viel gelacht wie an diesem Morgen – zumindest konnte ich mich nicht erinnern. Ich fühlte mich losgelöst. Irgendwas war anders. Vielleicht lag es an der Nacht, die ich in Suns Armen verbracht hatte, oder Ice, auf dem ich nach wie vor saß, den ich roch, und der mich nun wieder tatsächlich an den Oberarmen packte, um mich von sich zu schieben.

»Geh jetzt runter! Wenn er uns so erwischt, wird unsere nächste Strafe härter ausfallen als die letzte.«

»Hart ist sie doch schon.« Ich rieb mich auf seinem Schoß und mir war nicht klar, woher ich den Mut dazu nahm. Die unbefriedigten, nächtlichen Hormone mussten daran schuld sein. Ice, der tatsächlich noch verwirrter dreinblickte als zuvor, schob mich jetzt vehementer von sich.

»Hör auf damit!« Damit er mich nicht von sich lösen konnte, schlang ich die Beine um ihn und verhakte sie hinter seinem Rücken an den Knöcheln. Dann krallte ich mich an seinem Rücken fest, sodass er mich schon mit Gewalt von sich zerren musste. Er fluchte direkt in mein Ohr und ich kicherte wieder, denn seine Ausdrucksweise war gleichermaßen überraschend wie eindrucksvoll.

»Sun wird durchdrehen, außerdem solltest du mich nicht … so reizen … « Angestrengt presste er die Worte heraus und versuchte gleichzeitig, mich von sich zu lösen, ohne mir wehzutun.

»Willst du mich etwa nicht im Arm halten?« Verunsichert lehnte ich meinen Kopf zurück, um ihn anzusehen. Gott ... was, wenn er das wirklich nicht wollte? Sein Gesicht verzog sich schmerzhaft und seine breiten muskulösen Schultern sackten in sich zusammen. Seine Augen funkelten wild.

»Natürlich will ich das!«, blaffte er mich immer noch wütend an, nutzte aber seine Chance und zerrte erneut an mir. Doch ich klammerte mich schnell wieder fest und vergrub mein Gesicht an seinem Hals. »Aber ich werde seine Befehle nicht missachten und dich somit in Gefahr bringen!

Dafür kenne ich ihn zu gut! Verdammt, was bist du nur für eine kleine Klette?« Als ich seinen Hals küsste und dagegen lachte, erschauerte er.

»Ähm, muss ich das jetzt verstehen?« Zum Glück klang Sun nicht wütend und schien auch nicht wütend zu sein, als ich meinen Kopf hob und mit Unschuldsmiene zu ihm hochblickte. Der Arschkater stand über uns, mit einem Riesenblatt in der Hand und bedachte uns mit einem Stirnrunzeln. Er wirkte amüsiert, grinste sogar breit, was ich ihm aber nicht verdenken konnte, denn wir beide mussten nicht nur lächerlich, sondern einfach nur bescheuert aussehen.

»Es ist nicht so, wie es aussieht!«, teilte Ice fast schon müde mit, löste seine Arme von mir und streckte sie weit von sich, sodass sie mich nicht mehr berührten.

»Ich werde Ice dann anfassen, wann es mir passt!«, verkündete ich Sun dunkel, kämpferisch und streichelte Ice´ Wange, woraufhin er sofort meine Hand wegschob.

»Hör auf damit! Du stürzt dich ins Verderben!«, flüsterte mir Ice zu, doch Sun sah immer noch nicht wütend aus, kein bisschen. Allerdings huschte ein anderer Ausdruck über sein Gesicht. Es war etwas sehr Hinterhältiges und Sadistisches, von dem mir ganz anders wurde.

»Steh auf, Ice«, sagte er nüchtern und blickte mich dabei mit triumphierend hochgezogener Augenbraue an. Arschkater, der!

Ice stand problemlos mit mir auf den Hüften auf. Jetzt zog mich allerdings die Schwerkraft hinab und ich drohte zu Boden zu plumpsen. Es war nicht mehr viel Kraft in mir übrig.

Sun erkannte das anscheinend auch, denn er verdrehte die Augen.

»Halt sie fest, bevor sie sich das Genick bricht«, meinte er schlicht und meine Augen wurden groß, denn er stellte gerade meine Sicherheit über seine Regeln! Ice' Hände legten sich unter meine Schenkel und ich konnte mich nun endlich ein wenig fallen lassen. Gott, seine Hände an dieser Stelle fühlten sich zu gut an …

»Setz dich.« Sun zeigte auf das schwarz bezogene Bett und ließ sich dort galant nieder. Ice machte mit mir die paar Schritte und nahm direkt an der Kante Platz. Jetzt winkelte ich die Beine an, sodass ich auf ihm kniete, lehnte meine Wange an seine Schulter und drehte Sun mein Gesicht zu. Ich wollte ihn lieber nicht aus den Augen lassen, denn er war schon wieder in komischer Stimmung, so wie seine Energie langsam hochkochte.

»Während du, wieder mal, gegen meine Regeln verstoßen hast, war ich für dich jagen.« Sun legte das Blatt zwischen uns, welches hart und fest war. Als ich es mir genauer ansah, merkte ich, dass darauf ein Kukulu lag, welches seine besten Tage weit hinter sich hatte – schwarz, verkohlt stinkend und garantiert steinhart, sodass er nur noch als Wurfgeschoss taugte. Dennoch wurden meine Augen groß …

»Du bist extra früher aufgestanden, um für mich zu jagen?«, fragte ich Sun verwundert, denn ansonsten schlief er bis mindestens Mittag. Meine Güte, das war ja … Ich war sprachlos.

»Und Lava hat mir sogar gezeigt, wie man das anbrät, weil sie meinte, dass du kein rohes Fleisch frisst.« Angewidert blickte er auf das verkohlte Etwas und ich schluckte hart, unsicher, was ich tun oder sagen sollte. Das war so süß, so Unsunmäßig. Normalerweise wurde für ihn gejagt!

Zwar wusste ich nicht, was ich sagen sollte, aber dafür, was ich tun konnte. Von meinen Gefühlen überwältigt umschlang ich seinen Nacken, während ich mich vorbeugte, um ihn zu mir zu ziehen und zu küssen. Dabei saß ich noch immer auf Ice' Schoß.

Für eine Sekunde erstarrte Sun, dann bewegte er seine Lippen – beinahe sanft. Ich küsste ihn mit allem, was ich hatte, einfach, weil ich nicht anders konnte und ihm zeigen wollte, was ich für ihn empfand, wie viel mir diese Geste bedeutete. Lange und zärtlich bewegte ich meine Lippen auf den seinen und erkundete mit meiner Zunge seinen Mund, bis ich Ice leise, aber vor allem schmerzhaft stöhnen hörte, weil ich aus Versehen über seinen Schoß gerutscht war. Ehrlich gesagt immer und immer wieder. Ooops …

Ich grinste gegen Suns Lippen, während es zwischen meinen Beinen zunehmend pochte. Suns und Ice' Energie wirbelte heiß und gleichzeitig eiskalt durch meinen Körper und vermischte sich in meiner Mitte zu einer wabernden, stürmischen Masse, die schließlich in einem bunten Funkenregen explodierte. Ich keuchte laut, sah einen Moment Sterne und wäre beinahe aus den Latschen gekippt, hätte ich nicht schon gesessen. Aber anscheinend ging es nicht nur mir so.

»Ahhh, verdammt!« Mit einem heftigen Stöhnen rückte ich von Sun ab und vergrub mein Gesicht an Ice´ Hals, um mich zu beruhigen. Zum Glück zog sich Suns Energie wieder aus mir zurück. Mein Herz schlug aber noch wie wild, und dass Sun leise lachte und Ice mir auch glucksend über den Rücken strich, machte das alles nicht besser.

»Unser Menschenmädchen lernt langsam zu schätzen, was wir können.« Mir wurde bewusst, dass Sun *unser* gesagt hatte. Das gefiel mir, doch ich konnte gerade nicht reagieren – weder etwas tun noch etwas sagen. Daher versuchte ich zu verdrängen, wie stark es erneut zwischen meinen Beinen pochte und dass Ice sich hart gegen meinen Venushügel drückte.

»Deine Reaktion auf meinen Beutezug hat mir zwar mehr als gefallen, aber du hast dich dennoch nicht an meine Regeln gehalten«, säuselte Sun plötzlich. Ich erstarrte, drehte meinen Kopf ein bisschen und drohte ihm stumm mit verengten Augen. Er zwinkerte und sprach dann weiter, als würde er etwas ganz Wunderbares verkünden. »Deswegen werde ich das hier alleine essen und du wirst zusehen.«

Mein Mund klappte auf. Das war so … unsagbar gemein und typisch Sun! Auf der anderen Seite war ich froh darüber, denn dieser verkohlte Klumpen konnte unmöglich genießbar sein.

»Das ist unfair, Sun. Es geht ums Essen. Sie braucht es zum Überleben«, konterte Ice ruhig. Sun zuckte mit den Schultern und brach sich einen Schenkel ab.

»Sie darf auf deinem Schoß sitzen und dich berühren, während ich esse. Ich denke, das ist, was sie wollte, oder?« Er biss mitten in die verkohlte Kruste und ich musste mir ein Lachen verkneifen, denn ich wusste, es würde bitter und ekelhaft schmecken. Tat es auch, denn er kaute und schon sehr bald verzog sich angewidert sein Gesicht.

»Was zum Teufel?«, fragte er. »Wie kannst du das gute Fleisch nur so verhunzen?« Er spuckte es nicht aus, sondern kaute tapfer weiter und schluckte schwer, während ich mich nicht länger beherrschen konnte und laut loslachte.

»Wenn es so verkohlt ist, dann musst du die Haut abmachen.« Ich setzte mich gerade auf, nahm den Schenkel und entfernte das schwarze Äußere, bis tatsächlich helles, etwas zähes Fleisch zu sehen war. Mein Magen brummte, als ich ein Stück davon abriss und es ihm reichte.

»Probier jetzt.« Er nahm es zwischen seine Zähne, als wäre es vergiftet, biss ein winzig kleines Stück ab, während ich die Augen verdrehte. Sein Gesicht nahm einen verwunderten Ausdruck an.

»Ice, das ist köstlich!« Er reichte ihm einen anderen Schenkel.

»Ich habe keinen Hunger«, brummte der, doch sein Bauch knurrte in diesem Moment, genauso wie meiner, und ich wusste, dass er aus Loyalität nichts aß. Sun schob inzwischen seine Lippen um meine Finger und nahm das ganze Stück. »Mehr«, forderte er kauend. Ich riss noch etwas ab und hielt es ihm entgegen.

Seine Zunge umspielte meine Fingerspitze, als er sich den Bissen schnappte und in meinem Bauch zogen sich die Muskeln zusammen. Er musste es gerochen, gesehen, oder was auch immer haben, denn er grinste dreckig und forderte mit seiner Verführerstimme und funkelnden Augen: »Noch viel mehr!«

Ich fütterte ihn aus purem Eigennutz, bis nur noch die Hälfte des Viehs übrig war. Dabei hätte ich es so gern selbst gegessen, jetzt wo ich wusste, dass er es nicht zu Tode geröstet hatte. Mein Blick folgte sehnsüchtig jedem Bissen, den er mir aus den Fingern saugte. Als mein Magen zum ungefähr fünften Mal hintereinander knurrte, verdrehte Sun die Augen.

»Na gut …«, meinte er plötzlich. »Iss!« Dann schob er mir das Blatt hin. Er lehnte sich zurück auf seine Ellbogen und beobachtete mich dabei, wie ich mich auf das Kukulu stürzte. Es lag mir schwer im Magen, weil es doch noch zu früh war. Ich würde Sun bitten müssen, mir ein paar Beeren und Nüsse sammeln zu dürfen. Schließlich konnte ich mich ja nicht nur von Fleisch ernähren. Aber jetzt war es mehr als genug, außerdem durfte ich dabei auf Ice sitzen, was den Tag beinahe perfekt machte. Stopp! Hatte ich gerade *durfte* gedacht? Das war nicht gut! Der Arschkater hatte mich offensichtlich besser im Griff, als ich mir eingestehen wollte. Doch ich weigerte mich, mir jetzt und hier darüber den Kopf zu zerbrechen. Stattdessen aß ich weiter und gab auch Ice etwas ab, der aber nur sehr wenig wollte. Als ich satt war, fing Sun wie nebenbei an, zu erzählen. »Natürlich wird heute Abend die Strafe härter ausfallen, weil ich jetzt gnädig war.«

Unter mir verspannte Ice sich und ich blickte den Arschkater schockiert an.

»Ich hab dich gewarnt«, knurrte Ice in mein Gesicht.

»Wenn du nicht immer lammfromm mitmachen würdest, dann könnte er das gar nicht mit uns tun«, zischte ich zurück und Sun lachte erheitert.

»Ice ist mein Freund und mein Untergebener. Er hat kein Problem damit, zu tun, was ich ihm sage und dir werden wir das auch noch beibringen, wobei …«, er streckte die Hand nach mir aus und spielte an einer meiner Strähnen, »ich glaube, ich mag dich mittlerweile so rebellisch, wie du bist. Es ist erfrischend.«

»Arschkater.« Ich entzog ihm meine Haare und er lachte, was erotisch durch meinen Körper hallte.

Jetzt wo mein Hunger gestillt war, traten andere Gelüste in den Vordergrund, also vergrub ich mein Gesicht wieder bei Ice und versuchte, mich zu beruhigen. Ice streichelte meinen Rücken, spielte dann mit meinen Haaren, während er und Sun sich unterhielten. Sie redeten darüber, wie es mit den Zyklopen genau gelaufen war und ich erfuhr, dass alle Begleiter, die Ice dabei gehabt hatte, nun nicht mehr unter uns weilten. Bis auf einen: Ashs engsten Vertrauten. Dieser lag im Krankenzimmer und schwebte zwischen Leben und Tod. Seine Verletzungen waren schlimmer als die von Ice und die beiden debattierten darüber, was sie tun konnten. Er musste sich aufgegeben haben, wie damals beinahe Ice, denn ansonsten hätten seine Selbstheilungskräfte dafür gesorgt, dass er gesund wurde.

»Wenn es so weitergeht, müssen wir ihn erlösen, Sun«, murmelte Ice leise und massierte dabei gedankenverloren meinen Nacken.

Plötzlich rief Sun so laut, dass ich zusammenzuckte: »Nein! Müssen wir nicht!« Mit gerunzelter Stirn schauten Ice und ich Sun an, dessen Blick auf mir lag.

»Seraphina«, hauchte er und ich hatte keine Ahnung, was er damit meinte. »Sie kann ihn vielleicht heilen. Uns hat sie auch geheilt.« Ich runzelte die Stirn. Als Ice mich ansah, war klar, dass er dasselbe dachte.

»Ich weiß nicht«, murmelte ich unsicher. Von den beiden grübelnden Blicken wurde mir unwohl. »Ich weiß nicht mal, wie ich das bei euch gemacht habe oder wie es funktioniert.«

»Wir können es versuchen«, flüsterte Sun.

Ice nickte. »Wir haben nichts zu verlieren.«

Natürlich wurde ich nicht nach meiner Meinung gefragt. Stattdessen zog Sun mich auf die Beine, aus dem Zimmer und den Gang entlang. Der schien mal wieder kein Ende zu nehmen und ich wusste gar nicht, wie mir geschah. Als ich mich nach Ice umdrehte, war er schon an meiner anderen Seite und versuchte mich zu beruhigen.

»Keine Panik.« Ich verdrehte die Augen. Pffft …

Sun zerrte mich in ein Zimmer, deren Tür sich für mich erst im letzten Moment offenbarte. Ich hatte schon Angst gegen eine Wand zu laufen, so aber stolperte ich hinterher und dachte mir: Mist … Ich habe doch keine Ahnung, wie das alles funktioniert. Leider war es nun zu spät.

Ein beißender Geruch ließ mich fast würgen, dann erstarrte ich, als ich realisierte, wer noch im Zimmer war. Es war Ash, der an der gegenüberliegenden Wand mit verschränkten Armen lehnte und die Stirn runzelte, als er uns eintreten sah. Links und rechts von ihm standen Wölfin Nummer eins und Wölfin Nummer zwei, die ich spontan Dumm und Dümmer taufte. Sobald sie mich erblickten, bleckten sie natürlich die Zähne, doch die Blonde versuchte schnell ein Lächeln aus ihrer Drohung zu machen, als auch Ice hinter uns ins Zimmer trat. »Was soll sie hier?«, knurrte Ash.

»Was willst *du* hier?«, fragte Sun zurück und zog mich zum Bett.

»Er ist ein Mitglied meines Rudels. Ich muss an seiner Seite sein«, verteidigte sich Ash schnell.

»Du stehst unter Arrest«, konterte Sun und ich konnte sehen, wie Ice zu meiner rechten erstarrte. Ich auch, denn ich hatte noch nicht in Erfahrung gebracht, wie es mit Ash weitergegangen war. Immer kam etwas dazwischen, erst Ajax, dann Sun, Ice, wieder Ice und Sun ...

»Wieso steht er unter Arrest?«, fragte Ice leise und blickte verwirrt zwischen uns hin und her. Oh Mann, ich wollte liebend gerne verschwinden und wich ein paar Schritte zurück. Doch Sun schlang einen Arm schützend um meine Taille und zog mich an sich.

»Sag es ihm, Ash«, forderte Sun kühl. Ash sah nicht begeistert aus. Eher gelangweilt schaute er seinen Bruder an, der die Augen verengte und gespannt zwischen uns allen stand.

»Es hatte auf … unseren Meister wohl den Anschein, als hätte ich versucht, das Menschending …«, bevor er weiter herumdrucksen konnte, kam von dem Bett in der Mitte ein Stöhnen und unsere Aufmerksamkeit galt sofort dem Patienten.

Meine Beine wurden weich, als ich bemerkte, was da auf dem Bett lag. Ja, es war ein Mensch, aber im ersten Moment war schwer zu erkennen, wie er eigentlich aussah. Sein Gesicht war als solches kaum noch vorhanden, der Schädel derartig verletzt, dass sich sogar Risse auf der Oberfläche unter seinen Haaren abzeichneten und sein Körper schien ein wahres Trümmerfeld, als wäre alles mit dem Daumen gequetscht worden wie eine Fliege. Ein paar blonde Haare klebten in einer schweißbedeckten Stirn und ich war froh, dass die Decke bis zu seiner Brust reichte, denn überall zeigten sich Verletzungen, an denen ein Mensch längst gestorben wäre: Knochen ragten durch das Fleisch hervor und Muskeln waren dort, wo sie nicht hingehörten. Ich musste schlucken und damit kämpfen, mein Frühstück bei mir zu behalten. Meine Sicht verschwamm und wie durch eine Röhre schien der Todkranke immer näher zu kommen. Ich konnte sein Fleisch riechen … und das Blut …

»Ein Zyklop hat ihn unter einem Stein begraben«, hauchte Ice und seine Hand, die meine berührte, riss mich aus meiner Benebelung und ließ mich wieder klarer denken. Ich wollte tief durchatmen, aber konnte mich nicht dazu durchringen, denn dieser Geruch hätte sich erneut auf meine Geschmacksknospen gelegt.

Stattdessen schloss ich einen Moment die Augen.

»Ich weiß nicht, ob ich es kann«, wiederholte ich, doch beide drückten gleichzeitig beruhigend meine Hände.

»Versuch es«, flüsterte Sun sanft.

»Wenn es nicht geht, dann geht es nicht. Aber wir haben wenigstens alles Mögliche getan«, fügte Ice hinzu.

»Oder willst du ihn einfach so sterben lassen?« Das war Sun. Ich schlug die Augen wieder auf und sah auf das Bett, denn verdammt, das da war nicht einfach ein Körper, das da war ein … Lebewesen, das in der Lage war zu fühlen und zu denken, also würde ich es wenigstens versuchen. Ich würde stark sein. Daher nickte ich und löste meine Hände von den beiden. Ich konnte keine Ablenkungen gebrauchen. Langsam näherte ich mich dem Bett und sah in dunkelgrüne Augen, die mich verschwommen anvisierten. Es schien, als würde es ihm schwerfallen, durch den Nebel in seinem Kopf zu sehen. Es war ein Wunder, dass er bei Bewusstsein war, was aber wohl dem Tier in ihm geschuldet war, das nicht aufgeben wollte.

Ohne den Blickkontakt zu lösen, trat ich an seine linke Seite und legte meine Hand auf seinen Kopf, auf die heile Seite, dort, wo nichts gebrochen war. Sanft strich ich ihm mit zitternden Fingerspitzen die Haare aus dem Gesicht und er schloss die Augen. Sein Gesicht sah gleich etwas friedlicher aus. Doch ich konnte kein Flimmern spüren … und auch keine Energie seinerseits.

Ich wusste nicht, wie ich es bei Sun und Ice gemacht hatte, nur dass die pure Verzweiflung mich angetrieben hatte.

Das war jetzt nicht der Fall, denn ich kannte ihn nicht. Hatte nie seine Stimme gehört. Hatte nie seine Ansichten geteilt. Ich hatte ihn ja noch nicht mal davor gesehen. Er tat mir leid und ich wollte nicht, dass er starb. Niemand hatte so etwas verdient. Aber es fühlte sich nicht so an, als würde ein Teil von mir mit ihm gehen, wenn er diese Welt verließ, so wie es bei Ice und Sun gewesen wäre.

Ich liebte ihn nicht.

Es würde nicht klappen, dessen war ich mir sicher. Aber ich strich trotzdem mit meiner anderen Hand über seinen Körper, sodass ich ihn fast berührte, während ich ihn weiter am Kopf streichelte. Dabei flüsterte ich ihm beruhigende Worte zu, dass er keine Angst haben müsse, dass er nicht allein sei, dass er sehr schöne Haare habe, einfach alles, was mir einfiel … alles, um nicht an seinen kaputten Zustand zu denken. Alles, was ihm ein kleines Lächeln auf die Lippen zauberte.

Wenn er starb, dann lächelnd. Besser als weinend zu leben.

Nach wie vor war kein Flimmern zu spüren, nichts, und ich blickte zu Ice und Sun, die gespannt nebeneinander standen und mich ansahen. Sie konnten mittlerweile mein Gesicht lesen, als würden sie die dazugehörigen Gedanken kennen und beiden trat Schmerz in die Augen. So wollte ich sie nicht sehen, denn ihr Schmerz war meiner, also senkte ich die Lider und strengte mich an, versuchte die Energie unter meiner Handfläche zu fühlen, versuchte irgendetwas in mir zu finden, das ihn heilen konnte. Aber es funktionierte nicht.

Da war nichts. Ich wusste nicht, wie lange ich hier stand, doch mir wurde richtig schwindlig, so sehr suchte ich nach etwas, das es in mir nicht gab.

Als ich die Augen wieder öffnete und in sein Gesicht blickte, war es leer, verlassen. Er war unter meiner Hand gestorben.

Er lächelte selig, doch ich zog meine Finger mit einem Aufschluchzen weg und begann am ganzen Körper an zu zittern. In Trance ging ich langsam zwei Schritte zurück. Meine Beine wollten mich plötzlich nicht mehr tragen, während ich auf den Toten vor mir sah, der gerade eben noch geatmet hatte. Ich stolperte über meine eigenen Füße und fiel.

Ich wusste, dass mich jemand auffangen würde, doch ich hätte nicht damit gerechnet, dass es Sun wäre. Egal, ich krallte mich an ihm fest und schrie gegen seine Brust. Niemals würde ich vergessen, wie mich diese Augen eben noch lebendig und im nächsten Moment blicklos und absolut leer angeschaut hatten. Ich hatte noch niemals jemanden vor meinen Augen sterben sehen oder sogar dabei berührt. Bei meinem Opa war ich schon auf der Flucht, als seine Seele ihn verließ. Hier war ich direkt dabei gewesen, hautnah. Der Schock machte sich in mir breit.

Sun hielt mich eng an sich gedrückt und ließ mich kein bisschen los, während ich weinte. Wie aus dichtem Nebel hörte ich plötzlich Ash sagen: »Sie hat ihn getötet! Die Menschenfrau hat ihn getötet! Habt ihr das gesehen?«

Sun wirbelte mit mir herum, aber da war Ice schon vor ihm und packte ihn am Hals. Mit Wucht rammte er ihn gegen die steinerne Wand. »Sie hat ihn in den Tod begleitet! Sie hat es ihm leichter gemacht! Wage es nicht, so etwas zu verbreiten!«, knurrte er wild.

»Ice, ruhig …« Sun sprach die zwei Worte sehr leise aus, doch Ice entspannte sich sofort ein wenig und ließ seinen Bruder widerwillig los, ohne ihn aus den Augen zu lassen. Ich konnte erkennen, dass Ice auch als Mensch ein wenig größer war als Ash. Wie Pfeilspitzen bohrte sich Ashs Anklage in mein Inneres und hinterließ glühenden Schmerz. Erstarrt wagte ich es nicht mehr, mich zu rühren.

»Ash. Geh in dein Zimmer. Du wirst es erst wieder verlassen, wenn ich es dir sage. Über das hier wird kein Wort verloren. Das gilt auch für euch zwei.« Suns Augen, nun wieder eher glühende Infernos, glitten zu den zwei Wölfinnen, die kreidebleich in einer Ecke standen. Sie nickten hektisch und verschwanden dann schleunigst.

Ash folgte ihnen leise, aber nicht ohne Ice aus den Augen zu lassen. Andersrum war es genauso und erst als Ash draußen war, drehte sich Ice zu uns um. Hilflos sah er mich an, so, als müsse er sich für das Verhalten seines Bruders entschuldigen. Aber ich hatte jetzt keine Kraft, um ihm zu versichern, dass er nichts dafür konnte.

Ich wollte einfach nur verdrängen. Also wandte ich mein Gesicht ab und lehnte meine Nase gegen Suns Brust. Seine Arme drückten mich enger an sich und sein Herzschlag pochte unter meiner Wange. Mit einer Hand fasste er in meine Haare, hielt meinen Kopf und küsste meinen Scheitel. In diesem Moment wusste ich … Nichts … gar nichts, außer dass ich in mein Zimmer wollte, um von den beiden gehalten zu werden.

Kapitel 4

Als mich die beiden in mein Zimmer begleiteten, brach sich meine Anspannung in einem Zittern Bahn. Mein Körper war geschwächt und geradezu ausgelaugt, trotzdem war ich komplett bei Bewusstsein. Dabei wollte ich einfach nur alles ausblenden. Nichts fühlen, nichts sehen und nichts denken.

»Sie hat einen Schock.« Ich hörte Suns Stimme wie durch Watte, die sich flauschig um mich schmiegte, während er mich aufs Bett legte. Er wollte die Arme unter mir wegziehen, aber ich brauchte seine Berührung, weshalb ich nach seinen Händen griff und sie festhielt. Er blickte verwundert auf mich herab, dann zu Ice, der nur die Schultern zuckte, ehe sich Sun meinem Willen beugte.

Gerade legte er sich in das weiche Bett neben mich, da beugte ich mich schon über sein Gesicht und küsste ihn. Irritiert stockte er, küsste mich dann aber zurück. Ich war mir sicher, dass er meine Verzweiflung spüren konnte. Ich wollte nicht mehr diese Bilder sehen. Wollte nicht mehr daran denken, was soeben passiert war und Sun hatte es bis jetzt immer geschafft, mich von allem und jedem abzulenken. Doch jetzt war er zurückhaltend, zu zaghaft, er überrollte mich nicht. Das Bild des toten Mannes mit den leeren Augen flackerte erneut in meinem Kopf auf, und ich schluchzte gegen Suns Lippen. Wimmernd löste ich mich von ihm, um die Hände vors Gesicht zu schlagen und in die Kissen zu schluchzen.

»Lass mich zu ihr. Bitte, Sun«, flüsterte Ice schmerzverzerrt, doch ich bekam es nur am Rande mit. Sun musste sein Einverständnis gegeben haben, denn die Matratze senkte sich an meiner anderen Seite und ich fühlte seine erfrischende, reinigende Energie, die vorsichtig über mich hinwegstrich, bevor er an mich heranrückte. Sofort verebbte das Zittern ein wenig. Die Luft glitt ein bisschen einfacher in meine Lungen und Entspannung legte sich über mich. Ice war schon immer ein Meister darin gewesen, mich zu beruhigen.

Sanft strich er meine Haare aus meinem Nacken. Dann folgten seinen Fingern diese unsagbaren Lippen; sie waren glatt und voll und ich liebte es, sie auf mir zu spüren.

Erleichtert seufzte ich, als seine Energie mich einlullte und intensiver wurde. Ich schmiegte mich gegen den harten Körper hinter mir, genauso wie in das Fell des großen Wolfes, der sich unauffällig in meinen Körper geschlichen hatte. Er nahm die Last von meinen Schultern. Die Energie trug die Bilder davon und ließ meinen Geist wieder frei atmen. Auf Watte laufen. Schweben. Es war befreiend, vor allem, weil ich mich schon sehr lange danach gesehnt hatte, Ice so nah zu sein.

Es war schön.

Seufzend drehte ich mich zu ihm und kuschelte mich enger in seine Arme. Seine Hände strichen über mein Haar, seine Lippen lagen an meinem Ohr, sein Atem war warm an meinem Nacken, während sich um uns herum die Stille ausbreitete.

So hielt er mich. Ich wusste nicht wie lange, aber letztendlich forderte mein Körper seinen Tribut. Ich glitt langsam hinfort, war nicht mehr in der Lage einen Gedanken zu formulieren und entspannte komplett.

So sehr, dass ich eingehüllt von den beiden einschlief …

***

Träge öffnete ich meine Augen und sah, dass Ice nicht mich, sondern Sun anschaute. Mein Blick folgte seinem und ich keuchte, weil ich in bekannte orangefarbene Infernos versank. Sun lag, außer Reichweite, auf seiner Seite und starrte mich an, als würde er mich am liebsten an sich reißen. Doch er hielt sich zurück und ließ Ice den Vortritt. Einfach weil es mir gut tat. Weil ich es in diesem Moment brauchte. Und dafür liebte ich ihn noch ein bisschen mehr. Ich ließ zu, dass er die Gefühle in meinen Augen sah, als ich meine Hand nach ihm ausstreckte, um ihn zu berühren.

Doch ich zuckte zurück, denn Ice' Lippen glitten hauchzart über meinen Hals und ich konnte nur noch ihn fühlen, nur noch ihn sehen, als ich meinen Kopf wie in Zeitlupe wieder zu Ice drehte, um in den eisblauen Gletschern zu versinken. Sein sonst so kalter Blick verglühte mich und die Funken tanzten nur so in seiner Iris.

Es war klar, was er wollte.

Leise und hilflos stöhnte ich seinen Namen und bog meinen Rücken durch. Drängte mich diesen Lippen entgegen, nach denen ich mich schon so lange sehnte und wollte wieder näher an ihn rücken, doch Ice drehte mich so herum, dass ich mit dem Rücken zu ihm lag, worauf ich einen kleinen brummenden Protestlaut von mir gab.

Ich wollte ihn endlich küssen, doch er ließ mich nicht, sondern widmete sich wieder meinem Hals und meinen Nacken, biss leicht hinein, züngelte über meine Haut, machte mich verrückt. Seine Hand glitt über meine Seite und er spielte mit dem Saum meines Kleides, ließ seine Finger darunter streichen und neckte mich sanft, bis ich meine Beine aneinander rieb, um das Pochen in meinem Schoß zu verdrängen.

Er sollte mich berühren. Ich wollte diese Lippen auf mir und wenn schon nicht auf meinem Mund, dann an anderen Orten, wo ich sie noch besser spüren konnte. An Orten, die pulsierten und vibrierten und die förmlich nach seiner Aufmerksamkeit lechzten.

»Was willst du von Ice, Seraphina?« Plötzlich war da Suns Stimme und sie klang so erotisch wie immer. Ice stockte mit seinen Lippen an meinem Hals, aber nur einen winzig kleinen Moment, dann machte er weiter, leckte über meine Ohrmuschel, sodass sein heißer Atem mich überflutete.

»Ich … ich … «, konnte keinen klaren Gedanken fassen, aber selbst wenn, hätte ich nichts verraten. Das wäre zu peinlich.

»Sag es!«, hauchte Sun leise. »Du hast nur diese eine Chance.« Oh mein … Gott, das war die Gelegenheit und die musste ich nutzen!

»Küss mich, Ice … «, wisperte ich also leise und drehte mich auf den Rücken, von Sun weg und zu Ice hin. Dieser zögerte nicht einen winzig kleinen Moment, als er sich über mich beugte und mit seinen Lippen über meine strich.

Ich schmolz förmlich dahin und stützte meine Hand auf seine Brust, doch plötzlich ertönte wieder Suns Stimme.

»Stopp!« Ice stoppte tatsächlich. Sein heißer Atem strömte in meinen Mund. Seine Augen waren wie zwei funkelnde Edelsteine, als wir uns ansahen. Ich reckte mich ihm entgegen, um ihn einfach selbst zu küssen, aber er wich ein wenig zurück und ich ließ den Kopf resigniert in die Kissen zurück fallen. Keuchend drehte ich Sun mein Gesicht zu und sah, wie er sadistisch grinste. Oh nein, wie konnte ich nur vergessen, dass die Strafe noch ausstand? Sun würde mich hier am langen Arm verhungern lassen, nur um seine Macht zu demonstrieren und seinen Willen durchzusetzen. Arschkater!

Als wüsste er, was ich dachte, lächelte er und rutschte dann ans Kopfende des Bettes, wo er sich mit dem Rücken dagegen lehnte und die Beine spreizte. Ich konnte einfach nicht anders, als an die Stelle zu starren, wo er dick und groß aufragte. Sofort schmeckte ich ihn auf der Zunge und wollte ihn erneut mit meinem Mund erkunden. Ich war einfach schon zu erregt, um lange an meiner Wut festzuhalten.

»Du hast nicht gesagt, wo dich Ice küssen soll …«, raunte er nun leise und hielt mir seine Hand entgegen. »Komm her«, forderte er dann locker und ich wusste, es hätte keinen Sinn, sich zu sträuben, denn ich *wollte* folgen und somit vergessen, mich einfach nur fallen lassen, um mich unter Suns wissenden Anweisungen mehr als gut zu fühlen. Also kam ich auf alle Viere und krabbelte zu Sun. Zwischen seinen Beinen blieb ich knien.

Er strich mir mit beiden Händen die Haare aus dem Gesicht, umfasste meinen Kopf und zog mich an sich. Als er mich jetzt küsste, vermischte sich seine Energie heiß mit der erfrischenden von Ice und ließ mich stöhnen. Eine Energie allein war ja schon berauschend, aber beide zusammen, beide Tiere vereint, die durch meinen Körper schlichen, der eine fordernd und fest, der andere sanft und berauschend, das war zu viel des Guten. In meinem Kopf begann sich alles zu drehen.

Die Emotionen überforderten mich und ich drohte zu ersticken, als mich Sun plötzlich unter den Armen packte und mich herumdrehte, sodass er sich hinter mir befand. Mit seinem Mund ein meinem Ohr flüsterte er:

»Ich erfülle dir deinen Wunsch und Ice darf dich küssen, aber nicht auf deine oberen Lippen.« Die Muskeln tief in meinem Bauch zogen sich zusammen und mein Blick flog zu Ice. Dieser kniete verloren auf dem großen Bett und war schon so erregt, dass seine Härte fast den Bauchnabel berührte. Sein Atem kam keuchend und Schweiß perlte über seine klar definierten Muskeln.

»Zeig ihr, was es heißt, deine Lippen und deine Zunge zu spüren!«, forderte Sun leise und seine Hände glitten an meinem Bauch hinab. Weiter, immer weiter bis zu meinen Oberschenkeln. Er nahm sie und spreizte sie langsam. Mit jedem Zentimeter schlug mein Herz schneller, während Ice und meine Blicke in unerfüllter Leidenschaft verbunden waren.

Ich ließ es geschehen, dass Sun mich öffnete, alles von mir offenbarte und mein Kleid automatisch an meinen Oberschenkeln nach oben rutschte. Sobald ich nichts mehr verstecken konnte und Sun meine Knie an Ort und Stelle hielt, wanderte Ice' Blick automatisch zwischen meine Beine und etwas, das fast wie Schmerz wirkte, verformte sein Gesicht, ließ ihn seine Stirn runzeln, seinen Mund einen Spalt weit öffnen und seine Fäuste ballen. Ein kleines, besitzergreifendes und gleichzeitig drängendes Knurren entwich seiner Kehle.

In Zeitlupe setzte er sich plötzlich auf und näherte sich mir– langsam wie hypnotisiert. Nur ein Ziel vor Augen. Seine Bewegungen waren anmutig und raubtierhaft. Ich konnte jeden einzelnen Muskel spielen sehen und fühlte mich ihm komplett ausgeliefert. Mir war klar, dass er dort unten besonders gut mein verlockendes Blut pulsieren sah und sich zurückhalten musste, um mich nicht wortwörtlich aufzufressen, wenn er mich dort berührte.

Sein Tier knurrte verlangend, ebenso wie Suns. Doch dieser hatte sich im Moment besser im Griff als Ice… und das machte mir Sorgen.

Ganz automatisch bekam ich es ein wenig mit der Angst zu tun. Ein tief verwurzelter Instinkt. Denn er war immer noch ein Raubtier, das von seinen Trieben beherrscht wurde. Unablässig starrte er zwischen meine Beine, während er gemächlich auf mich zukroch und seine Lippen leckte, als hätte er eine schmackhafte Beute im Visier. Panik ließ meinen Körper verkrampfen und das Adrenalin hochkochen, während nur ein Gedanke in mir Gestalt annahm: Flucht.

»Ice …«, wimmerte ich. Sein Blick flog ruckartig hoch in meine Augen und er erstarrte. So hatte ich ihn noch nie zuvor gesehen. So dunkel. So düster. Ohne jegliches Gewissen hinter diesen ausdrucksstarken blauen Gletschern. Wie der Killer, der er war. Ich wand mich, wollte immer noch weg, doch Sun hielt mich fester und flüsterte heiser:

»Wenn du nicht damit aufhörst, Angst vor ihm zu haben, könnte das hier außer Kontrolle geraten. So spornst du unsere Biester an, weil du nach Beute riechst.«

»Würdest du zulassen, dass mir etwas geschieht?«, fragte ich leise. Sun lachte leise und ich fühlte wie seine Nase sanft über meine Schläfe strich, in meine Haare, wie er an mir roch und seine Hände plötzlich über meinen Oberschenkel nach unten glitten.

»Niemals!«, flüsterte er rau und sofort entspannte ich mich wieder etwas, denn Sun war bei mir. Die Angst rückte langsam in den Hintergrund, während die Erregung wieder überhandnahm, als Suns Finger sich verselbstständigten. Mein Atem beschleunigte sich, während ich mich auf seine Berührungen konzentrierte.

»So weich, so verlockend …«, murmelte Sun, während Ice zwischen meinen Beinen kniete und Suns Händen mit dem Blick folgte, ohne sich zu bewegen. Sun glitt an meinen äußeren Lippen entlang und spreizte mich sanft wie eine Blüte, die sich für die Sonne öffnet.

»Kannst du das, ohne sie zu verletzen?«, fragte er sehr ernsthaft und dabei bot er das dar, was Ice haben konnte.

Dieser schaute zu Sun und irgendwas in dessen Augen drängte das Raubtierhafte in Ice zurück. Ein gefühlvoller Ausdruck erschien in ihnen und erinnerte wieder an meinen Ice, dem ich normalerweise bedingungslos vertraute.

Ice schluckte hart. Sein Adamsapfel hüpfte, dann fanden seine halbwölfischen, halbmenschlichen Augen meine und er sah wirklich schmerzverzerrt aus.

»Ich werde dich nicht verletzen. Auch wenn deine Angst meinem Biest etwas anderes befiehlt.« Seine Stimme klang etwas zu tief, etwas zu gepresst, aber ich glaubte seinen Worten. Auch wenn seine Körperhaltung immer noch GEFÄRHLICHES, BLUTGIERIGES RAUBTIER schrie.

Ich nickte, was als Aufforderung interpretiert wurde, denn Ice lächelte mich an. Allerdings keineswegs beruhigend, weil seine scharfen Zähne dabei aufblitzten. Er beugte seinen Kopf zur Seite und küsste die Innenfläche meines Knies, ohne meinen Blick loszulassen. Ich keuchte auf, als seine Lippen mich berührten und verschlang ihn förmlich mit den Augen, während er sanfte Küsse über meinen verletzlichen Innenschenkel herabregnen ließ und sich langsam seinen Weg bahnte.

Unruhig drängte ich mich gegen Sun. Er zuckte als Antwort in meinem Rücken und knurrte warnend, was das Gepoche in meinem Inneren nur schlimmer machte. Während Sun mich immer noch geduldig spreizte und ich jeden noch so kleinen Lufthauch förmlich bis in mein Innerstes fühlen konnte, waren Ice' Lippen fast angekommen, und ich hielt die Luft an.

Bevor er mich mit der Zunge berührte, roch er an mir ... Sehr genussvoll, während seine Lider langsam zuglitten. Seine langen Wimpern kitzelten dabei meinen überempfindlichen Intimbereich. Dann berührte er mich ... In einem trägen, langen, nassen Zug leckte er von unten nach oben, zu der geschwollenen Knospe, die nach ihm verlangte. Ich schrie leise auf und Ice stöhnte inbrünstig, sobald er mich schmeckte. Träge strich er über die eine Seite hinab, dann über die andere herauf, und sammelte jeden Tropfen mit langen Zügen auf, was mich dazu brachte, zu keuchen und mich zu winden.

Das gefiel Ice nicht, denn seine Hände packten meine Oberschenkel und hielten mich gespreizt. Er verhinderte somit meine Bewegungen, was auch wirklich nötig war, als er wieder oben ankam und diesen einen winzig kleinen Punkt umkreiste. Er sah mir in die Augen und hielt mich mit seinem Blick fest. Dann legte er *endlich* seine Lippen darum und küsste mich *dort*. Sobald er dabei mit der Zunge direkt darüber strich, während er sanft saugte, schrie ich erneut auf und drehte mein Gesicht, um es an Suns Hals zu vergraben. Doch das machte alles nur noch schlimmer, denn so roch ich ihn und schmeckte seinen Schweiß auf meinen Lippen, auf die ich biss, um sämtliche Geräusche zu unterdrücken. Aber ich konnte es nicht verhindern.

Ice ließ mir keine Chance. Er knurrte wieder, als ich erneut versuchte, mich n ihm zu entziehen, weil ich dieser süßen Folter kaum stand hielt, und das ließ seine Zunge vibrieren, die direkt über meine Knospe glitt, was alles in mir zum Rauschen brachte. Meine Brustwarzen wurden so hart, dass sie schmerzten. Die Muskeln in meinem Unterleib zogen sich immer wieder zusammen. Mein Atem kam nur noch stoßweise und ich fühlte selbst, wie ich mit heißem Schweiß geflutet wurde.

Erneut blickte Ice zu mir hoch, als er merkte, wie ich auf sein Knurren reagierte. Ich starrte ihn nur vernebelt und keuchend an. Dann grinste er langsam und sinnlich und strich mit der Zunge wieder über diesen besagten Punkt, während seiner Kehle Vibrationen entstiegen. Ich konnte auch noch genau beobachten, was er tat und versuchte wimmernd gegen seine übermächtigen Hände anzukämpfen, mich umherzuwerfen, doch ich hatte natürlich keine Chance. Wieder knurrte er und ließ die dunklen Vibrationen immer wieder mit voller Absicht durch meinen Körper hindurch gleiten.

Laut schreiend warf ich meinen Kopf zurück gegen Suns Schulter. Meine Hände, die sich bis jetzt an Suns Armen festgekrallt hatten, schossen vor und griffen in Ice' Haare. Ich drückte ihn enger an mich und wollte ihm meine Hüften entgegenpressen, doch ich war von den beiden übernatürlich starken Männern gefangen, war ihnen komplett ausgeliefert und diese Hilflosigkeit machte das alles nur noch besser. Berauschender … Es war der Wahnsinn.

Ice wirbelte mich immer weiter hoch. Ich wusste, gleich würde ich fallen, und nach der unbefriedigenden vorherigen Nacht sehnte ich mich nach nichts anderem als dieser süßen, unvergesslichen Erlösung, die mir Sun schon einmal offenbart hatte. Ich brauchte sie dringend.

Denn noch so eine Tortur würde ich nicht ertragen, ohne wahnsinnig zu werden.

Mit seiner Zungenspitze drückte Ice fester und ich bäumte mich ihm entgegen. Gleich, jeden Moment würde es geschehen. Ich schloss meine Augen und öffnete den Mund für den alles herauslassenden finalen Schrei.

Doch plötzlich flüsterte Sun leise: »Stopp!« Dabei klang er so … warnend, dass Ice sofort innehielt und dem Druck kein Ende machte. »Weg von ihr«, murmelte Sun weiter und strich mir ein paar schweißnasse Strähnen aus dem Gesicht. Ice wich, wild atmend und mit feuchten Lippen, auf seine Hacken zurück. Ich konnte es nicht glauben!

»Nein!«, jammerte ich und sträubte mich gegen Sun, doch dieser hielt mich jetzt am Bauch fest und drückte mich an sich. »Das kannst du mir doch nicht antun!«, schrie ich und wehrte mich vehementer, sodass Sun lachte, weil ich ohnehin keine Chance hatte.

»Ice!«, rief ich dann vorwurfsvoll und starrte ihn flehend an, während er immer noch schwer atmend und am ganzen Körper vor Schweiß glitzernd zwischen meinen Beinen kniete. So nah und doch so fern. Er war so hart, dass die feuchte Spitze fast seinen Bauch berührte, welche aufgrund meines Blickes begann zu zucken, doch er hielt sich zurück. Auch wenn er darüber alles andere als glücklich war. Zwischen meinen Beinen zog es nun so sehr, dass es fast schmerzte.

»Sun, bitte … «, flehte ich weiter. Leider waren mein Denken und Sprechen im Moment stark eingeschränkt, weswegen ich nicht mehr rausbrachte. Dafür raste mein Herz und mein Atem ging stoßweise.

»Nein, mein Menschenmädchen«, flüsterte er und küsste mich verdammt keusch auf die Wange. »Du hast heute Nachmittag deinen Willen bekommen, als du gegen meine Regeln aufbegehrt hast, aber ich habe dir gesagt, dass dieser Sieg nicht umsonst war.«

Im nächsten Moment löste er sich von mir, indem er unter mir wegrutschte und ich plump in die Kissen zurückfiel. Keuchend rappelte ich mich auf und sah gerade noch, wie Sun neben dem Bett stand und die Arme verschränkte. Zufrieden grinste er mich an, während Ice sich vom Bett schwang.

»Ich kann mir auch selbst helfen!«, presste ich wütend hervor, auch wenn ich keine Ahnung davon hatte, wie das ging. Sun wirkte so arrogant, dass ich die schlimmsten Dinge mit ihm tun wollte, während er sagte: »Dann wird die nächste Strafe noch schlimmer ausfallen, und glaube nicht, dass ich es nicht merken würde, wenn du befriedigt bist.«

»Das ist Folter!«, zischte ich Sun an. Dieser zuckte lediglich mit den Schultern und sah immer noch überheblich auf mich herab.

»Anders kann ich es dir nicht begreiflich machen.«

»Was?«, knurrte ich, obwohl ich kein Gestaltwandler war.

»Dass ich der Meister über deine Lust bin«, antwortete Sun, als wäre es klar. Dann drehte er sich um und marschierte aus dem Zimmer. Eine anmutige Handbewegung machte klar, was Ice zu tun hatte. Er blickte mich noch einmal entschuldigend an, bevor er Sun folgte und die Tür leise hinter sich schloss.

Und ich? Ich vergrub mein Gesicht in den Kissen und schrie so laut, wie ich noch nie geschrien hatte!

Kapitel 5

Wenigstens hatte ich den toten Gestaltwandler vergessen, das redete ich mir zumindest ein, aber sobald ich mitten in der Nacht immer noch allein dalag, kamen die Bilder wieder und ich fühlte mich dazu auch noch missbraucht. Vermutlich war es dumm so zu denken, schließlich hatte *ich* die Initiative ergriffen und Sun zu mir aufs Bett gezogen und geküsst. Kopfschüttelnd drehte ich mich auf die Seite. Ich wusste nicht, was in letzter Zeit in mich gefahren war, aber die Sehnsucht nach den beiden wurde immer größer. Wahrscheinlich hatte ich genau das getan, was Sun gewollt hatte. Der alte Manipulator. Er hatte mir so viele Versprechungen gemacht und nichts davon gehalten!

Mein freier Wille war eine Illusion, stattdessen fühlte ich mich mehr denn je wie eine Gefangene. In meinem Kopf herrschte das komplette Chaos und ich hatte kaum eine Gelegenheit, all die Geschehnisse zu verarbeiten. Viel zu einnehmend waren die Gestaltwandler. Ihr Wesen, ihre Energie, ihr ganzes Verhalten überfiel mich regelmäßig. Und als wäre es nicht genug, spielten sie mit mir. Besonders Sun hatte daran eine kranke Art von Gefallen gefunden. Selbst als Ice mich berühren durfte, geschah das nicht, um mir zu helfen und mich von meinem Schock abzulenken, sondern um uns an diesen gewissen Punkt zu treiben, nur um uns dann im letzten Moment zu trennen. Einfach weil er es konnte und um zu zeigen, wer das Sagen hatte.

Sun hatte das Spiel mit der Lust ebenso perfektioniert wie die Jagd. Das war unfair, denn das alles überforderte mich. Ich verstand nicht, was mit meinem Körper passierte, war ihm völlig hilflos ausgeliefert, wenn es um diese Ebene unserer Beziehung ging. Er nutzte mich aus, demütigte mich immer wieder und stieß mich damit nicht nur einmal von sich. Kurzum, er machte mir deutlich, wie grausam er sein konnte. Ebenso grausam war auch das Wissen, dass Sun, und wahrscheinlich auch Ice, irgendwo bei einer anderen waren, dass sie sich dort das holten, was sie brauchten, während ich hier allein und verlassen mit schmerzendem Schritt lag.

Ich war so eifersüchtig, ich war so verletzt, ich war so wütend, ich war so enttäuscht.

Ich musste mit Ice reden! So konnte es nicht weiter gehen!

Nachdem ich den Entschluss gefasst hatte, wirklich etwas zu ändern, breitete sich selige Ruhe in mir aus. Und auch wenn ich wusste, dass diese nicht echt war, so hieß ich sie willkommen. Mit entschlossenen Schritten ging ich zur Tür – blickte nicht zurück auf das Bett und das Zimmer, wo ich die erotischsten und aufregendsten Stunden in meinem Leben erfahren hatte, aber auch immer wieder enttäuscht worden war.

Der Gang war leer, als ich ihn betrat. Zum Glück.

Während ich mich der Halle näherte, hörte ich die mitreißenden Trommeln bis zu mir nach oben dringen. Darunter mischten sich jauchzende und heulende Stimmen. Sie feierten wieder mal. Gerade war einer aus ihrer Runde gestorben und sie hatten nichts anderes zu tun, als eine Party zu veranstalten. Ich würde sie nie verstehen und ich wollte es auch gar nicht mehr versuchen.

Die Töne wurden lauter und die Trommeln begannen, in meinem Bauch zu vibrieren, als ich unten ankam und um die Ecke linste. Ja, sie feierten. Die Halle war in rote Flammen gehüllt, die von den Wänden niederstrahlten und die sich windenden Körper in flackerndes Licht hüllten. Anfangs wirkte alles wie eine riesige konturlose Masse, dann erkannte ich Lava, die lachend mit Sweet tanzte, sie auf ihre Schultern hob und herumhüpfte, sodass Sweets Zöpfe durch die Gegend schwangen. Entgegen meiner momentanen Gefühle breitete sich ein Lächeln auf meinem Gesicht aus. Als jedoch mein Blick weiter wanderte, erstarrte ich.

Gut, im Grunde hätte ich es wissen und darauf vorbereitet sein müssen, aber ich würde mich *niemals* an diesen Anblick gewöhnen. Besonders nicht bei ihm!

Ice lehnte mit seinem – zum Niederknien gemachten – Hintern am Altar, die Hände locker hinter sich gestützt. Er hatte den Kopf herabgebeugt, um die blonde, blöde Scheisswölfin, die schon häufiger um ihn herumscharwenzelt war, förmlich mit seinem Mund zu fressen, die vor ihm stand. Ihre Hände lehnten an seiner Brust, kratzten leicht darüber, während sie sich küssten und sie ihren delikaten langgezogenen Körper an ihm rieb. Langsam und genüsslich.

Dieses Bild war so grausam, so schmerzhaft, dass sich ein anderer Entschluss in meinem Bauch verfestigte. Ich würde gehen! Außerdem gab es meiner Wut neue Nahrung, was mir half diese Situation einigermaßen zu ertragen.

Es war besser, als die Enttäuschung zu ertragen, dass diese Lippen, die noch vor einer Stunde zwischen meinen Beinen die wunderbarsten Dinge angestellt hatten, jetzt von einem anderen Mund entweiht wurden … und das seine Zunge ihre umschmiegte, die gerade eben noch … Nein! Es reichte!

War es mein Schutz wert, mir das alles anzutun?

Sun würde mich niemals ganz an sich heranlassen, würde niemals mir gehören und verstehen, dass ich ein Wesen mit zerbrechlichen Gefühlen und Idealen war. Stattdessen würde er mich mit seinen Spielchen kaputt machen, aber vor allem würde er niemals erlauben, dass ich irgendwann mit Ice glücklich wurde. Ich würde letztendlich keinen von beiden bekommen, da sie mich nie so lieben könnten, wie ich es mir vorstellte. Und keiner der beiden, würde *jemals* mir ganz allein gehören. Nicht einmal Ice.

Es war hoffnungslos.

Wir waren zu verschieden.

Seitdem ich diesen Ort mein Heim nannte, hatte ich meine Jungfräulichkeit unfreiwillig verloren, war nicht nur einmal verführt und dann im letzten Moment fallen gelassen worden und hatte Todesängste um mich oder um einen der beiden ausgestanden.

Und was bekam ich dafür?

Schutz.

Und sonst?

Enttäuschung!

Gut. Da waren noch Lava und Sweet, die mir mittlerweile ans Herz gewachsen waren, aber sie allein konnten mich hier nicht halten.

Ich gehörte hier nicht her, denn so würde ich niemals glücklich werden. Wieso sollte ich dann hierbleiben und ihnen ständig etwas schuldig sein?

Da draußen waren meine Überlebenschancen sehr schlecht, aber vielleicht könnte ich die Amazonen mit den Riesenbrüsten finden und fragen, ob sie mich aufnehmen würden.

Ich wäre nicht mehr von den Launen der Gestaltwandler abhängig, besonders Suns, der dann keine Möglichkeit mehr hätte, mit meinem Körper und meinen Gefühlen zu spielen. Bei ihm konnte ich mir nie sicher sein. Wahrscheinlich liebte er mich nicht einmal, dafür war ich ihm nicht wichtig genug. Alles was ihm etwas bedeutete, war, dass ich ihn als König anerkannte und mich ihm unterwarf. Dann würde ich nur eine unter vielen sein, aber im Grunde war ich das doch jetzt schon. Dummerchen. Ich lachte bitter auf, als mir klar wurde, dass ich mir die ganze Zeit etwas vorgemacht hatte. Ich war so naiv.

Sun würde mich niemals lieben, weil er dazu einfach nicht fähig war. Gestaltwandler wussten ja nicht einmal was Liebe war.

Ohne noch einmal zu Ice zu sehen, stapfte ich los und nahm mir fest vor, nicht zu Suns Felsen hochzublicken. Ihn wollte ich nicht auch noch mit einer anderen erwischen.

Wie oft konnte mein Herz denn noch brechen, bevor es ganz den Geist aufgab? Nicht mehr oft! So fühlte es sich zumindest an, als ich an der Rückwand der Höhle entlangschlich, um mein Hab und Gut aus meinem Zimmer zu holen.

Entschlossen band ich mir meinen Lianengürtel um. Dann steckte ich meinen Dolch in den Schaft und die Flasche in die passende Öffnung. Auf Zehenspitzen ging ich wieder zurück, ohne dass mich jemand bemerkte.

Mir war unwohl bei dem Gedanken, mich erklären zu müssen, sollte ich erwischt werden, besonders Lava gegenüber. Was sollte ich auch sagen, ohne mich noch mehr bloßzustellen? Doch sie alle waren zu sehr mit sich selbst oder mit jemand anderem beschäftigt, um mich an meiner Flucht zu hindern.

Warum, Ice? Die Frage schwirrte unablässig in meinem Kopf umher, aber ich würde sie ihm nicht mehr stellen.

Sobald ich in dem düsteren langen Gang ankam und die Fackeln mir den Weg erhellten, beschleunigte ich meine Schritte etwas. Am Schluss rannte ich, weg von ihnen und auch mir selbst, weg von dem Bedürfnis umzudrehen, die blonde Wölfin an den Haaren von Ice zu ziehen und dasselbe mit derjenigen zu tun, die wahrscheinlich an Sun hing, die beiden dann nach oben zu zerren und *ihnen* mal zu zeigen, zu was *ich* fähig war. Was hatten sie nur aus mir gemacht? Eine Sklavin meiner Lust!

Die Luft, die mich umwehte, sobald ich aus dem Gang stolperte, war kühler, als ich erwartet hatte. Es stürmte.

Als ich hoch in den Himmel blickte, zogen dunkle dichte Wolken an den Monden vorbei, die geheimnisvolle Schatten über den Dschungel tanzen ließen. Es war beängstigend. Es war gruslig. Aber ich ging dennoch weiter und drehte nicht um.

Ja, vielleicht war ich von dem dauernden Gepoche zwischen meinen Beinen wahnsinnig geworden. Wahrscheinlich auch einfach nur verzweifelt.

Die erstbeste Wurzel brachte mich mit voller Absicht zum Stolpern, indem sie sich hob, aber ich ließ mich nicht aufhalten. Stattdessen fing ich mich und lief weiter, immer tiefer in die Büsche und in die riesigen Wälder drang ich vor. Dabei ignorierte ich die Doraden, die mir von ihren Bäumen hinterherriefen, wohin ich denn unterwegs sei. Sie hätten es brühwarm jedem vorbeikommenden Gestaltwandler erzählt, die alten Klatschweiber.

Der Wind war hier zwischen den Bäumen nicht ganz so stark und doch flogen meine Haare umher, sodass ich mir wünschte, ich hätte sie zurückgebunden, so wie Ice es immer machte. Wie würden sie wohl reagieren, wenn einer von ihnen hoch in Suns Zimmer käme und es leer vorfände?

Würden sie mich suchen? Würden sie mich überhaupt vermissen oder wäre es ihnen egal und sie würden gleich die nächste Party feiern?

Nieselnder Regen setzte ein. Bald war ich völlig durchweicht, aber so konnte ich mir wenigstens einbilden, dass die Tränen auf meinen Wangen auch Regentropfen waren.

Nie wieder würde ich Suns Lächeln sehen und seinen Küssen verfallen, nie wieder eine Chance, dass Ice' Lippen mich berührten, seine Hände mich trösteten und seine Stimme mir schöne Worte ins Ohr flüsterte.

Es tat weh und es ärgerte mich, dass ich sie schon so in mein Herz geschlossen hatte. Ich war viel zu gefühlsduselig. So etwas gehörte einfach nicht in diese Welt, und doch empfand ich ... Verlangen ... Enttäuschung, aber vor allem Sehnsucht. Es war, als würde mein Herz in die andere Richtung ziehen, als würde es mich dazu drängen umzudrehen und in den Schutz ihrer Arme zurückzukehren, aber was dann? Dann wäre ich da, wo alles begonnen hatte. Sun würde mich für seine Zwecke und Gelüste benutzen und Ice ihm wie ein braves Hündchen folgen, ohne auf mich Rücksicht zu nehmen. Ich war es nicht gewöhnt, wie ein Objekt behandelt zu werden. Mein Opa, für den ich immer seine Prinzessin gewesen war, hatte versucht, mir alles zu ermöglichen, was ging, gerade weil er wusste, dass ich in dieser Welt viel entbehren musste und wir es so schwer hatten zu überleben. Jemand war für mich dagewesen – immer. Und nun?

An einer schlammigen Stelle rutschte ich aus und fiel in den Matsch. Toll! Aber ich hatte auch nicht mehr den Antrieb weiterzugehen, als rappelte ich mich in eine sitzende Position auf und lehnte mich mit dem Rücken an den nächstbesten Baum. Dann umschlang ich mit meinen Armen meine Knie und ergab mich der Hilflosigkeit und Verzweiflung, die ich fühlte. Würde es jemals aufhören? Durfte ich nicht einfach mal glücklich sein?

Nein, nein und nochmals nein. Ein Gesetz in dieser Welt besagte wohl, dass man niemals einfach so das bekam, was man sich am meisten wünschte. Oder war das vielleicht in allen Welten der Fall?

***

Ich musste eingeschlafen sein, denn ich schreckte auf, weil mich etwas an der Schulter berührte. Träge öffnete ich die Augen und ließ einen Todesschrei los, als ich in *wirklich* monströse braune Augen blickte. Der Riese vor mir zuckte zusammen, brüllte ebenfalls wie am Spieß, weil ich ihn erschreckt hatte, und wich schnell zurück. Umständlich rappelte ich mich auf, rutschte dabei nicht nur einmal in dem Matsch aus, und hechtete hinter die nächstbeste Riesenwurzel des Baumes.

Dort schielte ich dann vorsichtig hervor und sah einen sehr, sehr großen Mann, der tatsächlich in ein weißes Leinentuch gewickelt war und mich genauso skeptisch betrachtete wie ich ihn. Er versteckte sich ebenfalls hinter einem Baum, was aber nicht viel brachte, weil der ihm nur bis zu den Schultern reichte. Keuchend atmete ich ein, beruhigte mich jedoch allmählich. Im Grunde war er gar nicht so furchteinflößend, allein das Tuch, das um seinen Körper geschlungen war, machte den Eindruck, als wäre er in Ordnung. Dunkelbraune riesige Locken auf dem Kopf und ein rundlicher Körper gemischt mit einer dicken Knollennase ließen ihn vertrauenswürdig erscheinen. Irgendwie sah er knuffig aus.

»Was bist du?«, fragten wir beide gleichzeitig. Wobei er natürlich ein bisschen lauter als ich sprach.

»Ein Mensch«, antwortete ich, als er gleichzeitig meinte: »Ein Huasa« und ich entspannte mich sofort, denn von diesen Wesen hatte mir Opa oft genug erzählt. Huasas waren ruhige Riesen, die simpel gestrickt schienen, aber hohe moralische Ansichten vertraten.

Ich kam grinsend hinter meinem Baum hervor, was dieses Riesenbaby dazu brachte zurückzuweichen. Seine Zurückhaltung brachte mich zum Kichern, denn allein dieses Bild, wie dieser Koloss vor einem kleinen Menschlein davonstolperte, musste zu komisch wirken.

»Ich tue dir nichts«, beruhigte ich ihn sanft und blieb stehen, als er sich panisch gegen einen anderen Baum lehnte. Dieser fiel allerdings unter seinem Gewicht um, sodass er schutzlos dastand und mich nur mit großen Augen ansah, die sich nach meinen Worten verengten.

»Ich habe schon von euch Menschen gehört. Man erzählt, ihr hättet eine verlogene Zunge, die einem genau das weismacht, was man glauben soll, damit ihr dann eurem Gegenüber in den Rücken fallen könnt.« Hm, langsam interessierte mich wirklich, wer sich so was ausdachte. Ich war meines Wissens der einzige Mensch hier, und hatte noch gar keine Gelegenheit, dieses Wesen zu hintergehen. Ganz zu schweigen davon, dass ich es auch nicht vorhatte, denn so wurde ich nicht erzogen …

»Jeder Mensch ist anders.« Wenn ich Opa glauben durfte, und das tat ich. «Ich bin nicht so.« Dann streckte ich ihm meine Hand mit der Handfläche nach oben als Geste des Friedens entgegen.

Er verengte die Augen weiter. »Belügst du mich jetzt?«, fragte er hoffnungslos naiv, als ob ihm das ein Lügner auf die Nase binden würde ...

»Nein.« Ich schüttelte den Kopf. »Es gibt sicherlich Menschen, die so sind. Sie lügen und betrügen.«

Ich konnte es zwar nicht wissen, aber eine kleine Stimme in meinem Kopf sagte mir, dass dies die Wahrheit war. »Irgendwo gibt es sie vielleicht. Aber ich bin in dieser Welt wohl der Einzige und ich wurde zur Ehrlichkeit erzogen. Auch wenn es dem Gegenüber nicht gefällt und es nicht das ist, was er hören will, werde ich immer die Wahrheit sagen.«

Er entspannte sich ein klein wenig und schien über meine Worte nachzudenken. »Die Wahrheit ist gut. Sie wohnt nur in reinen Herzen«, erwiderte er und ich nickte. Es war ein wenig verwirrend, dass solche Weisheiten aus dem Mund von diesem pausbäckigen Riesen kamen, aber naja, Opa hatte immer gesagt: *Wenn du nur nach dem Äußeren gehst, wird der andere dich immer blenden können, denn das Aussehen kann man leicht verändern. Die Seele jedoch kannst du nicht verkleiden.*

»Ja«, meinte ich nickend. »Du bist selbst jemand, der immer die Wahrheit spricht, oder? Dann ist es für dich schwer zu erkennen, ob ich lüge.«

Er nickte und setzte sich schwerfällig hin, verschränkte die Beine zum Schneidersitz, während ich mich vorsichtig ihm gegenüber niederließ.

»Wenn jemand lügt, dann schaut er immer nach links und nicht in deine Augen … Es sei denn, er ist wirklich, wirklich gut darin. Das ist die erste Regel«, erklärte ich ihm und zählte auf, was Opa mir beigebracht hatte. Lügner zu enttarnen, war nur eine seiner Lektionen gewesen.

»Woher weißt du das alles?«, fragte der freundliche Riese. Jedes Misstrauen war aus seinem Blick gewichen und hatte Neugier Platz gemacht.

»Mein Opa hat versucht, mir die richtigen Werte zu vermitteln und hat mir erklärt, wie ich die schlechten erkenne.« Ich zuckte mit den Schultern. Irgendwie schien ich aber selber dieses Wissen nicht immer anwenden zu können.

»Das hört sich nach einem weisen Mann an. Wo ist er?« Er schaute sich um, als würde er erwarten, dass mein Opa jeden Moment aus dem Gebüsch spazierte. Mein Herz stach heftig.

»Er ist gestorben«, antwortete ich und schaffte es den Kloß in meinem Hals hinunterzuschlucken.

Es regnete nicht mehr und eine der Sonnen ging langsam am Horizont auf. Die Vögel begannen zu zwitschern und übertönten zeitweise das laute Zirpen der Riesen-Grillen. Ein Klaffe mit einer Springfeder anstatt Beinen hüpfte fröhlich an uns vorbei. Der Dschungel erwachte zum Leben.

»Das tut mir wirklich leid«, meinte der Riese und er schien der Erste zu sein, der verstand, wie es mir ging. Er sah fast so verloren aus, wie ich mich fühlte, als er mir sein Beileid bekundete. Es tat gut und ich lächelte schwach.

»Mir auch, aber ich kann es nicht ändern.«

»Ja, man kann die Toten nicht ins Leben zurückholen. Auch, wenn man es sich sehnlichst wünscht.« Dabei klang er traurig und schaute so verloren in die Ferne, dass mir klar wurde, dass auch er jemanden vermisste.

»Wen hast du verloren?«, fragte ich und sein Blick flog zu mir, als hätte ich ihn aus einer unbekannten Welt gerissen.

»Meine Frau«, antwortete er leise und sprach dann weiter, während er das Gras büschelweise ausrupfte und damit herumspielte. »Sie wurde von Wölfen gejagt und ist eine Klippe hinuntergesprungen, als sie keinen Ausweg mehr fand.

Ich kam zu spät, ich konnte sie nicht retten, nur dabei zusehen, wie sie fiel …« Ich hielt die Luft an.

»Das ist schlimm … Es tut mir auch leid.« Er zuckte mit den Schultern, rupfte und rupfte und rupfte. Einige Sekunden schwiegen wir und hingen unseren Gedanken nach, erinnerten uns an diejenigen, die uns genommen wurden. Dann fiel mir etwas auf …

»Was für Wölfe waren es?«, fragte ich gepresst. Er mied meinen Blick, und so konnte er die aufkeimende Anspannung in mir nicht erkennen.

»Sie waren sehr groß. Ich glaube, es waren Gestaltwandler«, meinte er gequält.

»War auch ein Weißer dabei?«, bohrte ich mit zugeschnürter Kehle weiter und war sofort erleichtert, als er den Kopf schüttelte.

»Nein, sie waren alle braun, bis auf einen schwarzen an der Spitze …« Ash! Wen hatte er sonst noch auf dem Gewissen? Sie hatten es nicht nötig Riesen zu jagen. Es gab genug Tiere im Dschungel!

»Auch, wenn es sich grausam anhört, stelle ich mir jede Nacht vor, dass ich diesen schwarzen Anführer zermalme und alle anderen Gestaltwandler mit ihm!«, knurrte der Riese, und der Hass, der in seiner Stimme mitschwang, ließ meinen Nacken prickeln.

»Nicht alle sind so«, verteidigte ich sie sofort. »Es ist wie bei uns Menschen. Keiner gleicht dem anderen.«

»Woher willst du das wissen?« Mit stechendem Blick beobachtete er mich.

Oh. Oh. Vielleicht sollte ich ihm nicht gerade jetzt sagen, dass ich einige von ihnen in mein Herz geschlossen hatte. Doch belügen wollte ich ihn auch nicht, also sagte ich:

»Ich kenne einige von ihnen. Und die jagen keine Unschuldigen.«

»Du kennst sie?« Er klang entsetzt. »Woher?«

Ich schloss die Augen. »Ich habe eine Zeit lang bei ihnen gelebt.«

»Was? Du hast bei diesen Bestien gehaust?« Noch vor ein paar Wochen hätte ich ihm bei dem Bestienteil Recht gegeben, aber schon allein wegen Ice musste ich meine Meinung revidieren. Seufzend gab ich zurück: »Sie haben mich beschützt, mit ihrem Leben.« Ich dachte an Ice' Kampf mit der Amphisbinea und an Sun, der sein ganzes und noch andere Rudel besiegt hatte, damit ich nicht vergewaltigt und schwer verletzt wurde.

Er stieß ein ironisches Schnauben aus, aber kommentierte meine Worte nicht. Trotzdem fühlte ich mich, als müsste ich mich rechtfertigen. »Ich kenne den schwarzen Wolf ... Er hat auch meinen Opa auf dem Gewissen«, flüsterte ich und spielte mit dem leicht feuchten Gras vor mir. Verwundert schaute mich der Riese an.

»Du und ich, wir sind nicht die Einzigen, die jemanden wegen den Gestaltwandlern verloren haben.«

»Was?«, fragte ich jetzt verwirrt.

»Die Zyklopen ... «, raunte er leise, »Die Wölfe unter dem Schwarzen Vieh haben auch ihre einzige Frau getötet. Jetzt wüten die Einaugen durch die Zonen und wollen dem König an die Gurgel, der so etwas zulässt.«

Oh … Oh … OH!

»Was ist? Du siehst aus, als hättest du einen rosa Geist gesehen?«, erkundigte sich der Riese und wedelte mit seiner Hand vor meinem schockierten Gesicht herum. Ich schluckte und fasste mich wieder.

»Das ist eine Intrige«, flüsterte ich eher für mich.

»Was hast du gemurmelt?« Er beugte sich vor.

»Ich glaube, das ist eine Intrige«, antwortete ich lauter und der Gedanke verfestigte sich in mir. Ash wollte Sun aus dem Weg räumen und ließ anscheinend einige Wesen dieser Welt für ihn die Drecksarbeit machen, denn er war zu feige und nicht stark genug, um Sun in einem fairen Kampf zu besiegen und den Thron für sich zu beanspruchen. Alle seine Taten gingen letztendlich auf den Gestaltwandlerkönig zurück, denn er war derjenige, der das Verhalten seiner Untergebenen zu verantworten hatte. Und sollten die Zyklopen ihre Rache einfordern, was sie definitiv vorhatten, hätte Sun dem nichts entgegenzusetzen. In einem Kampf würde er sterben und Ash statt seiner die verbliebenen Gestaltwandler führen. Nur so ergab das Ganze einen Sinn.

»Eine Intrige? Oh, oh, Intrigen sind nicht gut. Die sind so hinterhältig.« Der Riese schien wirklich angeekelt, doch ich sprang schon auf die Beine. Ich musste Sun warnen und ihm von Ashs Machenschaften erzählen.

»Ich muss los, aber ich danke dir für das Gespräch.« Krampfhaft versuchte ich mir den Matsch von der Kleidung zu klopfen, leider war das hoffnungslos und ich ließ es bleiben.

»Ähm, na gut, ganz schon unhöflich, mich einfach so hier sitzen zu lassen«, meinte der Riese und rappelte sich schwerfällig auf.

»Entschuldige bitte, ich würde mich wirklich darüber freuen, wenn wir unser Gespräch zu einem anderen Zeitpunkt weiterführen könnten.«

»Wie du willst. Wie heißt du überhaupt?«

Ich streckte ihm meine Hand entgegen. »Seraphina«, sagte ich, während er meine winzig kleine Hand in seine Riesenpranke nahm und sie leicht schüttelte, sodass ich gleich mal mitgeschüttelt wurde.

»Edward.« Ich musste grinsen. Ein trotteliger, übergewichtiger, aber sehr höflicher Riese, namens Edward. Das war einfach witzig.

»Es war wirklich nett mit dir, Edward. Aber ich muss jetzt gehen. Es ist ein Notfall.«

»Bis dann, Seraphina.« Egal, was Sun mir angetan hatte – niemals würde ich zulassen, dass er wegen Ash umgebracht wurde.

Kapitel 6

Und was dann? Sobald ich Sun die Nachricht überbracht hätte, wäre ich noch immer in dieser unerträglichen Situation – gefangen zwischen zwei Männern. Ich stockte in meinen bestimmten Schritten, als ich das Rauschen des Flusses hörte. Vielleicht könnte ich ihnen irgendwie anders die Botschaft übermitteln, ohne mich ihnen wieder auszuliefern …

Durch die Dyraden! Natürlich! Ich blickte nach oben in die verträumt vor sich hin wehenden Baumwipfel. Mit einer Hand musste ich meine Augen abschirmen, weil die Sonnen sich zielsicher einen Weg durch das dichte, grüne Blätterdach suchten, um mich stetig zu blenden. Eine beigefarbene Hand und neugierige lilafarbige Augen zogen meine Aufmerksamkeit schließlich auf sich. Die Dyrade, mit den stechend grünen Blättern als Haar und dem holzigen Körper, lächelte mich freundlich an, einfach weil es ihrer Natur entsprach. Meine Nachricht fiel kurz und knapp aus. Das sanfte Wesen versicherte mir, dass es meine Worte so schnell wie der Wind an ihre Schwestern weitergeben würde, von einer zur anderen, bis zur Höhle der Gestaltwandler.

Erleichterung machte sich in mir breit, aber auch Einsamkeit … Die Worte würden Sun erreichen, aber ich nicht. Nie wieder. Die zweite Sonne ging langsam unter und ich begann zu frösteln, obwohl es eigentlich noch schwül und feucht war. Mir wurde klar, dass ich den ganzen Tag damit verbracht hatte, mich mit dem Huasa zu unterhalten.

Ein paar Schritte lief ich noch weiter, dann setzte ich mich auf einen runden Stein am Flussufer, schaute den Wellen dabei zu, wie sie die bunten Kiesel umspülten, scheinbar sanft, aber doch mit unbändiger Kraft und leicht von den untergehenden, orangenen Sonnen erhellt.

Ein paar dreiköpfige Fische hüpften voller Freude herum und grinsten mich an, als sie vorbeisprangen und mich schadenfroh mit Wasser bespritzten. Ich verdrehte die Augen und suchte etwas Abstand auf einem noch vom Tag erwärmten Felsen. Dort zog ich meine Knie an, um sie mit den Armen zu umschlingen und auf die glitzernden Wellen zu schauen.

Unschlüssig, was ich jetzt tun sollte, atmete ich tief durch, in der Hoffnung etwas Klarheit in das Durcheinander in meinem Kopf zu bringen. Mein Herz sehnte sich nach nichts anderem, als zu ihnen zurückzukehren, dennoch wusste mein Verstand, dass Sun und Ice mich früher oder später brechen würden – unabsichtlich zwar, aber es würde geschehen. Das durfte ich nicht zulassen.

Vor allem jedoch durfte ich nicht zulassen, dass ich mich noch mehr in Ice verliebte, und öfter mit ansehen musste, wie er andere küsste, wie er sie liebkoste, mit diesen Lippen, die ich selber küssen wollte, die mir aber immer noch verwehrt blieben. Es war so ungerecht. Aber in dieser Welt schien das ja normal. Zumindest was mich betraf. Ob das wohl die Strafe dafür war, was Menschen auf ihrem Planeten anrichteten, wie Opa mir immer erzählt hatte? Musste ich als Teil dieser Spezies nun hier leiden und mich verantworten? Stellte es womöglich sogar die Wirkung einer weit entfernten Ursache dar? So etwas wie ausgleichende Gerechtigkeit?

Aber ich wusste ja nicht mal, ob woanders noch Menschen existierten, die Geschichten meines geliebten Opas der Wahrheit entsprachen, oder ob ich die Einzige dieses Universums war. Seufzend blickte ich nach oben in den Himmel, dorthin, wo sich schon blass dieser blaue Planet mit all seinen braunen Flecken und weißen Wolkenschleiern befand. Wie immer wurde meine Kehle ganz eng und ich wollte nach ihm greifen, ihn zu mir heranziehen, ihn umarmen … Auch wenn ich natürlich wusste, dass dies nicht möglich war. Das Blau des Planeten erinnerte mich an Ice' Augen und ich fühlte, wie mein Bauch sich zusammenzog. Ich wollte eigentlich nichts weiter, als bei ihm sein, nur wir zwei, ganz allein …

»Seraphina?« Wie in einem Traum sprach er zu mir. Erschrocken wirbelte ich herum und erblickte ihn. Wie er da stand, von den Blättern des wehenden Dschungels umringt und mich schmerzverzerrt ansah. Einen Moment dachte ich, er wäre eine wunderschöne Halluzination, doch dann flüsterte er: »Warum?«, und ich wusste, was er meinte. Warum bist du gegangen? Warum tat es so weh? Warum muss ich so für dich empfinden?

Doch mir wurde klar, dass ich, wenn ich hier einfach sitzen blieb, wieder weich werden würde.

»Weil es so besser ist«, antwortete ich leise und erhob mich, um dieser Situation mit ihm zu entgehen.

»Lauf nicht vor mir davon! Seraphina, du weißt, was das in mir auslöst!«, meinte er eindringlich. Ich fühlte mehr als alles andere, dass er näher kam und ich entschied mich für die Flucht nach vorne, bevor es zu spät war.

Etwas anderes blieb mir nicht übrig, als in das eiskalte Wasser zu waten, mich in die Fluten zu stürzen und zu schwimmen, als es zu tief wurde.

»Seraphina! VERDAMMT!«, hörte ich ihn hinter mir rufen, aber ich ignorierte ihn. Auch wenn mein Herz nichts anderes wollte als umzudrehen, so wusste mein Verstand, dass dies die falsche Entscheidung wäre, also kämpfte ich mich durch die Wellen und fühlte mit jedem Zug, wie müde ich war. Ich wagte es nicht mich umzusehen, denn ich konnte spüren, dass er mir folgte … Gleichzeitig ahnte ich, dass er mich einholen würde, und ich dann verloren war, weil ich genau das wollte, damit er mich endlich in seine Arme schließen konnte.

Sobald ich glitschige Steine unter meinen Knien ertastete, krabbelte ich aus dem Wasser, doch seine Hand umfing meinen Knöchel und hielt mich fest.

»Stopp jetzt! Oder willst du zerfleischt werden?« Er klang genauso atemlos und wütend wie ich mich fühlte, bevor er ruckartig an meinem Fuß zog, sodass ich bäuchlings und laut platschend im seichten Wasser landete.

»Ice, nein!«, rief ich aus, nachdem ich das Wasser ausgespuckt hatte und wollte weiterkrabbeln, doch er packte auch meinen anderen Knöchel und drehte mich blitzschnell herum, sodass es um uns eiskalt spritzte und mir meine nassen Haare ins Gesicht klatschten.

Im nächsten Moment drängte sich sein Körper zwischen meine Beine, pinnte mich fest, mitten auf den glitschigen kalten Steinen in den Fluten, die meinen Unterkörper umspülten. Ich japste laut nach Luft und versuchte ihn an den breiten Schultern von mir zu schieben.

»Nein, lass mich! Geh zu deinen Wölfinnen! Die willst du doch!«, schrie ich aufgebracht. Das Wasser vermischte sich mit ein paar Tränen.

»Ich will sie nicht. Ich will dich«, hörte ich ihn gepresst knurren, während er sich enger gegen mich drückte und versuchte, meine Hände einzufangen, die jetzt wie von selbst gegen ihn schlugen. Vielleicht konnte ich ihn wie ein wildes Einhorn von meinen Hüften buckeln, aber das funktionierte natürlich nicht. Ice war einfach zu stark.

»Du willst mich?« Ich lachte, fast schon hysterisch ... »Ach ja?«, rief ich ihm dann ins nun erschrockene Gesicht. »Du hast noch nie etwas getan, um mir das zu beweisen! Du tust immer nur das, was Sun will! Nicht das, was *du* willst! Wie soll ich dann wissen, dass du *mich* willst?« Kaum waren die Worte gesprochen, erstarrten wir beide.

Ich, weil mir klar wurde, dass es nichts als die Wahrheit war, was ich gesagt hatte und er, um mich absolut schockiert anzusehen. Einzelne Wassertropfen perlten von seinen Haaren auf mich herab, fielen wie kleine Eissplitter in mein Gesicht ... Ich konnte erkennen, wie sie auf seinen langen Wimpern glitzerten. Es vergingen einige Sekunden, oder auch Tage, Wochen, dann verhärtete sich etwas in seinen Augen und ein entschlossener Ausdruck erschien darin. Er machte mir Angst, denn gerade konnte ich nicht einschätzen, was er dachte.

»Du hast recht ...« Plötzlich war seine Stimme heiser und sein Blick flog kurz zu meinen Lippen. »Ich tue tatsächlich nur das, was Sun will, wenn es um dich geht. Aber du bist mir wichtiger als das, wichtiger als seine Befehle. Und jetzt ...«

Mein Herz begann schneller zu schlagen, als er den Kopf herabbeugte und in meinen Mund wisperte: »werde ich das tun, was ich will, nur ich, ganz allein.« Und dann berührten sie mich – diese Lippen! *Endlich!*

Dieses Mal waren sie nicht zurückhaltend, sie waren drängend und hart, als er mich *endlich* küsste.

Seine warme Zunge schob sich sofort in meinen Mund und entlockte mir einen kehligen, hingerissenen Laut, während ich ihn schmeckte und er begann mit mir zu kämpfen. Zeitgleich mit seiner Zunge stieß seine Energie in mich und brachte meinen Rücken dazu, sich durchzubeugen. Sein Tier jaulte triumphierend und fing an, durch meinen Körper zu geistern, ihn zu erkunden … Orte zu streifen, von deren Berührung mein Intimbereich überflutet wurde und ich ihm meine Hüften entgegendrückte, ohne etwas dagegen tun zu können.

Na gut. Vielleicht tat ich das auch, weil er im Rhythmus zu seinem Zungenspiel sein Becken gegen mich bewegte, kreiste und dann fordernd gegen mich stieß, direkt an meine Pforte … Ob geplant oder nicht. Auf jeden Fall verspannte ich mich und keuchte schockiert in seinen Mund, als ich seine harte Spitze zwischen meinen Beinen fühlte …

»Ice?«, fragte ich schockiert, bekam kaum noch Luft.

Er lachte, leise, heiser und auch irgendwie gefährlich. Böse grinsend löste er seine Lippen von mir.

»Schon vergessen? Ich werde das tun, was ich will«, meinte er hart und mit jeder Silbe drückte er ein bisschen fester gegen den Wiederstand zwischen meinen Beinen. »Und nicht einmal du. Kannst. Mich. Jetzt. Noch. Aufhalten. Besonders   nicht   nach.   Deiner.   Flucht!«

Mit dem letzten gepressten Wort durchbrach er ruckartig den Widerstand, dehnte mich heftig, und stockte dann zum Glück, denn ich konnte nicht anders, als aufzuschreien. Er war sehr groß und ich noch relativ unvorbereitet. Vor allem war dies aber erst mein zweites Mal.

»Scheiße … «, fluchte er und sein Blick driftete verschleiert über mein Gesicht. »Du bist zu eng …« Er schluckte hart und ich konnte sehen, dass es ihn unglaubliche Anstrengung kostete, jetzt nicht weiter vorzudringen. Ich wollte lachen. Natürlich war ich eng! Was hatte er denn erwartet? Mit meiner Enge offensichtlich nicht, oder er hatte es im Eifer des Gefechts einfach vergessen. Das Wölfische, das mich soeben noch aus seinen Augen angestrahlt hatte, wich ein wenig zurück und ich konnte Ice erkennen, meinen mitfühlenden Ice, der mich nicht verletzten wollte, der mir versprochen hatte, mir niemals wehzutun.

Ich liebte ihn nur noch mehr, und mehr, und mehr, und wollte ihn endlich ganz, auch wenn ich Angst davor hatte, wie es sich anfühlen würde, wenn er jetzt weiter eindrang.

»Soll ich … aufhören?«, fragte er auch noch allen Ernstes und stützte sich auf ausgestreckte muskulöse Arme. Ich schüttelte heftig den Kopf und versuchte meine Sprachfähigkeit wiederzuerlangen.

»Nein!« Meine Stimme war nur ein wenig zittrig. Ich hob meine nassen Hände, strich damit über beide seiner Wangen, umfing sein glattes, leicht feuchtes Gesicht.

»Tu das, was *du* willst, denn das will ich auch.« Ich lächelte ihn an, aber selbst das gelang mir kaum.

Er schloss die Augen einen Moment und atmete tief durch.

So, als würde er jedes Fünkchen Sauerstoff um uns herum in sich aufsaugen. Dann wanderte eine seiner Hände an mir hinab, zielsicher zwischen meine Beine. Ice beobachtete mein Gesicht, während sein Zeigefinger diesen einen Punkt von mir fand, diesen einen Punkt, der mich dazu brachte, große Augen zu bekommen und mir dann auf die Lippen zu beißen, um nicht laut und voller Inbrunst zu stöhnen, als er begann sanft darüber zu reiben.

»Du … musst dich entspannen. Lass dich gehen …« Das war leichter gesagt als getan mit dem harten Ding in mir! Er drückte ein wenig fester auf den Punkt und ich warf meinen Kopf zurück. Seine andere Hand schoss nach vorne und umfing meinen Hinterkopf, bevor ich ihn mir am Stein unter mir anschlug. Ich fing an, meine Hüften im Einklang mit seinem Finger zu kreisen, mit seiner Spitze in mir …

»Seraphina … «, knurrte er.

»Was?«, japste ich und versuchte meinen Blick auf ihn zu fokussieren.

»Du … machst mich wahnsinnig.« Ha! Das sagte der Richtige! »Bleib ruhig!«

Während ich mich trotz seines Befehls weiter umherwand, fühlte ich, wie er durch meine Bewegung Stück für Stück tiefer in mich glitt, weil ich immer feuchter wurde und mich ihm anpasste. Die extreme Dehnung tat nicht mehr weh, im Gegenteil, sie war sogar sehr angenehm, wenn er mich gleichzeitig mit seinen Fingern massierte.

Als ich ihn ansah, erkannte ich seine Zurückhaltung, um nicht hemmungslos in mich einzudringen, denn sein Gesicht sah schmerzverzerrt aus. Eine Sekunde dachte ich, es würde ihm nicht gelingen, in der nächsten machte ich es ihm leichter, stützte meine Beine rechts und links von ihm auf den glitschigen Steinen ab und hob ihm meine Hüften mit einem Ruck entgegen. Er brüllte auf, als er plötzlich ganz tief in mir war. Die Hand, welche mich soeben noch massiert hatte, krallte sich in meinen Hintern. Ich hatte jetzt wirkliche Atemprobleme aber für ihn gab es kein Halten mehr.

»Du. Wolltest. Es. So. …« Mit jedem Wort zog er sich ein Stück weiter raus, dann wartete er einen Moment, bis ich meine zusammengekniffenen Augen wieder öffnete und ihn ansah.

Ice hielt meine Hüften fest und stieß mit einem gewaltigen Ruck nach vorne. Ich hatte Angst, er würde mich durchbohren. Aber es fühlte sich einfach nur gut an, ihn wieder komplett zu umschließen und ich stöhnte laut und heiser in die anbrechende Nacht. Das Wasser, das sanft unsere aufgeheizten Körper umspielte, machte das alles nur noch sinnlicher, als er einen geschmeidigen Rhythmus aufnahm. Irgendwann wanderte auch seine zweite Hand unter meinen Hintern und er schlang die Arme um meinen unteren Rücken, hob mich seinen Stößen ohne jegliche Probleme entgegen, als ich meine Beine um ihn legte und er plötzlich noch tiefer in mir war.

Ich konnte nicht aufhören zu stöhnen, aber es war mir egal. Genauso egal wie die harten Steine unter mir, über die meine Schulterblätter rieben, und der Muskelkater, der mich morgen mit Sicherheit erwartete. Mir war alles egal. Fast …

Wichtig war das Gefühl von Ice in mir, von seinen starken Händen, die mich hielten, von seiner Härte, die immer wieder in mich stieß …

Sein glühender Blick, der immer fleischlicher und dunkler wurde und mich gefangen nahm. Das war wichtig. Nichts anderes, doch eins noch … eins fehlte …

»Küss mich«, hauchte ich zitternd und er stockte einen Moment, schien zu überlegen, wie er das in der Position anstellen sollte, dann fuhren seine Hände weiter nach oben unter meine Schulterblätter. Als wäre ich leicht wie eine Fliege, hob er mich komplett aus dem Wasser, sodass es unter den aufgehenden Monden glitzernd und kühl an meinem empfindlichen Körper hinablief. Ein leises Quieken entwich mir, als die Luft auf meinen durchnässten Körper traf. Ice lachte kehlig gegen meine Lippen und lehnte sich zurück auf seine Fersen, bis ich auf ihm zum Sitzen kam und mich an seinen Schultern abstützen konnte. Bevor seine Hand in meine Haare fuhr und meinen Kopf hinabdrückte, sodass seine Lippen meine trafen.

Nun kreiste er mit seinen Hüften in mir. Ich umschlang ihn fester mit den Beinen und passte mich seinen Bewegungen automatisch an. Seine andere Hand wanderte unter meinen Hintern und er dirigierte mich schon bald auf und ab, sodass er kurzzeitig nicht mehr in mir war, bevor er mich wieder auf sich hinabließ.

Das, was er mit mir machte, war grandios. Ich liebte es fast so sehr, wie ich ihn liebte. Als ich kurz davor war, vor lauter Stöhnen und Wimmern zu ersticken, löste er sich von meinen Lippen und küsste meinen Hals. Biss mich, sodass ich aufschrie und wanderte dann weiter hinab. Saugte durch den Stoff hindurch an meinen harten Brustwarzen.

Aber das frustrierte ihn, denn er knurrte. Im nächsten Moment packte er kurzerhand mein Kleid mit einer Hand und zog daran. Ich hörte den Stoff reißen, und wie er ihn blitzschnell entfernte, bis ich plötzlich nackt und nass auf ihm thronte. WOW!

Er grinste mich mit animalisch funkelnden Augen an. Ich hatte ja keine Ahnung worauf ich mich hier eingelassen hatte. Der Sex mit Ice war völlig überwältigend.

Nun hob er mich ein Stück weiter empor, sodass er ausgiebig an meiner Brust saugen und an meiner Brustwarze knabbern konnte und mir damit kleine kehlige Laute entlockte, mich verrückt machte. Ich krallte meine Fingernägel in seine starken Schultern, spürte seine Energie, die immer heftiger in mir aufstieg, immer intensiver wurde, fühlte, wie sich mein Orgasmus zeitgleich mit seinem aufbaute und warf meinen Kopf zurück, wodurch meine Haare klatschend auf meinem Rücken aufkamen.

Seine Hand legte sich um meine Brust. Hielt sie an Ort und Stelle, so wie er sie haben wollte, als er mit ausgestreckter Zunge über meine Brustwarze leckte. Sie hin und her schnellen ließ, was sich direkt in meinen Schoß übertrug und meine inneren Muskeln dazu brachte sich heftiger um ihn herum zusammenzuziehen. Er drückte meinen Unterkörper gegen sich. Gab mir vor, wie ich mich bewegen sollte und stöhnte immer lauter an meiner empfindlichen Haut.

Ich strich an seinen Schultern nach oben, in seine nassen Haare, packte sie fest und wollte seinen Kopf zurückreißen, denn ich musste ihm in die Augen sehen, wenn es passierte …

Als hätte er gewusst, was ich brauchte, blickte er unter langen Wimpern düster zu mir hoch, aber ohne seine Lippen von mir zu lösen. In seinen Augen spiegelte sich der Wolf und sie wirkten dabei so animalisch wie die eines ausgehungerten Raubtiers. Mein Herz setzte einen Schlag aus, automatisch überflutete mich Angst. Was, wenn er sich nicht mehr beherrschen konnte? Meine verrücktspielenden Gefühle brachten ihn dazu, mit meiner Brustwarze im Mund hilflos zu stöhnen und gleichzeitig zu knurren.

Trotzdem schossen die dadurch ausgelösten Vibrationen durch meinen ganzen Körper, entzündeten mich und brachten mich absolut unvorbereitet zum Explodieren.

Laut schrie ich seinen Namen, warf mich ungestüm in seine Hände und krallte mich noch fester in seine Haare. Ich spürte, wie er in mir zuckte, wie er sich heiß und rhythmisch in mich ergoss und hörte, wie auch er meinen Namen stöhnte.

Und dann, als es schon fast vorbei war, blitzte ein stechender Schmerz in mir auf. Schockiert und keuchend blickte ich nach unten und sah Blut über meine Brust hinablaufen, denn Ice hatte mich gebissen, genau da, wo mein Dekolleté in die Rundung meiner Brust überging!

Kapitel 7

»Du hast mich gebissen!«, rief ich aus, während ich immer noch auf ihm saß und er sich vorgebeugt hatte, um sein Gesicht einfach mal so zwischen meine Brüste zu wuseln.

»Ich weiß«, kam es von da unten halb unverständlich.

Ich packte mit zitternden Fingern fester seine Haare und zerrte daran, bis er zurückwich und mich schelmisch angrinste. Kein Fünkchen Reue war in seinen gesättigten Augen zu finden. Eher absolute Zufriedenheit und ein Funkeln des Glücks. Außerdem eine entspannte Trägheit, so wie nach einem guten Essen.

»Wieso?«

»Ich musste dich als mein markieren«, meinte er schulterzuckend.

»Aber hat Sun mich nicht auch markiert?«

»Hat er.« Er nickte zufrieden.

»Aber du hast ihn übermarkiert? Oder so?« Ich verstand nur Bahnhof und er lachte leise.

»Wenn du es so nennen willst … ja! Ab jetzt gehörst du nur mir!« Immer noch völlig entspannt ließ er mich ein wenig an seinem Körper hinabgleiten, sodass ich auf seinen Oberschenkeln zum Sitzen kam und küsste mich, bevor ich noch etwas erwidern konnte ... Sanft, nur ein kleiner Druck seiner Lippen. Ich liebte seine Küsse. Er hatte mich schon jetzt süchtig danach gemacht.

Als er breit grinste und ich sein Herz gegen meine Brüste schlagen fühlte, lächelte ich. Spürte, wie aufgeheizt sein Körper schien und umklammerte seinen Nacken fester, bevor wir unsere Lippen lösten. Ich lehnte mein Gesicht an seinen Hals, sog seinen Duft ein … So nah wie jetzt war ich einem Mann noch nie gewesen.

Ich war so froh, dass Ice derjenige sein durfte, der das erste Mal tief in mir kam.

Meine Beine waren so schwach, dass sie schon bald anfingen zu zittern und ich sie nicht mehr verschränkt lassen konnte. Außerdem begann ich zu frieren, denn ich war immer noch nass. Ob vom Schweiß oder vom Wasser wusste ich nicht. Die Monde schienen mittlerweile schon rund und silbern auf uns herab. Der Fluss rauschte sanft.

»Wir müssen in die Höhle gehen und dich abtrocknen.« Ice packte mich fester unter meinem Hintern und stand ohne jegliche Probleme, mit mir auf den Hüften, auf.

Ich schüttelte den Kopf. »Nein!«, japste ich und umschlang ihn reflexartig fester, rückte dann aber ab, um ihm panisch ins Gesicht zu sehen. »Ich will nicht mehr zurück!«

»Aber wohin willst du dann?«, fragte er mich während er sich am Ufer auf einen umgefallenen Baum niederließ. Er wirkte alles andere als glücklich.

»Bleib bei mir, lauf mit mir davon. Nur wir beide zusammen.« Voller Hoffnung sah ich ihn an, doch als sich sein Blick verdunkelte, kannte ich seine Antwort bereits. Sanft strich er mir mit beiden Händen die Haare aus dem Gesicht.

»Das kann ich nicht tun, Seraphina. Ich habe Verpflichtungen meinem Rudel und auch Sun gegenüber.»

»Er ist viel mehr als dein Anführer, oder?«, erkundigte ich mich leise, denn diese Frage beschäftigte mich schon seitdem ich gemerkt hatte, wie nahe sich die beiden standen.

»Wir sind zusammen aufgewachsen. Er ist zwei Jahre älter als ich und er hat immer auf mich aufgepasst, mich immer geschützt und bis aufs Blut verteidigt. Wir sind zusammen durch dick und dünn gegangen. Ich verdanke ihm nicht nur einmal mein Leben.«

»Das heißt, ihr seid so etwas wie Freunde *und* Brüder?« Ice nickte knapp und ich seufzte. Niemals würde er Sun für mich verlassen und ich konnte es verstehen … Ice lächelte nachsichtig und murmelte: »Du könntest ihn doch auch nicht mehr verlassen, zumindest nicht ohne zu leiden.« Er sagte es ohne jeden bösen Unterton, ohne jegliche Eifersucht. Es war einfach eine Tatsache für ihn, die mich allerdings zum Erröten brachte.

»Wieso denkst du das?«

»Wenn du dich nicht beherrschst, wenn du nicht an deiner Abneigung gegen ihn festhältst und dich abschirmst, dann ist es nicht schwer zu erkennen, was du für ihn empfindest. Du liebst ihn, wie du es mir so schön erklärt hast, und er liebt dich auch.« Das ließ mich stocken und ich blickte Ice schockiert an. So schockiert, dass er lachen musste, und ich genoss diesen befreiten Ton aus vollen Zügen.

»Schau mich nicht so an …«

»Aber er kann mich nicht lieben … Er kann überhaupt niemand anderen lieben, außer sich selbst und seine Macht«, murmelte ich stockend.

Ice verdrehte die Augen und lehnte seine Stirn an meine. »Er liebt dich, Seraphina, aber er wehrt sich dagegen genauso wie du!«

Fast traute ich mich nicht zu fragen, aber jetzt im Moment, war das wichtiger als alles andere.

»Und du?«, fragte ich kaum hörbar und schloss die Augen. Hoffte, dass er mich verstehen würde. Seine Arme umschlangen mich fester. Drückten mich sanft an seinen Körper.

»Was denkst du denn? Fühlst du es denn nicht?«, flüsterte er heiser.

Ich musste schlucken. Meine Kehle war plötzlich ausgetrocknet wie eine Wüste. »Ich kann es nicht einschätzen, wenn du nicht du bist und nur das tust, was andere von dir verlangen.«

»Und jetzt?« Er beugte leicht seinen Kopf, strich mit seiner Nase sanft über meine. »Fühlst du es jetzt, Seraphina?«, hauchte er.

»Ist es nicht immer so?« Empfand er nicht für jede seiner Wölfinnen so wie für mich? Ich wollte für ihn etwas Besonderes sein. Jetzt rückte er von mir ab und sah mir stirnrunzelnd ins Gesicht. »Was?«, fragte er knapp und ich wollte mich gerne herumwinden und seinem eisigen Blick ausweichen, aus dem langsam alles Weiche wich.

Das tat ich auch, aber dann fühlte ich ihn weich zwischen meinen Beinen und merkte, dass es eine schlechte Idee war. Denn er regte sich.

»Wie meinst du das, Seraphina? Es kann bei mir nicht immer so sein, weil ich nur bei dir so empfinde! Weil nur du mir wichtiger bist als die Befehle meines Meisters. Weil ich nur wegen dir die Regeln breche und darüber nachdenke, dich einfach nie wieder loszulassen, sodass wir bei lebendigem Leib auf diesem Baumstamm verhungern. Was meinst du mit: Ist es nicht immer so?«

»Ice…«, jammerte ich, dann brach es aus mir. »Du hast ja wohl nicht nur mit mir grandiosen, atemberaubenden, berauschenden Sex!«

»Nein«, antwortete er bedacht. Etwas hinter seinen Augen funkelte vor Belustigung, aber ich konnte noch nicht genau durchschauen, was es war. Außerdem sah es so aus, als würde er sich in diesem Moment über mich amüsieren, als wäre ich ein süßes kleines Kind, was ich einfach nur ätzend fand. Ich war weder ein Kind, noch *süß*, sondern eine fast erwachsene Frau! Wann lernten sie das endlich? »Du hast recht mit dem, was du sagtest. Ich habe tatsächlich auch mit anderen grandiosen, atemberaubenden, berauschenden Sex.« Sanfte Stimme – harte Worte.

»Na danke.« Mit dem Oberkörper rückte ich von ihm weg, damit ich die Arme vor der Brust verschränken und schmollen konnte. Außerdem wollte ich ihn nicht mehr ansehen, doch er umfing mein Kinn und drehte mein Gesicht zu sich.

»Ich war noch nicht fertig«, verkündete er und sprach dann sanft weiter, strich dabei mit dem Daumen über mein Kinn. »Aber das mit dir, Seraphina … das bedeutet mir mehr als irgendein Sex auf dieser Welt und ist er noch so gut.« Seine Worte ließen mich ein klein bisschen weniger schmollen und ich sah ihn verunsichert an. Ice lächelte sanft und ich schmolz *fast* dahin. »Das hier gerade eben hat nicht nur meinen Körper befriedigt, sondern auch meinen Geist. Nichts war jemals so intensiv, so alles verzehrend, wie in dir zu sein.« Ja, nun war ich dermaßen gerührt, dass es mir beinahe die Tränen in die Augen trieb, aber er sprach noch weiter und was er sagte, ließ das Herz in meiner Brust stocken, denn es war das Schönste, was ich jemals zu hören bekommen hatte.

»Wenn ich daran denke, wie du mich angesehen hast, als dir klar wurde, wo das hier hinführt, so voller Hingabe und Vertrauen … Ohne Zweifel … Wie du mich voller Zärtlichkeit berührt hast, voller Ehrfurcht. Wie du dich mir vollkommen und bedingungslos ausgeliefert hast, weil mein Geist – meine Seele – dir genauso viel bedeutet wie mein Körper, da wusste ich es Seraphina. Ich will keine andere, keine die nur mein Fleisch sieht und nicht das Herz dahinter, nur meine Finger spürt und nicht die Gefühle, die in den Berührungen stecken; die meine Lippen will, aber nicht um meine Gedanken zu erfahren, sondern um das zu hören, was sie möchte. Ich will dich, die ehrlich und rein ist, die in ihrer Naivität so unsagbar süß und mit ihrem Verhalten manchmal auch total unverständlich ist. Die immer versucht, ihren kleinen Dickschädel durchzusetzen, aber letztendlich doch mit Eifer erliegt. Weil du alles was du denkst oder tust mit voller Leidenschaft tust. Ich will ganz einfach dich, die mich mit jeder Berührung, jedem Augenblick, jedem Atemzug und jeder Faser liebt. Ich will und kann nicht mehr zurück, nachdem ich das mit dir erfahren habe und du wirst auch nicht mehr zurückkehren. Ich habe dich markiert. Du gehörst jetzt mir, und andersrum wird es genauso sein. Sag mir, was du verlangst, ich werde es tun. Ich werde alle Regeln für dich brechen, jede Hürde überwinden. Ich werde nur noch eine haben, an meinem Körper und in meinem Herzen. Da bist nur du.«

Oh … mein … Gott, jetzt konnte ich die Tränen nicht länger aufhalten. Sie rollten unablässig über meine Wangen, obwohl sie nicht hierher passten. Zu den schönsten Worten dieser Welt! Genauso wenig wie die Gänsehaut, die mich überzogen hatte. Ich konnte nicht mehr tun als nicken, denn ich glaubte ihm … Glaubte ihm mit meinem ganzen Herzen. Aber da war noch eins, eine Sache, die unser Glück störte.

»Was ist mit Sun?«

Ice sah jetzt kämpferisch aus. Die Flammen hinter seinen Gletschern loderten auf. »Ich werde nicht mehr zulassen, dass er über dich bestimmt. Aber ich werde dich ihm auch nicht komplett wegnehmen, weil ich weiß, dass du auch ihn willst.«

»Aber Ice … « Er legte seinen Zeigefinger auf meine Lippen, als ich protestieren wollte.

»Bitte, Seraphina. Lass die Gefühle für ihn einfach nur einen winzig kleinen Moment zu und sag mir dann, wie es in dir aussieht. Okay?«

Wie konnte er nur? »Hast du keine Angst davor, dass du mich an ihn verlieren könntest?« Er schien mich ja geradewegs dazu zu drängen, auch Sun komplett in mein Herz zu lassen.

Ice lächelte jetzt langsam, selbstbewusst und zog eine Augenbraue hoch.

»Diese Angst hatte ich noch nie und nach der heutigen Nacht erst recht nicht. Ich habe vorhin deine Seele gefühlt und ich weiß, wem von uns beiden sie zum größten Teil gehört.«

»Angeberwolf …«, murmelte ich leise. Er lachte leise, aber ich konnte seine Worte nicht leugnen, denn sie entsprachen der vollen Wahrheit.

Sanft lächelte ich ihn an und spielte mit den feuchten Haaren in seinem Nacken, beugte mich vor und küsste diese unbeschreiblich schönen Lippen. Nahm seinen Geschmack und das Gefühl von ihnen unter mir ganz bewusst tief in mich auf. Zärtlich küsste er mich zurück, hielt dabei immer noch mein Kinn fest. Es war so schön intim, jegliche Kälte, die ich vorhin noch gespürt hatte, war vergessen, stattdessen stützte ich mich jetzt fester auf meine Knie und beugte auch meinen Kopf, um ihn tiefer zu küssen, nicht so keusch. Er lehnte sich zurück und ich rutschte über seine Hüften, stockte dann aber schockiert, als ich fühlte, dass *er* sich wieder zuckend erhob. Meine Antwort war ein hilfloses Wimmern. Seine ein männliches arrogantes Lachen.

Ich war zwar wund und bekam es mit der Angst zu tun, aber andererseits erinnerte sich mein Körper noch an die Ekstase von gerade eben und wollte mehr, mehr, *viel* mehr!

»Ich kann nicht …«, murmelte ich schüchtern zwischen unseren Küssen, die immer leidenschaftlicher wurden.

»Du kannst«, erwiderte er. Ich schrie auf, als er mit mir aufstand und klammerte mich schnell an ihm fest.

»Ice, ich weiß nicht …«

Er ging mit uns in die Knie, dann löste er meine Beine von seinen Hüften, und setzte mich in einiger Entfernung vom Ufer in das weiche Gras.

»Aber ich weiß.« Zart nahm er mein Gesicht zwischen seine großen Hände und küsste mich noch einmal, sodass ich keine Chance mehr hatte zu widersprechen. Dann hauchte er gegen meine Lippen: »Keine Wiederworte, keine Angst. Vertrau mir und dreh dich um, ich will deine Rückseite in voller Pracht bewundern.«

Seine langsam gesprochenen Worte klangen so sinnlich, so vielversprechend, dass ich allein davon erschauderte. Und ja, für ihn würde ich immer können! Fast übereifrig drehte ich mich um und fühlte, wie er von hinten an meinen aufrecht knienden Körper heranrückte. Seine Hände strichen über meinen Bauch nach oben, umfassten mit einem gehauchten »Mhmmm« meine Brüste und kneteten sie leicht. Meine Atmung kam schon wieder zu schnell, besonders, weil seine gespreizten Finger über meine Rippen hinabwanderten. Meine Sicht verschwamm, als ich mich seinen Zärtlichkeiten hingab.

»Dein Körper ist göttlich …«, murmelte er in mein Ohr, und küsste mich dann darunter. Das war anscheinend eine seiner Lieblingsstellen.

»*Du* bist göttlich. Aber du weißt nicht mal, wie du auf uns wirkst, mit deinem anziehenden Geruch und deinen unsicheren Bewegungen und diesem unschuldigen Augenaufschlag, diesem reinen Geist gepaart mit solch perfekten Rundungen und so einem wilden Temperament. Dich nicht zu berühren, grenzt für mich an Folter.«

»Dann berühr mich«, flüsterte ich und lehnte meinen Kopf zurück gegen seine Schulter, meinen Körper gegen seinen, genoss seine Kraft, schmiegte mich in seine Sicherheit. An das Wissen, dass ich ihm immer und überall vertrauen konnte. Dass Ice alles war, was ich wollte…

Na gut, *fast* alles, wie er mir kürzlich klargemacht hatte.

***

Gefühlte Ewigkeiten später brach ich erschöpft auf ihm zusammen. Während wir unter den Monden lagen und er über meinen Rücken strich, wurde mir klar, dass ich zurück musste. Nach diesem Erlebnis konnte ich ihn nicht mehr verlassen. Ich wusste, was er mir bedeutete, wusste, was ich ihm bedeutete und wusste, dass auch Sun einen Platz zwischen uns beiden besaß, ob ich wollte oder nicht.

Mit Ice konnte ich glücklich werden, so richtig glücklich. So wie ich es noch nie gewesen war, bis zu dieser einen Nacht, in der ich Ice endgültig meinen Körper und meinem Geist schenkte… und das nicht nur einmal.

Kapitel 8

Ice musste gefühlt haben, dass ER sich uns näherte, denn plötzlich versteifte er sich unter mir. Seine Hände hörten auf mich zu streicheln und sein Atem stockte in seiner Kehle. Gerade als ich fragen wollte, was los sei, rollte er uns herum. Im nächsten Moment wurde er schon von mir fortgerissen und gegen den nächstbesten Baum geschleudert, der unter seiner Last brach.

Ich schrie, als Sun über mich sprang, denn ich hatte ihn noch *niemals,* wirklich noch nie, so wütend erlebt wie jetzt. Wenn seine Augen sonst Infernos waren, so glichen sie jetzt Höllenfeuern, die jeden zu verglühen drohten, der es wagte, sich ihm in den Weg zu stellen. In ihnen loderte mir sein Schmerz entgegen, aber vor allem *Wut.* Blinde, blanke, zerstörerische Wut.

Mein erster Instinkt war es, zu fliehen. Aber ich hatte natürlich keine Chance, mir gelang es gerade mal mich umzudrehen und auf die Knie zu kommen, da fühlte ich schon seine Hand, die grob meine Haare packte und mich nach hinten riss.

Ich keuchte regelrecht, sodass mein Atem in kleinen kondensierten Wölkchen meinen Lippen entwich, umklammerte meine Oberarme und schaute schockiert hoch zu Sun.

Der hockte sich neben mich. »Ich sollte dir hier und jetzt einfach die Kehle rausreißen«, hauchte er mit leiser, ja fast schon sanfter Stimme, was mir mehr Angst einjagte, als wenn er gebrüllt hätte.

Meine Antwort bestand aus einem panischen Wimmern und dem Erzittern meines Körpers. Ich konnte nicht einschätzen, was er tun würde, aber ich wusste, dass er im Moment zu allem fähig war.

»Lass sie los!« Ice umfasste wohl Suns Handgelenk, um ihn mit seiner Berührung ein wenig zu beruhigen, ohne seine Finger gewaltsam aus meinen Haaren zu lösen, denn der erwartete Schmerz blieb aus. Ich linste nach oben und bemerkte ihr Blickduell. Voller Wut, voller lodernder Funken, absolut unnachgiebig sahen sie sich in die Augen. Suns heiße Energie rauschte durch meinen Körper wie eine Naturgewalt und ich keuchte auf. Doch Ice war auf seinen Angriff vorbereitet und stieß ihn mental mit so viel kühler Kraft zurück, dass Sun von der Macht des Aufpralls verwundert taumelte und den Griff in meinen Haaren lockerte. Vermutlich war es das erste Mal, dass Ice sich gegen ihn behauptete. Er zog mich auf die Beine und machte gleichzeitig einen Schritt nach vorne – direkt vor mich. Bereit mich bis aufs Blut zu verteidigen.

Sun erstarrte augenblicklich.

»Du wagst es, dich zwischen mich und sie zu stellen?« Seine Stimme zitterte vor schwelender Wut in der jede erdenkliche Drohung mitschwang, sodass ich allein von ihrem Klang eine Gänsehaut bekam.

»Sie gehört dir nicht mehr.« Nur mit Mühe konnte sich Ice beherrschen. Ich rechnete jederzeit damit, dass einer der beiden explodieren und dies hier in einem schrecklichen Kampf ausarten würde, doch ich zuckte heftig zusammen, als Sun anfing zu lachen – absolut eiskalt und humorlos!

»Sie kann dir nicht gehören! *Alles* in diesem Dschungel gehört *mir!* Sogar *du* gehörst mir!«, brachte er zwischen dem Lachen heraus, doch dann verstummte er abrupt und trat an Ice heran, so nah, dass sich ihre Nasenspitzen fast berührten. Aber das wäre sowieso nicht möglich gewesen, denn Ice war ein Stück größer als Sun.

»Du hast nur eine einzige Chance«, hauchte Sun seidenweich. »Kämpfe gegen mich auf Leben und Tod. Besiege mich und nimm meinen Platz auf dem Thron ein. Nur so wird sie jemals dein, mein Freund.«

Ich japste erschrocken nach Luft und wollte dazwischen gehen, doch Ice hielt mich zurück, indem er meinen Arm nahm, ohne den Blick von Sun zu lösen.

Gletscher, die auf Sonnen trafen.

»Ich fordere dich hiermit heraus«, antwortete Ice langsam, bedacht, gleichzeitig drohend. Meine Beine gaben fast unter mir nach. Das konnte nicht wahr sein. Das *durfte* nicht wahr sein! Das war ein ausgewachsener Albtraum!

Suns Blick flog eine kleine Millisekunde zu mir. Ich wusste nicht wieso, aber er schien auf mein schockiertes Keuchen zu reagieren und das mit Genugtuung, dann starrte er wieder seinen Gegner an.

»Bei Sonnenaufgang erwarte ich dich liebend gern in der dunklen Arena«, meinte Sun mit einem verträumten Lächeln, dann wandte er sich mit einem Ruck ab und marschierte, ohne noch einmal zurückzublicken, davon, verschwand leichtfüßig im Dschungel, nachdem er, wie der Panther, der in seinem Inneren hauste, über einen Baumstamm gesprungen war.

Sobald er weg war, breitete sich tödliche Stille aus, während ich Ice sprachlos anstarrte und er immer noch die Stelle anvisierte, wo Sun gerade eben noch gestanden hatte. Die Monde schienen hell auf ihn herab und ich erkannte, wie blass Ice war, erkannte, wie seine breiten Schultern zusammensackten, als das Adrenalin seinen Körper verließ, als ihm klar wurde, was gerade geschehen war.

»Nein«, murmelte ich erst leise und trat dann auf ihn zu, um sein Gesicht in meine Hände zu nehmen. »Nein, Ice! Das kannst du nicht tun!« Sein Blick fokussierte sich erst nach ein paar Sekunden auf mich. Ich konnte unendliche Leere und Trauer in seinen Augen erkennen.

»Wenn du nicht mehr willst, dass er über uns bestimmt, dann muss ich es tun.« Er klang im ersten Moment emotionslos, aber ich vernahm einen resignierten Unterton in seiner Stimme. Und ich wusste, dass er mich bedingungslos lieben musste, denn er würde für meine Freiheit, für mein Glück, seinen besten Freund umbringen. Aber so sehr ich Ice liebte, so sehr ich mit ihm zusammen und glücklich sein wollte, so sehr würde ich es nicht ertragen, wenn einer der beiden sein Leben ließ!

»Es muss einen anderen Weg geben«, flehte ich leise und fühlte wie die Tränen über meinen Wangen liefen. Ice schüttelte den Kopf und schloss die Augen.

»Gibt es nicht«, flüsterte er rau, ohne mich anzusehen.

»Man kann sicher mit Sun reden ... Er will dich nicht verlieren. Ich habe es gesehen, als du fast in seinen Armen gestorben wärst. Er liebt dich, Ice ... innig!«

»Aber er liebt auch dich und er kann und wird dich nie teilen! Nicht mal mit mir!« Jetzt sah er mich an und ich wich vor der Intensität in seinem Blick zurück. »Du gehörst mir!«

»Ihr könnt euch nicht gegenseitig abschlachten! Nicht wegen mir!«

»Es gibt keinen anderen Weg! Verstehst du es denn nicht? Er wird nie aufhören!«, schrie er mich an, woraufhin ich zusammenzuckte. Somit war es wohl beschlossene Sache.

»Dann lass mich gehen!« Abrupt riss ich mich von ihm los und wich ein paar Schritte zurück. Müdigkeit machte sich in mir breit, zu anstrengend waren die letzten Ereignisse. Die Kühle der Nacht ließ mich frösteln, sodass ich mir meiner Nacktheit wieder bewusst wurde. Ich schlang die Arme um mich, wich aber weiter zurück, während ich Ice verloren beobachtete und überlegte, was ich tun sollte. Außer selbst zu gehen fiel mir nichts ein. »Ich kann das nicht zulassen, Ice. Niemals!«

Etwas von dieser Leere verschwand aus seinen Augen, als er mich jetzt ansah, und sie füllten sich mit Leben, und Leidenschaft aber vor allem mit besitzergreifender Wut.

»Nein!«, knurrte er bestimmt und folgte mir. Woraufhin ich versuchte, schneller zurückzuweichen, doch er war schon da, hatte meinen Oberarm gepackt und zog mich an sich, sodass unsere Oberkörper aufeinanderprallten. »Auf keinen Fall, Seraphina. Du wirst mich nicht verlassen!« Für ihn war es klipp und klar. Sobald seine Worte verklungen waren, resignierte ich, denn ich wusste, er würde es tatsächlich nicht zulassen. Nicht mehr. Nicht nach heute Nacht. Er würde mich bis ans Ende der Welt jagen und zurückholen, denn ich war jetzt sein und würde es für immer bleiben.

Ich wollte es ja auch … mit jeder Faser. Also schmiegte ich mich an ihn, umarmte seine Hüften und vergrub mein Gesicht an seiner glatten Brust.

»Ich will dich ja auch nicht verlassen«, flüsterte ich und fühlte, wie er seine Arme langsam um mich schlang und mich in den Kreis seiner Wärme aufnahm. »Aber ich könnte es nicht ertragen, wenn ihr gegeneinander kämpft, wenn einer von euch ...« Nicht einmal aussprechen konnte ich es!

»Du musst«, hauchte er leise und legte mir eine Hand auf den Hinterkopf, lehnte sein Kinn an mich und drückte mich fest an sich, während die Anspannung von mir abfiel und ich die ersten Tränen spürte, die meine Wangen hinabrollten. Schluchzend klammerte ich mich an Ice fest. Denn mir wurde klar, dass ich ihn nicht davon abhalten konnte gegen Sun zu kämpfen.

Zwangsläufig würde ich einen der beiden verlieren. Die grauenhafteste Vorstellung die es geben konnte.

Wie ich es auch drehte und wendete, es gab keinen anderen Ausgang, und allein der Gedanke schnürte mir die Kehle zu. Allein ich trug die Schuld daran, es schien, als bekäme ich für ein wenig Glück sofort die Quittung.

Was hatte ich getan?

***

Als mich Ice nackt und nur mit meinen Haaren über meinen Brüsten in die Höhle, und hoch in sein Zimmer getragen hatte, welches sich genau gegenüber von Suns befand und wie eine Gletscherspalte wirkte, stand ich ganz neben mir. Als hätte ich einen Schock. Ich lief komplett auf Autopilot, hieß aber diesen Schutzmechanismus gegen die kommenden Ereignisse willkommen, denn eine angenehme Taubheit breitete sich in meinem Inneren aus.

Diese Nacht, die als schönste meines Lebens begonnen hatte, endete als die furchtbarste in meinem Leben.

Was, wenn Ice starb?

Allein die Möglichkeit war so niederschmetternd, dass ich den Gedanken nicht weiter zuließ.

Und Sun?

Ein Leben ohne Sun? Es würde mich zerstören!

Wie würde es Lava ohne Sun ergehen? Und was wäre mit dem Rudel?

Ich *musste* etwas tun, um sie von diesem Kampf abzuhalten. Aber was?

Mir fiel nichts ein und die Zeit rann mir nur so durch die Finger wie Sand, während ich in Ice' Armen auf dem Bett lag.

Die Monde schoben sich über den Himmel, ich war müde und ausgezehrt, aber dennoch machte ich kein Auge zu. Irgendwas musste ich doch tun können … Irgendwas.

Nach gefühlten Stunden fiel mir etwas ein.

Meine und ihre einzige Chance, auch wenn ich wusste, dass mein Herz brechen würde. Genauso wie es Ice zutiefst verletzen würde, aber wenigstens müsste keiner der beiden sterben. Zumindest nicht körperlich.

Die Verzweiflung trieb mich dazu, mich aufzurichten und noch einmal auf dieses perfekte Gesicht hinabzublicken. Auf den sanften Ausdruck in seinen Augen. Das kleine, aber doch traurige Lächeln, das seine Mundwinkel umspielte. Diese Lippen. Oh, ich würde niemals darüber hinwegkommen, wie perfekt sie waren. Würde niemals vergessen, wie sie sich auf mir anfühlten.

Automatisch beugte ich mich hinab und küsste ihn. Sanft, langsam, zärtlich. Er strich an meinem nackten Rücken herauf und vergrub eine Hand in meinen Haaren, massierte mich sanft, während seine Zunge mit meiner spielte.

Ich wollte schreien.

Stattdessen küsste ich ihn heftiger, bis er ein kleines verwundertes Geräusch tief in seiner Kehle ausstieß und mich sanft an den Haaren von sich zog, sodass ich zurückweichen musste. Nur ein winzig kleines Stückchen, damit er mir misstrauisch ins Gesicht blicken konnte. Ich war noch nie gut darin gewesen, zu lügen und meine Gefühle vor ihm zu verbergen, also fragte er natürlich.

»Was soll das?«

»Was?« Ich versuchte wirklich unschuldig zu wirken, doch ich wusste, er konnte die Verzweiflung in meinem Blick erkennen.

»Wieso küsst du mich so, als wäre es unser letztes Mal?« Ich musste mich von ihm abwenden und mir eine Ausrede einfallen lassen, meinen Gesichtsausdruck unter Kontrolle bringen, doch er packte meine Haare etwas fester, sodass ich gezwungen war, ihn wieder anzuschauen.

»Hör auf damit. Du kannst dich und deine Gefühle nicht vor mir verstecken. Ich kenne diesen Blick. Ich kenne diese Sehnsucht in deinen Augen. So hast du mich jede Minute angesehen, in der wir gezwungenermaßen getrennt waren.«

Unsicher kaute ich auf meiner Unterlippe herum, schwieg aber weiterhin. Was sollte ich auch sagen? Verdammt! Wieso hatte mir Opa nie beigebracht, wie man log, sondern immer auf der Wahrheit bestanden? *Die Lüge ist der Teufel auf der Zunge.* Ja toll, Opa, danke! Half mir der Spruch irgendwie? Nein, natürlich nicht!

»Seraphina…« Mittlerweile klang Ice fast schon ein wenig belustigt und verdrehte die Augen. »Sag es einfach … Wenn du noch länger so angestrengt nachdenkst und dich innerlich aufregst, dann wirst du platzen.«

»Ich kann das nicht zulassen«, kam es aus mir herausgeschossen.

»Das sagtest du bereits und ich sagte dir, dass es keinen anderen Weg gibt.«

»Gibt es …«, flüsterte ich und sah, wie er die Augen verengte.

»Ach ja?«, fragte er leise, fast schon warnend.

Nickend trennte ich erneut unsere Blicke. Ice knurrte und dieser Ton fuhr direkt in meinen Körper, brachte jeden einzelnen Knochen zum Vibrieren und ließ mein Herz losrasen, während meine Kehle staubtrocken wurde. Meine Instinkte nahmen automatisch die Zügel in die Hand. Angst drang durch jede meiner Poren. Schweiß brach aus und bedeckte meine Haut. Gedanken an Flucht machten sich breit. Es war irreal, denn er würde mich nicht verletzen, aber seine Drohung wirkte. Trotzdem würde ich mich nicht von meinem Plan abbringen lassen! Er konnte knurren, so viel er wollte, sagen, was er wollte, ich würde …

»Ich liebe dich, Seraphina« *Was?*

Meine Augen, die ich soeben zusammengekniffen hatte, flogen entsetzt auf und ich blickte ihn schockiert an, weil ich dachte, ich hätte mich verhört, oder hätte mir die sanften Worte nur eingebildet. Aber er lächelte und ich konnte die Gefühle, die er mir soeben das erste Mal mündlich gestanden hatte, in diesen eisblauen Augen erkennen. Konnte sehen, wie die Gletscher geschmolzen waren und den Blick auf eine Landschaft voller Liebe und Zuneigung freigaben. Voller Hingabe und Hoffnung …

»Nein, sag das nicht, nicht jetzt, nicht so, bitte, Ice. Nicht als Druckmittel!«, wisperte ich mit zitternder Stimme. Schon wieder traten Tränen in meine Augen, aber ich schämte mich dieses Mal nicht dafür.

»Wieso nicht? Es ist die Wahrheit, Seraphina. Ich liebe dich ...« Mir wurde klar, dass er wusste, was ich vorhatte, dass er seine Worte genau kalkulierte. Wie konnte ich mich freiwillig in Suns Hände begeben, mich von Ice abwenden, wenn er so etwas zu mir sagte?

»Macht es dir Spaß, mir das anzutun?« Ich klang verbissen.

»Wie soll ich dich denn sonst halten?«, fragte er immer noch sanft und ruhig zurück. Seine Finger der freien Hand strichen über meine Wangen, wischten geduldig die Flüssigkeit fort.

»Es geht nicht anders, Ice. Du wirst mich mit nicht umstimmen. Nichts ist es wert, dass einer von euch dafür stirbt. Nicht mal unsere Liebe!«, murmelte ich gebrochen. Obwohl ich wollte, dass er mich festhielt. Ganz fest. Bis an unser Lebensende. Das wäre dann allerdings früher als geplant, zumindest seins, eventuell. Ich konnte, durfte das nicht zulassen. »Lass mich los...«, hauchte ich schwach.

Ice schüttelte den Kopf. »Niemals.« Ich kniff die Augen zusammen. Sein Blick war viel zu störrisch und sanft gleichzeitig.

»Bitte ...«, flüsterte ich. »Bitte, mach das hier nicht noch schlimmer für uns. Bitte, lass mich gehen, Ice, ich kann es nicht ertragen, wenn dir etwas passiert.« Ich sah ihn flehend an und fühlte, wie mein Herz protestierte. Als er voller Schmerzen die Augen zusammenkniff, beugte ich mich hinab und vergrub mein Gesicht an seinem Hals, roch an ihm, schmiegte mich nackt gegen seine Wärme, ein letztes Mal.

»Ich weiß du würdest alles für mich tun. Bitte tu auch das: lass mich gehen.«

Sein Arm umfing meinen Rücken und er zog mich eng an sich, vergrub das Gesicht in meinen Haaren und ich hörte wie er tief durchatmete. »Bitte Ice«, flüsterte ich an seiner wunderbaren Brust.

»Seraphina ...«, wisperte er heiser und ich wusste, wenn ich ihn um *irgendwas* bat, ja ihn sogar aus tiefstem Herzen anflehte, konnte er nicht nein sagen. Niemals. Dafür bedeutete ich ihm zu viel. Tränen rannen auf seine warme Haut, aber ich schluchzte nicht, während ich ihn festhielt. Er drückte mich noch enger an sich. Einen Moment dachte ich, er würde mich zerquetschen, dann ließ er mich los.

Seine Resignation war spürbar, seine Hände fielen von mir – ich durfte gehen.

Jetzt war es an mir ...

Es fühlte sich so an, als würden sich kleine Splitter durch mein Inneres fressen und sich in meine Luftröhre bohren, mein Magen verkrampfte sich und mir wurde richtig schlecht, als ich mich dazu zwang, mich aufzurichten. Ein letztes Mal sah ich auf ihn hinunter, erwiderte seinen Blick, in dem ich so viel Schmerz, aber auch Zuneigung und Liebe fand. Doch langsam brach die Eiszeit wieder über ihn hinein ... Die Gletscher kehrten in seine Augen zurück, verwehrten mir seine Gefühle, verbargen seine Seele und hinterließen eine emotionslose Maske. Seine Energie, die mich automatisch die ganze Zeit umgeben hatte, zog sich vor mir zurück und obwohl sie nicht so heiß war wie Suns, fröstelte ich.

Er biss die Zähne aufeinander, wie ich an dem Anspannen seiner Kiefermuskeln sehen konnte.

»Geh!« Es klang gepresst. »Solange du kannst!« Seine Hände zuckten und ich wusste, er wollte mich zurückhalten, mich irgendwie aufhalten, fest an sich drücken, sodass ich ihn nie wieder verlassen konnte. Er kämpfte für mich schon wieder gegen seine animalischen Triebe. Ice war wirklich mein Kämpfer.

Schluchzend presste ich eine Hand vor den Mund, trennte unsere verwobenen Blicke und schwang mich vom Bett. Fast schon panisch und ohne noch einmal zurückzuschauen, stolperte ich aus dem Zimmer, denn ich wusste, der Kloß in meiner Kehle würde jede Sekunde explodieren.

Sobald ich die Tür hinter mir zugeknallt hatte war es auch so. Laut fing ich an zu weinen, bekam fast keine Luft mehr, mir wurde ganz schwindlig und meine Beine wollten nachgeben. Ich musste mich mit einer Hand an der Wand abstützen und hämmerte mit der anderen Faust verzweifelt dagegen, während ich von drinnen ein ohrenbetäubendes Brüllen vernahm, welches mir durch Mark und Knochen fuhr. Meine Beine knickten ein.

Ich konnte seine brennende, nackte Verzweiflung fühlen, sie vermischte sich mit meiner und ließ mich fast ohnmächtig werden. Während ich an der Wand hinunterrutschte und nicht mehr denken, nicht mehr atmen, nur noch weinen konnte, hörte ich von drinnen wie Holz splitterte, wie er lauthals brüllte und seinen Schmerz, der auch meiner war, an der Zimmereinrichtung ausließ.

Es fühlte sich an, als müsste ich sterben.

Aber wenigstens traf es keinen der beiden.

Glück ...

Es ist eine kostbare Sache, man sollte es mit beiden Händen festhalten und nie wieder gehen lassen, wenn es einem begegnet. Doch das tun die wenigsten Menschen, weil sie es nicht einmal erkennen, wenn es direkt auf ihrer Nase tanzt.

Soeben hatte ich es mit aller Macht von mir gestoßen. Ich war dumm, so dumm, aber ich tat es nicht für mich ...

Kapitel 9

Irgendwann gab es keine Tränen mehr. In mir existierte nur noch Leere und im Zimmer war mittlerweile auch Ruhe eingekehrt. Schniefend stieß ich mich vom Boden ab und rappelte mich auf die Beine. Noch einmal strich ich mir übers Gesicht und setzte mich dann in Bewegung.

Vor mir wurde die Tür zu Suns Zimmer sichtbar und ich trat ein, ohne anzuklopfen. Die Worte verließen meine Lippen, ganz von allein, während ich mich weigerte, ihm nur einen Blick zu gönnen.

»Ich hasse dich, Sun! Egal, was ich jemals für dich empfunden habe, du hast es heute zunichte gemacht. Ich bin hier, ich erkläre mich damit einverstanden, dein zu werden. Mit allem, was dazu gehört. Ich werde nicht mehr gegen dich kämpfen und ich werde auch Ice aufgeben … Aber du wirst niemals, *niemals* wieder wirkliche Gefühle in mir wecken können!« Er antwortete nicht, also atmete ich tief durch und schaute zu ihm. Er saß auf dem Bett, die Ellbogen auf die Knie gestützt, den Kopf in den Händen vergraben und starrte auf den Boden.

»Hey«, sagte ich fest. Dass er jetzt vorgab superfertig zu sein, machte mich wütend. »Ich rede mit dir!« Er rührte sich immer noch nicht, also ging ich langsam auf ihn zu. Dabei presste ich eine Decke von Ice an mich, während sein Geruch, der noch an ihr haftete, mir etwas Ruhe schenkte und gleichzeitig schmerzte.

»Die Zyklopen wollen dich umbringen, deswegen wüten sie durch den Dschungel bis hier her. Es ist eine Intrige, die Ash gesponnen hat«, wechselte ich das Thema, um ihm eine Reaktion zu entlocken. Doch vermutlich wurde er schon von den Dyraden davon in Kenntnis gesetzt, denn nach wie vor saß er wie erstarrt vor mir …

Langsam machte sich ein kleines bisschen Sorge in mir breit. Konnten sich Gestaltwandler zu Stein verwandeln wie Gargoyles?

»Hast du gehört? Sie werden bald hier sein!« Auch wenn es mir wiederstrebte, ging ich vor ihm auf die Knie, um sein Gesicht erkennen zu können. Ich hätte es nicht tun sollen, denn er sah absolut verlassen aus. Doch die immer noch in mir brodelnde Wut besiegte das Mitleid.

»Was ist mit dir?«, fragte ich, packte seine Handgelenke und wollte sie von seinem Kopf wegziehen. Sein Blick hob sich und ich zuckte fast vor ihm zurück. Der Ausdruck in seinen Augen war leer, gebrochen. Das Funkeln in ihnen war erloschen.

»Ich hasse dich auch …«, flüsterte er fast emotionslos und ich starrte ihn entsetzt an. Ohne dass ich etwas erwidern konnte, sprach er weiter. »Du bringst mich dazu, gegen meinen besten Freund kämpfen zu wollen, bringst mich dazu, meine gesamten Prinzipien zu überdenken und mich schlecht zu fühlen, wegen Dingen, die früher normal für mich waren«, fauchte er förmlich.

Eine kleine fiese Seite in mir brachte mich zum Lächeln. »Das ist wohl dein schlechtes Gewissen, das sich da meldet, hm?«

Er schnaubte ironisch. »Ich hatte kein Gewissen – bis jetzt!« Ein leichtes Glimmen war in seine Augen zurückgekehrt und steigerte sich langsam zu den orange glühenden Infernos. »Ich habe das alles geplant, weißt du. Ich wusste, wenn ich Ice herausfordere, wirst du früher oder später genau hier vor mir sitzen und mich anflehen, dass ich dich für mich alleine nehme und sein Leben verschone. Du bist so verdammt durchschaubar. Es ist so leicht dich zu manipulieren.« Er grinste humorlos bei den letzten Worten und hob die Hand, um mein Kinn zu umfassen, ich hatte keine Chance mich von ihm zu lösen und so verharrte ich still. Seine Stimme wurde etwas sanfter, als er weitersprach. In seine Augen trat ein grüblerischer Ausdruck. »Aber dann, während ich hier saß und darauf wartete, dass du angekrochen kommst, fing ich an, mich zu fragen, was geschehen würde, wenn du es nicht tätest. Was wenn ich wirklich gegen Ice kämpfen müsste. Ob ich ihn für dich oder irgendwen auf dieser Welt umbringen könnte, oder was ich tun würde, wenn ihr beide euch dazu entschließen würdet davonzulaufen, weil ihr meine Spiele nicht mehr aushaltet … Wie es mir gehen würde, wenn ich euch nicht mehr hätte …« Er schluckte hart, und wirkte wieder so verloren. Die Angst, die er bei diesem Gedanken empfand, war geradezu greifbar. Seine Finger fingen etwas an zu zittern und er ließ mich los, lehnte sich zurück. Sah mich einfach nur an. Ja, endlich hatte sein Herz über seinen Verstand gesiegt, während er gleichzeitig zugegeben hatte, niemals gegen Ice kämpfen zu können. Die vergangenen Stunden der Qual waren umsonst gewesen. Erleichterung durchströmte mich gleißend hell, aber ein Funken Misstrauen blieb zurück.

»Woher soll ich wissen, dass es stimmt, was du mir jetzt erzählst?«, fragte ich leise. »Wahrscheinlich belügst du mich wieder. Ich kann dir keines deiner Worte glauben.«

»Ich kann mir selbst nicht mehr glauben«, antwortete er und stand plötzlich auf.

»Lava bringt dir gleich neue – wie nennst du sie – Kleidung«, verkündete er. Dann marschierte er aus dem Zimmer und ließ mich nachdenklich allein zurück.

Gehörte dieses Geständnis zu einem seiner kranken Pläne oder war er, womöglich zum ersten Mal ehrlich? Ich wusste es nicht.

Ja, Sun hatte seine Qualitäten, besonders wenn es darum ging, mich zu verführen, aber damit konnte er nicht ewig trumpfen, irgendwann würde ich anfangen, ihn zu hassen.

Als Lava kam und mir half, ein neues Kleid anzuziehen, war keine von uns beiden in Plauderlaune. Sie versuchte mich nicht zu fragen, was passiert war. Wahrscheinlich wusste sowieso schon jeder hier, dass ich gezwungen wurde, meine große Liebe aufzugeben.

∗∗∗

In den nächsten Tagen bewahrheitete sich genau das. Wo ich vorher meist ignoriert wurde, behandelte man mich jetzt wie den letzten Dreck. Hauptsächlich die Wölfinnen machten mir das Leben schwer, da ihnen wohl von nun an die Zuneigung von Ice verwehrt blieb. Der Rest warf mir mitleidige Blicke zu. Ich wusste nicht, was ich schlimmer fand.

Ich spielte einfach mein eigenes kleines Spiel, hängte mich an Suns Seite und wich nicht mehr von diesem Kurs ab, denn ich hielt mein Wort, wenn ich es gab. Ich schlief in Arschkaters Bett, wo Lava auch meistens auf der anderen Seite neben ihm lag, aber ohne dass sie intimer wurden, als sich zum Einschlafen zu küssen. Ich fragte mich, ob das schon immer so gewesen war und ich ihr diesen Platz in Suns Bett genommen hatte und ob es sie störte. Aber jeden Abend gab sie mir auch einen Schmatzer auf die Wange und versicherte mir somit, dass es okay war.

Tagsüber faulenzte ich auf seinem Felsen und beobachtete Lava, die meist auf Suns Schoß thronte oder streifte mit ihr und Sweet durch den Dschungel. Ich beobachtete, wie die Gestaltwandler miteinander umgingen, und ihr einfaches aber zufriedenes Leben lebten, während ich versuchte, nicht an gebrochenem Herzen zu sterben.

Das erste Wiedersehen mit Ice nach unserer Trennung glich einem Albtraum. Ich lag gerade mit Sun auf seinem Felsen und machte aus verschiedenen winzig kleinen, aber intensiv nach Schokolade duftenden Blumen einen Kranz für Sweet, als Ice mit ein paar anderen Wölfen in die Halle trat. Sofort trafen sich unsere Blicke und ich konnte ihn wieder fühlen, riechen, hören. Dabei sehnte ich mich nach seinen starken Armen, nach diesen perfekten Lippen auf meinen, nach den kühlen Gletschern in seinen Augen, die es dennoch vermochten, mich zu wärmen.

Er verzog schmerzverzerrt das Gesicht, weil er mich da oben bei Sun liegen sah, obwohl ich doch an seine Seite gehörte.

Ein leichtes sicherlich ungeplantes, besitzergreifendes Knurren entschlüpfte seiner Kehle, doch bevor jemand reagieren konnte wandte er sich ruckartig ab und ging weiter, sprang leichtfüßig die Treppen zu den Zimmern nach oben und ließ sich nicht mehr blicken.

Oftmals tauchte er tagelang unter, mied dabei die unzähligen Feste oder andere Gelegenheiten in meiner Nähe zu sein. Wenn er jedoch da war, konnte ich seine Anwesenheit förmlich körperlich spüren.

Ich musste ihn nicht ansehen, um zu wissen, dass sein Blick auf mir klebte, als Sun auf einer der vielen Partys mit mir tanzte. Seine Lippen hinterließen eine brennende Spur auf meiner Haut, während seine Hände mich gekonnt verführten. Doch gleichzeitig schaffte er es nicht, damit mein Inneres zu erreichen, auch wenn mein Körper auf ihn reagierte. In meinem Fokus stand Ice, den ich nicht aus den Augen lassen konnte. Bei dem ich mich visuell entschuldigte, ihn anflehte, mir zu verzeihen, bis er leise knurrte und davon marschierte, weil er es nicht mehr aushielt.

Sun gab im nächsten Moment auf, mich weiterhin zu verwöhnen, denn nicht einmal seiner Energie gelang es, mich abzulenken oder meine Lust zu beherrschen. Vielleicht akzeptierte er endlich, dass er mich nicht mehr manipulieren konnte.

Ich erinnerte mich an unsere erste Nacht, die ich bei ihm verbringen musste. Wir waren allein, weil Lava bei Sweet schlief. Doch als Sun versuchte, mir näher zu kommen, sehnte ich mich so sehr nach Ice, dass ich anfing zu weinen, weil es nicht Ice war, der mich berührte …

Seitdem ich ihm meinen Körper geschenkt hatte, war alles anders. Wahrscheinlich lag das aber auch an den Umständen. Schließlich war ich nicht mehr als eine Gefangene, ein Spielzeug, gegen meinen Willen bei einem Mann, dem ich keine Zuneigung mehr entgegenbringen konnte. Daher war es ein Ding der Unmöglichkeit, mich ihm hinzugeben.

Sun probierte es nicht erneut, mich zu verführen, stattdessen vergnügte er sich mit Lava. Es sei denn Ice war in der Nähe. Um seinen Anspruch auf mich geltend zu machen, spielte Sun ihm die nicht vorhandene Idylle einer nicht existenten Liebe vor, um ihn in seine Schranken zu weisen. Das Ganze war ermüdend, aber ich an mein Versprechen gebunden.

Ja, ich hasste Sun wirklich von Tag zu Tag mehr.

Und sehnte mich immer mehr nach Ice.

Bei einem der Feste verabschiedete ich mich schon sehr früh und ging nach oben, um mich schlafen zu legen. Ice stand auf der Treppe an die Wand gelehnt. Ich sah ihn schon von Weitem, stieg aber weiter die Stufen hoch, während mein Herz anfing immer schneller zu schlagen.

Am liebsten wollte ich mich auf ihn stürzen, ihn küssen, ihm versichern, dass ich ihn noch liebte, aber ich tat nichts dergleichen. Stattdessen schlich ich an ihm vorbei. Als sich unsere Blicke verwoben, strich ich mit meiner Hand über seinen Bauch, fühlte die Härte unter meinen Fingern, das Zucken seiner Muskeln, den leichten Schweißfilm, den seine Haut bedeckte. Er atmete tief durch, ballte die Fäuste, dennoch überflutete mich seine kühle Energie, zuerst sanft, dann intensiver, bis ich keuchte.

Einige Sekunden war ich versucht mich ihr hinzugeben und in seine Arme zu fallen. Doch es ging nicht!

Es war schwer, mich von ihm zu lösen und ich dankte jeder vielleicht existierenden Gottheit, dass Sun nicht in seinem Zimmer war, als ich es absolut verstört und den Tränen nah, stürmte.

So vergingen also die Wochen, in denen sich nichts änderte …

Sun hatte meine Warnung bezüglich der Zyklopen nicht sehr ernst genommen. Von Ashs Verrat musste er sich selbst überzeugen. Er weigerte sich zu glauben, was irgendein Huasa erzählte. Und sollte es wider Erwarten der Wahrheit entsprechen, würde er schon mit ihnen fertig werden. Arroganter Arschkater.

Er bekam die Rechnung dafür, und das schon sehr bald.

Nämlich eines Morgens, an dem wir uns alle in der Halle versammelten, weil ein paar der Pflanzenfresser spurlos verschwunden waren und die Verbliebenen nun die Fleischfresser um Hilfe gebeten hatten.

Ich stand gähnend hinter Sun und hörte nur mit einem Ohr dabei zu, wie er sich mit ein paar Obersten aus seinem Stab unterhielt, darunter auch Ash und Ice. Letzterer ignorierte mich heute komplett, weil er sich auf die anderen konzentrierte.

Plötzlich spannte sich Sun vor mir an und verstummte. Ich unterbrach einen herzhaften Gähner, um zu fragen, was los sei, als ich ein leichtes Vibrieren unter meinen Füssen fühlte, so, als würden Millionen von Ameisen unter dem Stein entlanglaufen.

Automatisch flog mein Blick hoch zu Ice, der mich mit gerunzelter Stirn musterte. So wie immer hatte er meine Unruhe gespürt, denn er meinte beinahe tonlos: »Bleib ruhig.«

Ich konnte nicht antworten, weil das Beben zunahm. Mittlerweile betraf es nicht nur den Boden, sondern auch die Wände der Höhle, die heute eine Schneelandschaft abbildeten. Das aufgeregte Tuscheln der Gestaltwandler schwoll an, als einige von ihnen mächtig damit zu tun hatten, ihr Gleichgewicht zu halten. Auch ich musste mich abstützen.

»Was zum Teufel ist das?«, fragte Sun, da stürzte die gegenüberliegende Wand über dem Tunnel mit einer lauten Explosion ein.

Jemand hatte den Eingang gesprengt. Steine flogen durch die Gegend, der Krach nahm zu, dichter Staub wirbelte durch die komplette Halle.

Prompt brach Chaos aus und der Großteil verwandelte sich, um sich zur Wehr zu setzen. Mit großen Augen sah ich dabei zu, wie Zyklopen laut grölend hereinstürmten und einen Felsen auf einen Bären warfen, der ihn unter sich begrub. Ein Weiterer schleuderte laut schreiend ein Geschoss nach einem Grüppchen Wölfe, das sich nur teilweise retten konnte. Schmerzlaute, Jaulen und das Gebrüll der Zyklopen dröhnten in meinen Ohren …

Ash und ein paar andere hechteten davon und griffen an. Ice sprang sofort, natürlich in Wolfsgestalt, einen der Zyklopen an, um ihn von einer Gruppe Raubkatzen abzulenken. Nur Sun stand noch vor mir, aber der ließ gerade einen Fluch vernehmen und ich folgte seinem Blick …

Lava und Sweet waren in eine Ecke gedrängt, bedroht von einem der Riesen.

Sofort verwandelte sich Lava in einen rötlich schimmernden Puma mit strahlend grünen Augen und hieb fauchend mit den Pranken aus, um Sweet zu schützen. Auch in Tiergestalt war sie unbeschreiblich schön und raubte mir einige Sekunden den Atem, bis mir klar wurde, dass sie sich in Lebensgefahr befand.

Der Zyklop lachte dröhnend und böse, bevor er einen Stein aufhob …

»Lava …«, hörte ich Sun nur atemlos flüstern und dann war er auch schon die Felsen runtergesprungen, fing im selben Moment an, sich zu verwandeln, um ihr als Panther zu helfen!

Nur ich blieb hier oben allein zurück und fühlte mich wie auf dem Präsentierteller. Niemand achtete momentan auf mich, was gut war, also nutzte ich meine Chance und rannte an der Wand entlang die Steintreppe nach unten, direkt zum Aufgang, der zu den Zimmern führte. Unbemerkt erreichte ich die Stufen und flüchtete nach oben.

Doch ich kam nicht weit, denn plötzlich hörte ich hinter mir ein Knurren. Pranken bohrten sich in meinen Rücken, als ich zu Boden gerissen wurde, und ein beißender Geruch nach totem Fleisch breitete sich über mir aus.

Ich wusste bereits, wer mich erwischt hatte, bevor ich meinen Kopf drehte und in sadistische gelbe Augen blickte. Meinen Dolch hatte ich natürlich nicht dabei, wieso auch? Schließlich war ich immer an Suns Seite gewesen. Angst versuchte mich zu lähmen, während der Schweiß aus jeder meiner Poren drängte.

Jetzt würde ich also sterben, und das nach allem, was ich überlebt hatte …

Ash knurrte mir direkt ins Ohr, dann fühlte ich, wie seine raue Zunge über meine Wange leckte. Angeekelt wandte ich mich ab und verschränkte die Hände über dem Kopf, vor allem aber über meinem Nacken. Zwanghaft dachte ich darüber nach, ob meine kleine menschliche Kraft ausreichen würde, um die Bestie von mir zu schütteln, oder ob ich einfach aufgeben sollte.

In meinen Kopf bohrte sich ein anderes Knurren die Last des Wolfes wich von mir. Schnell rappelte ich mich trotz Schmerzen auf und kroch etwas davon, dabei schaute ich zurück und erkannte, wie Ice zwischen mir und seinem Bruder stand und ihn zurückdrängte.

Gott, ich hatte ganz vergessen, wie riesig er als Wolf war. Seine Nackenhaare waren aufgestellt. Sein Körper imposant aufgerichtet, während er die Zähne fletschte und tödlich knurrte. Ash hatte keine andere Möglichkeit, als zurückzuweichen. Er versuchte nach Ice zu schnappen, doch dieser wich geschickt aus und schnappte ebenfalls zu, millimeterweit am Gesicht des anderen Wolfes vorbei. Eine letzte Warnung.

Doch ich sah, wie Ash an Ice vorbeilinste, wie diese gierigen Augen mich in Beschlag nahmen, wie er sich nach meinem Fleisch verzehrte, und ich wusste, er war halb wahnsinnig vor Hunger. Er würde sich diese Chance nicht entgehen lassen. Vielleicht war es sogar Teil seines Plans, Suns Ablenkung zu nutzen, um mich zu fressen.

Doch er hatte seine Rechnung ganz eindeutig ohne seinen Bruder gemacht. Vielleicht hätte er auch nicht erwartet, dass dieser tatsächlich für mich gegen ihn kämpfen würde, weil er dem sonst so vehement auswich.

Ice war aber auch nicht auf das vorbereitet, was passierte, als Ash plötzlich zu der Wand sprang und drei Schritte quer darüberlief, sodass er jetzt Ice umrundet hatte und auf mich losgehen konnte. Ich zuckte ruckartig zurück und seine Zähne schrammten nur Millimeterweit an meinem Arm vorbei. Keuchend stolperte ich weiter zurück und sah nur noch, wie Ash mit einer derartigen Wucht gegen die Wand gerammt wurde, dass diese erzitterte. Der Aufprall presste die Luft aus seinen Lungen und er verdrehte die Augen nach oben, drohte kurz das Bewusstsein zu verlieren. Doch viel zu schnell fing er sich wieder, wütender als je zuvor, und stürzte sich auf Ice, ging gezielt auf seine Kehle los.

Ice wich aus, drehte die beiden so herum, dass er sich wieder zwischen uns befand und schnappte mit blitzenden Zähnen nach Ash, damit dieser zurückwich. Doch er duckte sich und plötzlich hatte er Ice auch schon in seine strahlend weiße Brust gebissen. Dieser jaulte auf, und ich zuckte zusammen, doch schon war er zurückgesprungen. Jetzt schien auch Ice richtig wütend zu sein, denn sein Knurren wurde eine Stufe lauter, ein wenig rasender, sodass es von den Wänden widerhallte. Ich wusste, dass jetzt einer der beiden sterben würde …

Mein Bauch zog sich vor Aufregung zusammen, mir wurde ganz übel.

Ice duckte sich leicht, nahm seinen Bruder tödlich ins Visier, legte die Ohren an und zeigte ihm die imposanten, strahlend weißen Reißzähne, mit denen er ihn zerfleischen würde. Rotes Blut rann in dünnen Linien an seinem weißen Fell herab, tropfte auf den Boden und doch ging er langsam und mit absoluter Körperspannung auf seinen Gegner zu.

Ash machte keinen einzigen Schritt zurück. Stattdessen tat er es ihm gleich, versuchte ihn zu umkreisen, um wieder in meine Nähe zu gelangen, aber das ließ der weiße Wolf nicht zu, hielt ihn mit Warnungen auf Distanz. Beide zögerten, warteten auf den passenden Moment. Wobei ich mir bei Ice sicher war, dass er abwartete, um Ash noch eine Chance zu geben, sich zu besinnen, schließlich war er sein Bruder. Doch er würde ihn töten, wenn er mich noch mal versuchen würde anzugreifen.

Als Ash so tat, als würde er nach links hechten, um rechts vorbeizukommen, durchschaute Ice ihn und sprang ihn sofort an. Es ging alles so schnell, dass ich es nicht richtig erkennen konnte, während sie sich brüllend und jaulend ineinander verkeilten, aber Ash krachte schließlich erneut gegen die Wand und dann tropfte das Blut nicht nur, es sprudelte an den Seiten aus Ice' Maul, der sich in die Kehle des schwarzen Wolfes verbissen hatte.

Er zerrte ein bisschen und Ashs Beine gaben nach. Der Schwarze rutschte an der Wand hinab und lag nun seitlich da, zuckte und versuchte sich gegen den größeren Wolf zu wehren. Ein klägliches Winseln entkam der Schnauze des Schwarzen.

Er sah flehend zu dem Weißen hoch aber Ice ließ nicht los, sondern hielt ihn unerbittlich fest. So lange, bis die Zuckungen nachließen und der Körper des anderen komplett erschlaffte, alles Leben aus den gelben Augen wich … Es kam mir so vor, als würde eine Träne aus diesen laufen, während er seinen Bruder ansah und aufgab.

Hatte Ash in dem Moment aufgegeben, als ihm klar wurde, wie weit er seinen eigenen Bruder getrieben hatte? Konnte er deshalb sterben?

Ich schluchzte auf, kam auf die Viere und kroch auf die beiden zu. Ice ließ von dem Schwarzen ab, und stand einfach nur mit hängendem Kopf da – starrte ihn an.

»Es tut mir leid …« Meine Stimme bebte, während ich mich ihm näherte. Als ich bei ihm war, streckte ich meine Hand aus, strich über seine weiche Schnauze bis zu seinem großen samtigen Ohr. »Ice, es tut mir so leid …«

Er blickte mich schließlich an. In seinen Augen konnte ich tiefe Trauer erkennen, was mich zutiefst schmerzte. Doch ich wusste nicht, was ich sagen sollte, um es ihm leichter zu machen. Selbst wenn ich tröstende Worte gefunden hätte, blieben sie unausgesprochen, denn die Erde fing wieder an zu beben und Ice straffte sich sofort. Er stupste mir drängend in die Schulter und ich rappelte mich auf die Beine.

»Wohin?«, fragte ich, da schob mich Ice schon weiter, den langen Gang entlang. Ich verstand seine Rumschubserei und lief los.

Einer ungewissen Zukunft entgegen …

Kapitel 10

Ice deckte meinen Rücken, während wir gefühlte Stunden durch den scheinbar endlosen Gang rannten. Die laue Dschungelnacht fühlte sich eiskalt auf meinem verschwitzten Körper an, als uns die dunkle Felswand plötzlich mitten ins Nichts ausspuckte. Nun spürte ich matschigen Boden unter meinen Füßen und merkte, dass ich keinen einzigen Schritt mehr laufen konnte. Doch immer, wenn ich langsamer wurde, stieß mir Ice seine Schnauze in den Rücken, damit ich nicht aufgab. Und jedes Mal schaffte ich es noch ein paar Kraftreserven zu mobilisieren.

Also rannten wir weiter einen Abhang hinab. Als ich ausrutschte, hielt ich mich an Ice fest, sodass ich mich wieder fangen und weitersprinten konnte. Weiter weg von dem Geschrei und dem lauten Getöse der alles zerstörenden umherfliegenden Gesteinsbrocken.

Sun ... Lava ... Sweet ... Bilder von ihnen drehten sich in meinem Kopf. Ich kam mir vor wie eine elende Verräterin, weil ich floh, immer weiter, aber ich wusste, dass wir ihnen allein sowieso nicht helfen konnten.

Der Fluss erschien wie aus dem Nichts, dabei hätte ich ihn spüren müssen, denn hier war die Luft etwas kühler, reiner, und ich hörte das Rauschen der sanften Wellen.

Ich war mit meiner Kraft am Ende, konnte keinen einzigen Schritt mehr machen oder an meinem Seitenstechen vorbeiatmen, geschweige denn mein rasendes Herz ignorieren. Alles schmerzte. Erschöpft klappte ich vornüber und stützte die Arme auf die Knie, während ich nach Sauerstoff rang. Zwanghaft versuchte ich meinen Blick zu fokussieren, der immer wieder drohte, zu allen Seiten zu verschwimmen.

Irgendwann drang die Luft dennoch wieder ungehindert in meine Lungen, aber meine Beine zitterten so sehr, dass ich mich auf die glatten Steine plumpsen ließ und auf den Rücken legte. Mein Körper fühlte sich so an, als würden winzig kleine Käfer durch meine Gliedmaßen rennen die ein Kribbeln verursachten und mir von innen heraus meine Energie abzapften.

Irgendwann erholte ich mich von dem Hochleistungssprint und drehte meinen Kopf zur Seite, um nach Ice zu sehen.

Das Herz stockte in meiner Brust, weil er in Menschengestalt und zerstört am Ufer saß. Die Unterarme hatte er auf die Knie gestützt, doch seine großen starken Hände hingen genauso kraftlos herab wie sein Kopf.

»Scheiße …«, hauchte ich und kam auf alle Viere. Mit immer noch leicht zitternden Gliedmaßen krabbelte ich auf ihn zu, einfach in das flache, eiskalte Wasser hinein und kniete mich vor ihn in die sanften Wellen. Rote Striemen bedeckten sein Gesicht und seine Brust. Das Blut seines Bruders, vermischt mit seinem eigenen, benetzte seinen schönen Körper. Und so verletzt er von außen auch wirkte, seine Wunden im Inneren waren vermutlich weitaus schlimmer.

Meine Hände zitterten, als ich seine Wangen umfasste und ihn mit den Daumen streichelte. Ich schüttelte den Kopf, rang erneut nach Worten, die das Geschehene für ihn irgendwie leichter machen würden, die es irgendwie rechtfertigen würden, aber auch jetzt konnte ich keine finden. Wahrscheinlich weil es keine gab.

Also seufzte ich und setzte mich auf die Hacken zurück. Absolut ratlos blickte ich in das lebendig wirkende Wasser, welches zwischen uns durchrauschte. Vielleicht würde es helfen, ihn auf andere Art als mit Worten reinzuwaschen. Mit zitternden Fingern schöpfte ich etwas von der kühlen Flüssigkeit in beide Handflächen, und ließ es glitzernd über seine muskulöse Brust rinnen. Dann verteilte ich es auf seiner Haut, holte mehr Wasser, um das Blut seines Bruders von seinem Körper zu waschen. Ice sah meinen Händen unbeteiligt dabei zu, wie sie die Spuren seiner Tat, zumindest äußerlich, beseitigten.

Ich reinigte seine Brust sehr gründlich und liebevoll, bis nichts mehr zurückblieb. Dann befeuchte ich meine Hände erneut, richtete mich auf und benetzte sanft sein kantiges Gesicht. Strich an den Seiten seiner perfekten Formen hinab, über seine unsagbaren Lippen, sein männliches Kinn und fing dabei schüchtern seinen Blick auf …

Suns Schmerz war nichts gegen das gewesen, was sich gerade hinter Ice' Augen abspielte. Instinktiv wollte ich vor der Qual darin zurückschrecken, aber ich hielt ihr stand, teilte seinen Schmerz mit ihm …

»Du kannst es nicht ertragen, nicht wahr?« Ein kleiner Blitz zuckte hinter seinen Eisgletschern auf und erhellte alles einen Moment lang. Ein winziges Runzeln legte seine Stirn in Falten, bevor ich fortfuhr. »Du bereust es … und ich kann es verstehen.« Es sollte kein Vorwurf sein. Ich sprach einfach das aus, was ich dachte, und konnte es ihm nicht übel nehmen. Das Stirnrunzeln vertiefte sich und ein angespannter Zug trat um seine ach so vollen Lippen. »Du hättest mich sterben lassen sollen … «

Plötzlich knurrte er mich tief an und ich erstarrte. Ein kleines Keuchen entwich mir und ich fühlte, so wie immer, wie mein Herzschlag sich beschleunigte, als ich diesen warnenden, raubtierhaften Ton vernahm. Schnell ruderte ich zurück und versuchte meine Worte zu rechtfertigen. »Ich meinte ja nur, es ist alles meine Schuld, das bin ich nicht Wert … Es tut mir so … « Ich konnte nicht zu Ende sprechen, denn er umklammerte meine Handgelenke und seine Lippen trafen auf meine.

Nicht sanft. Nicht zögernd. Nicht mitfühlend.

Seine Zunge kämpfte sich in meinen Mund, auch wenn er eigentlich keine Gewalt benötigte, damit ich ihm Einlass gewährte. Die letzten Wochen hatte ich nichts anderes gewollt als das hier. Seine starken Hände eines übermenschlichen Killers packten meine Hüften und hoben mich problemlos aus dem Wasser auf seinen Schoß.

Als ich spürte, wie hart er war, stöhnte ich laut in seinen Mund, auch wenn ich dafür eigentlich keine Luft mehr besaß.

Er hob mich ein Stück hoch, gab mir keine Chance nachzudenken und ließ mich mit einem Ruck auf sich herab, sodass er mit einem Mal tief und groß in mir war und mich so heftig dehnte, dass ich aus dem Kuss ausbrechen und durchatmen musste.

Tief stöhnend ließ ich meinen Kopf zurückfallen, während er mein Oberteil an meinen Brüsten nach unten zerrte und seine Lippen heiß und verlangend über meine Haut hasteten. Ziellos saugte er hier, knabberte da, küsste dort … Er war halb wahnsinnig und es fühlte sich gut an.

Ich krallte mich in seine Haare und drückte ihm meinen Oberkörper entgegen, während ich meine Hüften nach vorne und hinten gleiten ließ, ihn tief in mir spürte.

Unsere Laute der Lust hallten durch die Nacht. Erfüllten die Wesen um uns herum sicher mit Angst und Schrecken, weil sie dachten, jemand würde qualvoll gefoltert, aber ich hatte keinen Kopf für solche Nebensächlichkeiten. Alles, was zählte, war Ice unter mir. Seine Zähne, die mich schon wieder bissen, sodass ich laut japste und seinen Kopf zurückziehen wollte, um ihn vorwurfsvoll anzusehen.

Er ließ es nicht geschehen, sondern knurrte mich erneut an. Seine nun dunklen Augen suchten erst die meinen, als er die Zunge ausstreckte und die rote Flüssigkeit aufsammelte, die aus der Wunde rann. Sein Blick war herausfordernd und gleichzeitig drohend. Er war jetzt ein Wolf. Bereit zum Reißen, zum Töten, wenn ihm etwas verwehrt wurde. Nichts war da sonst in diesen eisblauen, animalischen Gletschern.

Gänsehaut rieselte meinen Rücken hinab und es war köstlich. Ich hatte keine Angst vor ihm, denn ich liebte mittlerweile auch sein Tier. Mir war klar, dass mich seine Bestie selbst in so einem entfesselten Moment nicht verletzten würde – sie war mir absolut treu ergeben.

Langsam, um ihn nicht weiter zu reizen, nahm ich die Finger aus seinen Haaren, umfasste stattdessen mit beiden Händen sein wunderschönes Gesicht und hob es mir voller Vertrauen zum Kuss entgegen.

Er knurrte konstant leise, doch ich ignorierte auch diese Warnung und strich mit meinen Lippen lächelnd über seine. Er ließ es widerstandslos geschehen, aber ich konnte fühlen, wie sein Wangenmuskel zuckte, bevor er schließlich ganz klein beigab, sich mir also unterwarf, und meinen Kuss tief und innig erwiderte. Dabei schmeckte ich mein Blut, aber es war mir egal, denn es war Ice´ Mund und seine wundervollen Lippen, die mir den Verstand vernebelten.

Seine Hände dirigierten mich schneller, sein Kuss wurde drängender. Ich konnte mit jeder erregten Faser spüren, wie sich die dunkle glühende Wolke der Lust in unseren Körpern aufbaute, von unseren gemeinsamen Energien angetrieben wurde und sich dann in einem alles zerstörenden Gewitter entlud. Ich schrie seinen Namen und er meinen, als wir unseren Höhepunkt erreichten.

Erschöpft sackte ich atemlos auf seinem Schoß zusammen, vergrub mein Gesicht an seinem verschwitzen Hals, während seine Arme mich voller Sicherheit umfingen.

Wir verschnauften zusammen und trieben vor uns hin.

Keiner von uns wollte sprechen. Was hätten wir denn sagen sollen?

Dass wir uns über alles liebten?

Dass wir uns nicht mehr trennen lassen würden?

Dass wir ohne einander nicht leben konnten?

Egal, wie sehr wir es auch versuchten?

Das wussten wir.

Wir konnten es fühlen, in den Berührungen des anderen. Ich überflutete sein ganzes Gesicht mit weichen Küssen. Seine Stirn. Seine Nasenspitze. Seine Lider. Seine Wangen und wieder seine Lippen, immer wieder diese vollen, seidig weichen Lippen. Ich würde niemals genug von ihnen bekommen. Irgendwann fing er mein Gesicht ein, sah mir ernsthaft in die Augen, während mein Herz unkontrolliert in meiner Brust hämmerte und flüsterte heiser:

»Es gibt nur eine Sache, die ich in meinem Leben jemals bereuen würde. Dich zu verlieren!« Und dann küsste er mich erneut.

***

Nach endlosen Minuten voller Zärtlichkeit entschieden wir, zurückzukehren und nach Überlebenden zu suchen, auch wenn meine Beine ganz weich wurden, als ich an das Ausmaß der Zerstörung dachte.

Sun ... Lava ... Sweet ... waren sie noch am Leben? Was würde geschehen, wenn nicht? Wie würde es mit den Gestaltwandlern weitergehen oder mit der Ebene, wenn es sie nicht mehr gab?

Ich wusste es nicht, aber mein Magen zog sich schmerzhaft zusammen, als wir den riesigen Felsen erreichten, der einstmals imposant nach oben geragt war. Der Himmel war grau und verhangen, so, als würde er die Trauer und Hilflosigkeit in meinem Inneren widerspiegeln. Alles lag in Schutt und Asche. Sie hatten alles zerstört.

Hier und da hörte man ein klägliches Stöhnen, ein leises Wimmern. Die Laute von schwer verletzten Gestaltwandlern, die sich vor Schmerzen und Trauer aufgaben. Im Tod sind wir alle gleich. Wir können ihm nicht entrinnen, wenn es soweit ist.

Nur Ice' Hand, die mich festhielt, gab mir die Kraft weiterzugehen und mir einen Weg durch die Trümmer zu bahnen. Ich hatte schreckliche Angst vor dem, was wir finden würden.

Am Rande des Ganzen saß eine Gruppe von fünf Gestaltwandlern. Der schwarzhaarige Taff und die orangehaarige Frau, die Fun hieß, waren bei ihnen und Big lag in Löwenform auch dabei, aber ich sah weder Sun noch Lava oder Sweet. Mir wurde schlecht.

Ich entdeckte die blonde Wölfin Cold… Sie jauchzte auf, als sie uns erblickte und kam wacklig auf die Beine. Im nächsten Moment war sie bei uns und fiel Ice um den Hals. Ich ließ seine Hand los und trat, unangenehm berührt, einen Schritt zurück, weil er sie auch umarmte und ein wenig in die Luft hob. *Er ist nur froh, dass sie am Leben ist,* dachte ich und war sofort von mir selbst enttäuscht. Jetzt war nicht der richtige Zeitpunkt für meine Eifersucht.

Sie war anscheinend die Einzige, die aus seinem Rudel überlebt hatte. Natürlich freute er sich darüber! Nach ein paar Sekunden stellte er sie auf die Beine und schob sie sanft von sich. Sofort schlangen sich seine Finger wieder um meine, während er sie ausquetschte, ob noch jemand überlebt hatte und was alles geschehen war.

Sie schüttelte nur traurig den Kopf und visierte unsere ineinander verschränkten Hände an. Ein klein wenig zog sie die Oberlippe hoch, zeigte mir ihre blitzenden Zähne. Offensichtlich war es ihr egal, ob der Moment für Eifersucht unpassend war oder nicht. Ich reagierte nicht auf ihre Drohung, löste aber auch nicht den Blickkontakt, bis sie als Erste wegsah. Ice fragte nach Sun, aber sie hatte keine Ahnung, was mit ihm passiert war. Sie meinte, dass sie ihn das letzte Mal gesehen hatte, als er einen Zyklopen angriff, um Lava und Sweet zu verteidigen. Danach war der Mittelteil der Höhle eingestürzt und hatte alle unter sich begraben.

Unter sich begraben ...

Sie waren ...

Plötzlich völlig ausgelaugt lehnte ich meine Stirn an Ice' Brust. Ich brauchte ihn jetzt als Stütze, denn meine Beine wollten mich nicht mehr tragen. Sein Arm umfing mich. Er hielt meinen Kopf gegen sich gedrückt und ließ mich still leiden, während er leise mit ihr sprach.

Sun war tot ... nie wieder dieses Lächeln ...

Lava war tot ... nie wieder seidige Haare unter meinen Fingern ...

Sweet war tot … nie wieder Kinderlachen, Glück und Neckereien …

Es sah danach aus, als gäbe es keine Hoffnung für Überlebende. Wir beschlossen, dass die anderen vorerst hierbleiben und warten sollten. Für den Fall, dass welche zurückkämen, die geflohen waren.

Wir beide wollten inzwischen die Gegend absuchen, wofür wir uns durch die Büsche kämpften. Ice wollte mich tragen, doch das wäre zu lächerlich gewesen, außerdem konnte ich gut allein laufen.

»Glaubst du, er ist wirklich tot?«, fragte ich irgendwann und Ice stockte ein wenig in seinen Schritten.

»Ich weiß es nicht, Seraphina …« Seine Stimme klang leise, klein und verloren. Mir war klar, was es für ihn bedeuten würde, wenn Sun wirklich nicht mehr da wäre.

»Er ist ein Teil von dir.«

»Und ich ein Teil von ihm«, meinte er abgelenkt, da schoss plötzlich sein Kopf nach oben und er erstarrte … Bevor ich fragen konnte, was los war, hob er mich doch auf die Arme und rannte, rannte so schnell, dass das dichte Grün um mich herum nur so an mir vorbeiflog.

»Sun!«, stieß er atemlos aus, bevor wir stehen blieben und er in die Knie ging. Ice ließ mich herunter und ich rappelte mich ungelenk auf. Direkt neben der Gestalt, die mit dem Gesicht voran mit allen Vieren von sich ausgestreckt auf dem matschigen Dschungelboden lag.

Als Antwort auf Ice' erneutes, eindringliches Flüstern kam nur ein gequältes Stöhnen und ich war mir sicher, dass ich die

Verletzungen gar nicht sehen wollte, die zu Tage kommen würden, wenn wir ihn umdrehten. Zur Sicherheit suchte ich den Boden um ihn herum nach Blut ab. Aber da war nichts. Keine verdächtige dunkle Lache.

»Kannst du dich bewegen?« Ice berührte seine Schulter.

»Lass mich …«, nuschelte Sun, als hätte er zu viele gegorene Bumbeeren gegessen. Ice warf mir ein kleines Stirnrunzeln zu. Ich zuckte die Achseln und versuchte es jetzt.

»Kannst du dich für mich umdrehen? Bitte, Sun«, fragte ich ihn und berührte ihn vorsichtig an der anderen Schulter. Jetzt fühlte ich wie ein Ruck durch seinen Körper ging, dann drehte er sich schnell um und landete auf dem Rücken. Beide Hände legte er angestrengt grunzend vors Gesicht. Ich ließ meinen Blick kurz über ihn schweifen und stellte voller Erleichterung fest, dass er nicht verwundet war. Wirklich nirgends war auch nur der kleinste Kratzer zu sehen.

Sun lebte und er war nicht verletzt, Gott sei Dank!

Ice und ich schauten uns kurz ratlos an, da sprach Sun schon … träge und emotionslos …

»Sie haben sie mitgenommen …«

»Wen?«, fragten wir gleichzeitig und Sun schaute uns wütend durch seine Finger hindurch an.

»Na Lava! Und Sweet …«, gab er noch kleinlaut hinzu und kniff die Augen zusammen, als hätte er Schmerzen. Nein, er *hatte* wirklich Schmerzen! Nur eben keine die von äußeren Wunden herrührten! Ich konnte ihn nur eine Zeit lang mit offenem Mund anstarren, als mir eines klar wurde: Sun liebte Lava über alles. So einfach war das.

Weil im Gegensatz zu allen anderen Gestaltwandler-Weibchen sein Herz neben mir auch ihr gehörte lag er hier halb sterbend auf dem Waldboden und nahm an, die Welt gehe unter, weil sie weg war. Ich konnte es kaum glauben, dabei war es doch so offensichtlich: All die Blicke, die sie sich zuwarfen, all die kleinen zarten Berührungen, ihre Vorrechte, das stolze, liebevolle Lächeln, welches seine Lippen umspielte, wenn er sie und Sweet zusammen beobachtete …

Ein weiterer Schock fuhr durch mich hindurch. War Sweet wirklich Lavas *Schwester*? Oder erzählten sie das nur, damit niemand daran dachte, die Thronerbin umzubringen? Damit keine Eifersucht geschürt wurde?

Ich riss die Augen noch weiter auf und keuchte leise. Gänsehaut rieselte über meinen gesamten Körper.

Waren Sun, Lava und Sweet vielleicht eine Familie?

Einen kurzen Moment ließ ich mir Zeit, um in mein Inneres zu horchen, zu fühlen, wie ich diese Nachricht auffasste, nicht die einzige zu sein, der sein Herz auf diese besondere Weise gehörte – doch da war nichts. Keine Eifersucht, keine Wut, nur Erleichterung und Freude. Sun war nicht verloren, er hatte diesen Schock gebraucht, um sich klar zu werden, für wen und das sein Herz noch schlug.

Meine Hand umfing Ice' Finger in der Sekunde, als er mich auch berühren wollte. Vielleicht war er gerade zu derselben Erkenntnis gekommen und genauso überwältigt wie ich.

»Wer hat sie mitgenommen?«, fragte Ice leise, mitfühlend, so, wie er eben war, und Sun nahm seine Hände vom Gesicht, um ihn anzuschauen.

»Ajax, er machte mit den Zyklopen und Ash gemeinsame Sache. Er hatte es nur auf unsere Weibchen abgesehen. Lava ist nicht die Einzige … Sie haben fast alle mitgenommen, sogar Sweet …« Er schluckte beim letzten Wort, bekam es kaum über die Lippen und schloss dann geschlagen die Lider. Einen Arm legte er völlig verstört über seine Augen, vielleicht musste er sogar ein paar Tränen vor uns verstecken, die sie eigentlich ja gar nicht vergießen konnten. Mein Hass auf ihn, der aus der erzwungenen Trennung von Ice resultierte, verpuffte, als wäre er nie dagewesen. Sanft strich ich ihm durch die Haare, wusste nicht, was ich sagen sollte, um ihm zu helfen.

»Was ist mit Ash?«, fragte Sun nach einiger Zeit und ich konnte den Zorn in seiner Stimme hören. Die pure Gier, eine Kehle aufzureißen, vorzugsweise eine hinter schwarzem, dickem Fell, war klar zu erkennen.

»Er wird keinen Ärger mehr machen«, hauchte Ice sanft und ich sah, wie er zwanghaft versuchte, keine Gefühle in seinem Gesicht oder seiner Stimme durchsickern zu lassen.

Jetzt senkte Sun endlich den Arm und richtete sich ruckartig in eine sitzende Pose auf. »Du hast ihn getötet?«, erkundigte er sich empört und blickte zwischen uns hin und her. »Du wolltest ihn nicht für dein Rudel töten und nicht mal für dich selbst, als er dich über Jahre hinweg betrog und belog und euch alle tyrannisierte? Aber für sie, für Seraphina, hast du es getan? Du würdest tatsächlich *alles* für sie tun, nicht wahr?« Sun schaute uns fassungslos an, als würde er uns zum ersten Mal im Leben so richtig sehen.

Ice musste nichts erwidern, denn Sun kannte die Antwort bereits, auf mehr als nur eine Frage.

»Wir müssen sie zurückholen.« Sun schluckte hart und kam elegant und blitzschnell auf die Beine, plötzlich wieder voller Leben.

»Das werden wir«, knurrte Ice düster, der immer noch auch alles für Sun tun würde. Na ja, fast alles, mich würde er nicht mehr einfach so hergeben. Wir standen händchenhaltend auf. Natürlich hatte ich vor, den beiden zu helfen, so gut es nur ging. Es ging hier genauso um meine Freundin! Und Sweet? Sie war doch nur ein unschuldiges Kind! Was wollten sie mit ihr?! Wut wallte in mir hoch, blinde eiskalt Wut … genau dieselbe, die auch Big erfasste, als er hörte, was geschehen war.

Und so machten wir uns auf, durch den Dschungel zu Ajax` Spinnen-Clan, um zu retten, was noch zu retten war. Aber was der Preis für die Gestaltwandlerweibchen sein würde, das hätten wir uns alle niemals vorstellen können …

Kapitel 11

Der Dschungel um uns herum summte vor Leben, welches selbst in der Nacht nicht ruhte. Mir zuliebe hatten Ice und Sun trockene Ästchen gesammelt und ich machte Feuer. Darüber wurde eine Schweinsnase geröstet, ein handtellergroßes Ding, das eben aussah wie die Nase eines Schweines und auf zwei Beinchen in schwarzen Stiefelchen durch die Gegend lief, aber nach Geflügel schmeckte.

Ice und Sun waren zusammen jagen gegangen. Dabei hatten sie sicher die aktuelle Lage diskutiert – auch wegen Ice und mir –, während ich Big stumm gegenübersaß und dabei zusah, wie das Lagerfeuer über sein seidiges Fell tanzte. Ich fühlte mich nicht mehr unwohl in seiner Gegenwart, versuchte nicht mehr zwanghaft ein doch nur einseitiges Gespräch in Gang zu bringen, sondern genoss das angenehme Schweigen.

Irgendwann kehrten die zwei zurück. Einer majestätischer als der andere. Und obwohl Ice ein Wolf war, ein Tier, so schlug mein Herz schneller, als er mir in die Augen blickte. Er kam sofort auf mich zu und stupste mich spielerisch mit seiner Nase an. Ich musste lachen, ob ich wollte oder nicht, und umfasste seinen großen Wolfskopf, um durch sein weiches, langes Fell zu kraulen. Es war wirklich komisch, denn auch in Wolfsgestalt liebte ich ihn über alles.

Sein warmes Fell zwischen meinen Fingern gab mir Geborgenheit, sein heißer Atem, der über meinen Nacken strich, kitzelte mich, als er so tat, als würde er schnurren. Ich kicherte.

Mein Blick fiel auf Sun, der uns ein Stück weit entfernt als Panther beobachtete. Er ging nicht dazwischen, sondern setzte sich demonstrativ mit dem Rücken zu uns und blickte majestätisch zu einem der runden Monde auf, die zwischen dem dichten Blätterdach hindurchschienen.

»Ice ... «, murmelte ich leise. Er wich ein wenig zurück, um mich wachsam anzusehen. Dabei legte er den Kopf leicht schief, was einfach nur knuffig war. »Verwandel dich bitte, ich will das hier tun, ausgiebig und lange.« Dabei grinste ich und nahm seine großen flauschigen Ohren, dann beugte ich mich vor und gab ihm einen Schmatzer auf die feuchte dunkle Nase. Er wich ein wenig zurück, nieste und verdrehte dann ... die Augen. War das vielleicht eine angeborene Gestaltwandlerkrankheit? Augenverdreheritis, oder so?

Ich konnte von Nahem dabei zusehen, wie die Muskeln unter dem weißen Fell sich verschoben, wie sich die Knochen in andere Richtungen bogen und das Fell scheinbar in der Haut verschwand. Es hätte gruslig sein müssen. War es aber nicht, denn schon nach ein paar Sekunden lächelte mich Ice an.

»Besser so?«, fragte er neckisch, dann umfing er mit seinen rauen Fingern mein Kinn und hielt mein Gesicht still, damit er seine vollen Lippen auf meine legen konnte. Ich seufzte leise in den Kuss hinein und sank mit dem Oberkörper gegen ihn, doch wir konnten das nicht ausweiten, nicht hier, nicht jetzt ...

Ice wäre es sicherlich egal gewesen, aber etwas verwunderte mich: Sun war immer noch nicht dazwischen gegangen. Er brüllte uns nicht an, er befahl uns nichts.

Wahrscheinlich hatte er endlich verstanden, was wirklich wichtig war. Nicht die Macht über mich, sondern die Sicherheit seiner Liebsten. Er hatte zwar lange gebraucht, um das zu begreifen, und ich wünschte mir, er hätte es auch ohne dieses Opfer gemerkt, aber wenigstens konnte ich mich jetzt in Ice' Arme kuscheln und mein Gesicht an seiner Brust vergraben, während wir uns am leise knisternden Feuer zum Schlafen legten.

Es war so schön warm an Ice' Körper. So sicher in seinen Armen … Ich fühlte mich so gut wie schon seit Langem nicht mehr, auch wenn die Sorge um Lava und Sweet immer wieder durch meinen Bauch zog, ihn sich verspannen ließ und ich die Augen zukneifen musste, um die Schreckensbilder zu verdrängen.

Mich irritierte, warum Sun mir erlaubte, mitzukommen. Zwar hätte ich mich nicht von ihm daran hindern lassen, aber selbst ich wusste, dass ich gegen Ajax und sein Gefolge nichts ausrichten konnte. Im Gegensatz zu all den Wesen um mich herum war ich schwach, aber darüber, mich nicht mitzunehmen, hatte er überhaupt nicht diskutiert. Zumindest nicht vor mir.

Ich schaute zu Sun, der ein Stück abseits in Menschenform im Schneidersitz saß und lustlos ein paar kleine Steinchen umherkickte. Dabei sah er nachdenklich auf seine Finger.

Aber als hätte er meinen Blick gespürt, hob er den Kopf und seine orange glühenden Augen versanken in meinen. Seine einlullende Energie hielt er im Zaum, denn sie schlug nicht aus, verführte mich nicht. Auch sein Ausdruck gab nichts preis. Es war, als würde er sich mit Gewalt dazu zwingen, jede Emotion vor mir zu verbergen. Er versuchte sich von mir zu distanzieren … und mir wurde mit einem Mal klar wieso!

»Du willst mich eintauschen«, flüsterte ich leise. Keine Regung seines Gesichtes, aber er nickte knapp. Schnell vergewisserte ich mich mit einem Blick über meine Schultern, dass Ice schon tief und selig schlief. Den Arm um eine Hüfte geschlungen, mich eng an sich haltend. Ich seufzte und rieb mir über die Stirn. Mein Herz wurde ganz schwer …

»Wieso wollen sie mich so sehr?«, fragte ich Sun, der nur mit den Schultern zuckte.

»Ich weiß es wirklich nicht, Seraphina«, meinte er emotionslos. »Aber wir werden es erfahren. Solange du nicht wegläufst … «, fügte er hinzu, dann sah er weg und ließ die Schultern herabsacken. »Ich würde es dir nicht verübeln. Es gefällt mir nicht, dich zu opfern, es zerreißt mich innerlich. Aber zu wissen, dass Sweet in seinen Händen ist, völlig hilflos … Sie war immer bei mir, in Sicherheit. Genauso wie Lava! Jetzt ist sie weg und ich wusste nicht, dass es sich so anfühlen würde. Ich wusste nicht, wie viel sie mir bedeutet, bis jetzt …« Es klang beinahe entschuldigend, aber ich verstand ihn auch ohne ergänzende Worte.

»Du liebst sie, Sun. Sie sind das Wichtigste in deinem Leben«, meinte ich weich.

Er schnaubte ironisch. Noch würde er es nicht zugeben, nicht so offen.

»Was soll ich jetzt tun, Seraphina? Sag du es mir. Es ist falsch, dich zu opfern. Ich will dich doch beschützen. Will nicht, dass dir etwas passiert. Es macht mich wahnsinnig, wenn ich daran denke, dass dir etwas zustoßen könnte. Ich empfinde viel zu viel für dich, aber dennoch … «, murmelte er vor sich hin und schaute mich Hilfe suchend an. Ich musste einige Sekunden darüber nachdenken und fühlte, wie Ice' Finger an meinem Bauch zuckten. Vorsichtig umfing ich sie und zog seine Hand hoch zu meiner Brust, drückte ihn an mich, an mein Herz, und schloss die Augen.

Einfach so war ich in ihr Volk eingedrungen. Ich hatte Ice von seinem Rudel entfernt, hatte ihn dazu gebracht, seinen eigenen Bruder zu töten, wegen mir waren die gesamten Weibchen weg. Lava, meine Freundin, die mit ihrer stillen Geduld immer zu mir gehalten und mir geholfen hatte, wo es nur möglich war. Sweet, die mit ihrem kindlichen Lachen und ihrer Aufgeschlossenheit die grauen Tage in strahlenden Sonnenschein verwandelt hatte. Ich hatte so viel von ihnen bekommen. Etwas, ohne dass ich in dieser Welt niemals überlebt hätte. Ich hatte Ice' Liebe bekommen. Lavas und Sweets Freundschaft, und Suns tiefe Zuneigung, gemischt mit seinem Schutz …

Jetzt war es an der Zeit, ihnen etwas zurückzugeben, etwas für sie zu opfern: mich.

»Wir tun es. Wir tauschen mich ein. Ich werde nicht weglaufen, ich gebe dir mein Wort darauf!«, sagte ich fest.

Er runzelte die Stirn und schloss die Augen, womöglich um sich von dem Schmerz abzuschirmen, der ihn bei dem Gedanken an meinen Verlust traf.

Dann richtete er sich langsam auf, auf alle Viere und kroch zu mir. Mein Herz schlug Saltos in meiner Brust, auch wenn ich eigentlich schon daran gewöhnt sein sollte, wie es sich anfühlte, wenn seine Energie in mich eindrang. Wenn all diese Schönheit auf mich zukam. Doch Ice´ Nähe half mir, ihm zu widerstehen.

Sun beugte sich vor und ich rückte nicht ab. Ich wusste, was er gleich tun würde … Doch anstatt meine Lippen zu berühren, küsste er sanft meine Stirn und hauchte leise: »Danke.« Ich senkte genießerisch die Lider und umfing seinen Nacken, kraulte ihn sanft.

»Sie ist auch meine Freundin und ich verdanke euch mehr, als ich zugeben will. Irgendwann muss ich aufhören, nur an mich zu denken«, murmelte ich und hielt ihn fest, als er sich wieder auf seinen kalten Felsen zurückziehen wollte. »Leg dich zu uns«, flüsterte ich leise. Ich konnte nicht dabei zusehen, wie er alleine in der kalten Dunkelheit saß und sich quälte. Verwunderung huschte über sein Gesicht, doch dann legte er sich auf die Seite neben mich und faltete die Hände unter dem Gesicht.

»Aber wie kannst du Ice verlassen, jetzt, nachdem ich endlich eingesehen habe, dass ich mich nicht zwischen euch stellen kann?« Ich umfing Ice' Arm fester, fühlte seinen imposanten warmen Körper hinter mir, der meinen Rücken deckte, und musste die Tränen verdrängen.

»Er wird überleben«, antwortete ich nur. Das war das Wichtigste. »Wann hast du es eingesehen?«, fragte ich schnell, denn ich wollte nicht daran denken, Ice zu verlassen, es war zu schmerzhaft.

»Als ich dich auf dem Felsen allein ließ. Ich wusste, Ice würde dich beschützen, wusste, ich konnte dich ihm überlassen. Und als ich im Dschungel im Selbstmitleid ertrank, weil ich das verloren hatte, was für mich am wichtigsten war, dachte ich darüber nach, wie ungerecht ich zu euch gewesen war … Ich überlasse dich ihm, wenn er dich schützen soll, aber wenn er dich lieben will, dann nehme ich dich ihm weg …« Er seufzte leise und sprach dann mürrisch weiter. »Ich kann nun mal nicht jedes weibliche attraktive Wesen in meinem Leben besitzen. Ich kann nicht alles haben, auch wenn ich der König bin und ein Recht darauf habe. Es verliert außerdem seinen Reiz, dich immer wieder dazu zwingen zu müssen, dich körperlich auf mich einzulassen. Ich entführe dich in die Welt der Lust und du genießt es auch in vollen Zügen, aber danach?«

Jetzt grinste ich, als er mich mit hochgezogenen Augenbrauen ansah. »Es macht mich im Nachhinein immer stinkwütend auf dich und auch auf mich selbst«, fügte ich breit grinsend hinzu.

»Genau. Und das ist es nicht wert. Bei ihm ist das nicht so, hm? Er braucht keine Energie, um dich zu verführen.« Er klang nicht vorwurfsvoll – nur neugierig.

»Nein. Alles was er tun muss, damit ich mich ihm hingebe, ist einfach Ice zu sein.« Ich zuckte mit den Schultern.

»Weil ich ihn liebe, nicht nur begehre ... Ich kann übrigens in Lavas Augen sehen, dass sie dasselbe für dich empfindet wie ich für Ice.«

»Ich weiß ...«, antwortete Sun leise stöhnend und rollte sich auf den Rücken, um sich mit beiden Händen über das Gesicht zu streichen. »Ich weiß schon immer, was sie für mich empfindet, mir war nur nicht klar, wie es bei mir aussah. Bis ich bei dir und Ice sah, wie es laufen kann. Wie stark diese Gefühle sind, die du Liebe nennst ... Weißt du, seitdem du da bist, hat er kein anderes weibliches Wesen angerührt, nur wenn ich es ihm befohlen und ihn dazu gezwungen habe. Er wollte von mir nichts weiter als dich. Keine Macht, kein Ansehen, keinen Ruhm. Und es hat ihn zerstört, dass ich es ihm verwehrt habe. Ich wollte einen Schlussstrich ziehen, bevor ich euch beide verliere, aber jetzt wirst du ihn doch verlassen ...« Nun klang Sun wirklich gequält ... Ich wusste, er hätte sich jetzt entschuldigt, wenn er gekonnt hätte.

»Du wirst auf ihn aufpassen, ja? Du musst mir versprechen, dass du nicht zulässt, dass er irgendwelche Dummheiten macht. Keine waghalsigen Rettungsaktionen!«, schoss es aus mir raus und ich fühlte, wie Ice’ Finger in meinen zuckten.

»Ich verspreche es. Ich werde ihn zurückhalten«, erwiderte Sun leise und mit einem komischen Unterton. »Ich will auch nicht, dass ihm etwas geschieht. Er ist ... naja ...«, druckste er rum.

»Dein bester Freund. So etwas wie dein Bruder und der einzige Kerl, mit dem du es machen würdest?«, half ich ihm auf die Sprünge. Sun verzog das Gesicht. Ich lachte und fuhr ihm spielerisch mit den Fingern durch die raspelkurzen Haare. »Ich sage nur, wie es ist … «

»Sei ruhig«, knurrte er mich mürrisch an und fing meine Hand ein, um sie an sein Herz zu legen.

»Du weißt, dass ich niemals vergessen und immer in deiner Schuld stehen werde?«

»Ja, bis zur nächsten Manipulation.«

»Nein, Seraphina, nein, du hast mich verändert … Ich will versuchen, ein besserer … Gestaltwandler zu werden. Nein, eigentlich will ich versuchen, ein besserer Mensch zu werden.« Er zwinkerte mir zu.

»Du bist gar nicht so schlimm, wie du denkst, du brauchst nur gelegentlich ein paar Tritte in die richtige Richtung«, entgegnete ich grinsend, wurde dann aber wieder ernst. »Zeig Lava, was du für sie empfindest und zwar nur für sie ganz allein… Sie wird ihr Glück nicht fassen können und wird es dir tausendmal stärker wieder zurückgeben, wenn sie die Einzige für dich sein darf. Ich verspreche dir, es lohnt sich, gut zu sein. Und eine Frau, die dich wirklich liebt, ist tausend Mal besser als zehn, die dich nur begehren.«

»Wenn sie noch lebt …« Er ballte die Finger um meine Hand herum.

»Sie werden sie nicht töten.« Wenn sie mich wollten, dann würden sie ihr bestes Lockmittel sicher nicht umbringen.

»Schlaf jetzt!«, meinte er leise und ich seufzte tief … Ich würde jede Sekunde Schlaf brauchen, denn auch wenn ich mich auslieferte, so hatte ich nicht vor bei ihnen zu bleiben. Also drehte ich mich von Sun weg und kuschelte mich wieder an Ice' Brust, fasste aber nach hinten und zerrte Suns Arm um meine Hüfte, sodass er an mich heranrückte und ich in einem warmen Kokon voller Schutz einschlummerte.

Ich konnte es zum ersten Mal aus vollen Zügen genießen, diese perfekten männlichen Körper bei mir zu haben, denn ich wusste endlich, woran ich war und hatte, was ich wollte, nur dass ich das alles schon bald wieder verlieren würde …

***

Am nächsten Morgen fühlte ich bereits beim Aufwachen ein heftiges Pochen zwischen den Beinen. Das hatte ich jetzt also davon. Genau genommen von… Suns Härte, die sich an meinen Hintern drückte und Ice' Hand, die in einer besitzergreifenden Geste direkt in meinen Schritt gewandert war. Ich rekelte mich ein wenig, ganz vorsichtig, um die beiden nicht zu wecken, aber anscheinend war das nicht nötig, denn sie waren schon wach, hatten mich wahrscheinlich gemeinschaftlich, während ich schlief, so heiß gemacht, dass ich schon jetzt nicht mehr richtig wusste, wo mir der Kopf stand…

»Wieso liegt er da?«, waren die ersten verschlafenen Worte die mich zum Lächeln brachten.

»Wer?«, fragte ich unschuldig und schmiegte mich enger an Ice, fühlte gleichzeitig Sun, der in meinen Nacken schnaubte und seine Hand über unsere Hüften gelegt hatte.

»Er begrapscht mich, Seraphina… das ist nicht witzig…« War es wohl, denn ich konnte ein Kichern nicht unterdrücken, als sich Ice derart entrüstet beschwerte.

»Ich wollte eigentlich nur sie begrapschen«, kam es jetzt träge von irgendwo hinter mir und Sun umfing meinen Bauch, zog mich zurück gegen seinen gerade zum Leben erwachenden Körper. Ice knurrte besitzergreifend, packte meinen Hintern und presste mich wieder an sich.

»Heeey… sie war so schön warm…!«, beklagte sich Sun gespielt und wollte mich zurückziehen. Ich musste jetzt richtig lachen, als Ice mich mit viel Schwung und fliegenden Haaren noch weiter herumdrehte, sodass ich auf ihm landete und Sun gar nicht mehr berührte.

»Wir haben das gestern geklärt, Sun«, brummte Ice warnend und umfing mich schützend mit beiden Armen. Ich kicherte gegen seine Brust, seufzte dann aber verträumt, weil ich ihn roch und spürte… ja vor allem spürte… direkt an meinem Oberschenkel.

»Sie wird gerade ziemlich feucht…«, verkündete Sun leise und er machte wieder das mit seiner Stimme. Es brachte mich dazu, dass ich verzweifelt stöhnen musste und mein Gesicht an Ice’ Brust vergrub. Wütend linste ich dann zu Sun, der locker auf der Seite lag und seinen Kopf auf die Hand gestützt hatte.

»Komm schon, Seraphina… sei nicht so geizig mit deinen Reizen«, säuselte er verführerisch und ich schaute Ice hilfesuchend an. Keine gute Idee, denn seine Augen hatten sich verdunkelt, waren bis oben hin angestaut mit unterdrückter Lust. Als ob er mir helfen würde!

Er würde alles nur noch schlimmer machen! »Zwei Mal am Tag ... weißt du noch? Ice ist genauso wie ich ...«, quälte mich Sun zusätzlich, als er verführerisch weitersprach.

»Du ... musst ... gar ... nichts ... Hör nicht auf ihn!«, keuchte Ice, plötzlich rutschte seine Hand zwischen uns und er umfing sich selbst! Ich fühlte seine Knöchel über meinen nassen Intimbereich unter dem Kleid streifen, als er an sich herauf und herunter strich ... HILFE! »Ich kann ... das Problem auch selbst ... beseitigen ...«, kam es gepresst.

Ich musste leise stöhnen, denn er berührte mich immer wieder und zu wissen, was er da machte und dabei auf ihm zu sitzen, ließ meine Lust in ungeahnte Höhen schnellen. Mein Atem beschleunigte sich rapide.

Verzweifelt schaute ich zu Sun, der nur wissend grinste und nickte – ich hatte keine Chance! Auch er war hart und seine Spitze glänzte feucht ... Ich dachte, ich würde ihn wirklich nicht mehr begehren, was aber absolut falsch war. Wie konnte ich diesen Körper nicht in mir wollen?

Ice stöhnte unter mir, als ich etwas meine Hüften bewegte, weil es zwischen meinen Beinen so sehr pochte, und ich dabei mit meinen nassen Falten seine Spitze berührte. Gequält schloss ich die Augen, als ich hörte, wie Ice' Atem sich beschleunigte.

Scheiß drauf ... Sie hatten mich schon öfter geteilt und dieses Mal konnte ich die Spielregeln bestimmen!

»Nein ... Ice ...«, hauchte ich leise, dann lehnte ich mich vor und küsste ihn fest ...

Dabei umfing ich seine Hand mit meiner und strich mit meinem Daumen langsam über seine feuchte Spitze, was ihn zum Keuchen brachte. »Ich werde dir gerne helfen, das Problem zu beseitigen … Dein Problem ist mein Vergnügen.« Und noch bevor ich die Worte ausgesprochen hatte, lag ich plötzlich auf dem Rücken, auf dem umgefallenen Baumstamm neben uns, und Ice stand aufrecht zwischen meinen Beinen, war über mich gebeugt. Sein Blick war bezwingend, die blauen Gletscher eisig und doch voller heißer, glühender Versprechungen.

»Ich wusste, dass du das sagen würdest«, knurrte er grinsend und mir wurde wieder mal klar, dass er es so geplant hatte, als er jetzt seine Hüften nach vorne bewegte und kurzerhand tief in mich eindrang. Ich schrie auf … mein Kopf fiel nach hinten und ich krallte mich an den ausgeprägten Muskeln seiner Arme fest.

Ice fing sofort an, konstant in mich zu stoßen, schaute dabei lauernd und leidenschaftlich in mein Gesicht, nahm jede Regung von mir mit vor Lust glühenden Wolfsaugen auf. Seine erfrischende Energie, die mich durchspülte, ließ mich alles vergessen, bis auch Hitze auf mich einströmte … seidiges Fell … sich an mir rieb … Sun machte auf sich aufmerksam.

Ich blickte nach rechts, dort, wo er immer noch wunderschön und verführerisch auf dem Boden lag und konnte sehen, dass sein Gesicht vor Schmerz verzerrt war. Ohne zu überlegen, streckte ich die Hand nach ihm aus. Suns Augen weiteten sich vor Verwunderung.

Fragend deutete er auf seine Brust und sah sich um, ob nicht jemand anderes gemeint war. Ich lachte und stöhnte gleichzeitig, weil Ice den Winkel etwas änderte und mein Knie nach oben drückte.

Sprechen konnte ich nicht, aber ich war mir sicher, dass Sun verstand.

Er sprang anmutig auf die Beine, kam langsam auf mich zu. Sobald er da war, zog ich ungeduldig seinen Kopf herab und küsste ihn innig, brauchte ihn. Sun stöhnte verwundert in meinen Mund … Der Kuss wurde immer heißer … Bis Ice über mir knurrte und wir voneinander abließen. Drohend starrte er Sun an, hörte aber nicht auf, seine Hüften in mir zu bewegen … langsam lief Schweiß über seine Muskeln herab – über seine Brust, seinen Bauch … tropfte auf mich, und ich dachte, ich würde vor Lust zergehen als ich das sah.

Sun schaute Ice fest in die Augen. Sie schienen sich einige Sekunden stumm zu unterhalten, bis Ice knapp nickte.

Erst dann hob Sun mein Gesicht mit einer Hand an, mit der anderen umfasste er seine Härte … und strich mit der feuchten Spitze zart über meine Lippen. Ich drehte ihm stöhnend meinen Kopf zu und umfing seine Eichel sofort, ließ meine Zunge gierig über sie schnellen. Seine Finger verkrampften sich in meinen Haaren und er ließ stöhnend den Kopf nach hinten fallen, während er mich hielt und begann seine Hüften vor und zurück zu bewegen – sehr vorsichtig und ganz sicher langsamer, als er es wollte.

Einer war tief in meinem Körper, der andere in meinem Mund. Das waren fast zu viel Reize, zu viele Empfindungen, die auf mich einprasselten. Zu viele heiße Kerle auf einmal.

Ich stöhnte immer lauter und dringlicher um Sun herum und die beiden gesellten sich mit ihren eigenen unverkennbaren Lauten dazu.

Als sich meine inneren Muskeln zusammenzogen, wisperte Ice meinen Namen, beugte sich vor und küsste mich am Hals, leckte und biss sich seinen feuchten Weg über meine empfindliche Haut. Ich krallte mich in seinen Rücken.

Sun drang jetzt tiefer in meinen Mund ein, wurde von der Lust mitgerissen, verlor fast die Kontrolle, aber als er mich zum Würgen brachte, knurrte Ice ihn an, weshalb sich Sun sofort wieder zügelte. Er hatte anscheinend wirklich akzeptiert, dass Ice jetzt das Sagen hatte, wenn es um mich ging. Deswegen konnte ich mich in diesem Moment richtig fallen lassen, weil Ice derjenige war, dem ich die Kontrolle über mich anvertraute.

Ich fühlte wie Sun in meinem Mund größer wurde, wie er zuckte, und wie Ice' Hand, die mein Knie hielt, anfing zu beben, wie seine Bewegungen unkoordiniert wurden, wie sich in meinem Bauch alles zusammenzog und für einen Moment die Welt stehen blieb … Alles still wurde. Nur ein entferntes Rauschen nahm ich noch wahr, und ihre Körper, bis ein Keuchen an meine Ohren drang, meine restlichen Sinne nachzogen und alles um mich herum mit einem lauten Getöse explodierte.

Sun ergoss sich tief in meinen Mund, stöhnte dabei rau, während ich ihn schmeckte, und Ice seinen nicht enden wollenden Samenvorrat tief in meinen Körper pumpte. Die Eindrücke überwältigten mich und dabei flog ich wie ein Vogel hoch über den Wolken.

Als der Höhenflug vorbei war, sackte Sun gegen einen Baum zurück und Ice nahm mit meinem Körper Vorlieb. Ich umarmte ihn mit beiden Armen und drückte mein Gesicht gegen seinen Hals. Und das erste Mal in meinem Leben sagte ich es, einfach, weil ich es nicht aufhalten konnte…

»Ich liebe dich wirklich«, murmelte ich leise und fühlte, wie sich Ice einen Moment versteifte, dann stemmte er sich ein wenig hoch, umfasste mein Gesicht atemlos mit seinen mächtigen Händen und antwortete verspielt und doch voller Zärtlichkeit.

»Das weiß ich schon viel länger als du, aber danke für die Information.« Grinsend küsste er mich und die Welt war perfekt.

Kapitel 12

Nach unserem kleinen „Dampf-Ablassen" am Morgen war die Stimmung das erste Mal, seitdem ich mit den beiden zusammen war, ziemlich losgelöst. Sie witzelten darüber, wer tiefer in mir gewesen war, wer mehr Samen in mich gepumpt hatte … und das so lange, bis ich knallrot war und keinen der beiden mehr ansehen wollte, woraufhin sie sich vor Lachen über meine Scham nicht mehr halten konnten.

Sun wurde jedoch schon bald wieder ernst, er dachte wohl an Lava. Ich konnte es ihm nicht verübeln und zog ihn einfach nur für ein paar Sekunden in meine Arme, bis sich seine steifen Schultern entspannten und er gegen mich sackte.

Big kam schon bald mit zwei fetten Hasenkrähen aus dem Dschungel gesprungen. Während Ice und Sun ihren Magen füllten, ging ich meine Blase entleeren und mir die letzten Spuren der Lust vom Körper waschen. Dabei erhaschte ich in den fließenden Wellen einen Blick auf mein Gesicht und konnte nicht glauben, dass ich diese Frau sein sollte, die mich da aus dem Wasser heraus ansah.

Vorsichtig strich ich die Haare aus meiner Stirn und betrachtete mich eingehender. Meine Augen funkelten vor weiblichen Geheimnissen, meine Lippen waren von Sun noch gerötet, ebenso wie meine Wangen. Ich war jetzt eine richtige Frau. Eine schöne, zufriedene Frau, die endlich am Ziel ihrer Reise in dieser Welt angekommen war.

An Ice' Seite, mit Sun als Rückhalt für uns beide …Wir waren endlich ein Team, anstatt immer nur gegeneinander zu kämpfen und ich konnte auf sie zählen. Doch jetzt, wo ich das hatte, musste ich sie verlassen.

Es war ungerecht. Aber das hatte ich ja schon öfter festgestellt.

Seufzend griff ich mit beiden Händen ins eiskalte Wasser und bespritzte damit mein Gesicht. Es brachte nichts, schon jetzt zu bereuen, was noch weit vor mir lag.

Ice stand an einen Baum gelehnt da und beobachtete den Himmel, als ich zurück an unsere Feuerstelle kam. Sein Blick fand meinen sofort und er verengte seine Augen. Ich wusste, dass ich unsicher aussah, bleich … und viel zu auffällig.

Schnell schaute ich zu Boden, doch ich ging weiter auf ihn zu. Bevor er etwas fragen oder mich verdächtigen konnte, warf ich mich gegen seine Brust, schlang meine Arme um seine Hüften und lehnte mich an ihn. Fast schon zaghaft umarmte er mich und stützte sein Kinn auf meinen Kopf.

»Was hast du nur wieder vor, dass du aussiehst wie ein gejagter Osterhase, hm?«, murmelte er und ich schloss schnell die Augen.

»Ich bin kein Hase. Die sind süß …«, brummte ich. Er lachte leise und strich mit seinen großen Händen über meinen Rücken hoch, bis in meine Haare. Ich wusste, dass er sich gleich mein Gesicht entgegenheben würde, um nach der Ursache für meine Stimmung zu suchen, die er natürlich fühlen konnte.

Also verbannte ich schnell alles Negative aus meinen Gedanken und schaute ihn unschuldig an ... und verliebt, einfach weil ich es war.

»Dieser Blick ... ist einfach ...« Er fand keine Worte, aber dafür beugte er sich herab und küsste mich sanft. Das sagte mehr, als jedes Wort es hätte tun können.

***

Wir marschierten Stunden später immer noch durch den Dschungel. Als es mit jedem Schritt kälter wurde, wusste ich, dass wir uns der anderen Ebene näherten. Schon bald begann ich zu frieren und umfing mit beiden Armen meinen Oberkörper, in dem Versuch, mich vom Zittern abzuhalten. Ice legte mir den Arm um die Schulter, um mich zu wärmen, aber seine Energie, die sich automatisch auch auf mich übertrug, war nicht gerade hilfreich. Ich bebte nur noch mehr.

»Lass mich mal, Ice. Du verwandelst sie noch in einen Eiszapfen.« Sun legte einen Arm um meine Schulter schmiegte sich an mich und sein heißes Tier ging in mich über, wärmte mich derart, dass ich davon wohlig erschauerte. Ice sah ihn mit hochgezogener Augenbraue Braue an. Als Antwort grinste Sun breit und unschuldig, worauf ich mal zur Abwechslung die Augen verdrehte.

»Ich laufe etwas vor und schaue nach, wo sie sich versteckt halten ...«, meinte Ice schließlich und zwang sich dazu, jegliche eifersüchtigen Gefühle aus seiner Stimme zu verbannen, was ihm ganz gut gelang. Doch sein Gesichtsausdruck verriet ihn.

»Big ...« Er winkte ihn hinter sich her und verschwand lautlos zu unserer Rechten in den Büschen.

Sun und ich liefen schweigend weiter, während ich mich enger gegen seine wohlige Wärme kuschelte. Schwer seufzend gab er mir einen Kuss auf mein Haar und drückte mich fest an sich. Wir sagten nichts, fühlten uns einfach nur wohl und waren miteinander im Einklang. Es gab sowieso nichts mehr zu sagen. Alle Worte waren gesprochen. Jegliche Zweifel beseitigt.

Wir waren Verbündete. Ein Team. Wir hatten einen Auftrag.

Bei dem mir allerdings schwer ums Herz wurde, denn ich würde Ice allein zurücklassen.

Als er plötzlich vor uns aus den Büschen trat und berichtete, dass sie sich in der Eisschlucht versammelt hatten, stockte er kurz, als er unsere Innigkeit bemerkte und schaute uns misstrauisch an. Doch gerade, als er fragen wollte, was los sei und wieso wir uns aneinanderkuschelten, als wäre alles vorbei, als würde sich einer von uns für den anderen opfern, spürte ich plötzlich etwas Spitzes in meinem Rücken und keuchte auf. Auch Sun erstarrte, während wir uns langsam umdrehten und in rot glühende Spinnenaugen blickten. Wenigstens mussten wir sie jetzt nicht finden. Es umzingelten uns über zehn Spinnen mit spitzen Klauen und großen schwarzen Hauern.

»Wir werden keinen Ärger machen. Führt uns zu Ajax!«, sagte Sun ruhig, ohne sie aus den Augen zu lassen.

Ice kam zu mir und zog mich an den Hüften leicht hinter sich, wollte mich wohl beruhigen, als wir uns in Bewegung setzten und es mit jedem Schritt kälter wurde und Dampf meinen Lippen entwich.

Als wir die Dschungelebene verließen, segelten riesige weiße Flocken an uns vorbei, die aber nicht so kalt waren wir richtiger Schnee. Sie bedeckten bereits den Großteil des Bodens, doch es knirschte kein bisschen, als wir auf diesen weißen Flaum traten. Stattdessen war er sehr weich und bauschte sich um meine Füße. Doch trotzdem lag in der Luft ein eisiger Hauch wie in der tiefsten Schneeebene. Das Land war weitläufig und flach. Die Berge am Horizont schienen aus purem blank polierten Eis, welches lila glühte. Deswegen hieß es hier Eisebene und deswegen war es hier so kalt. Die zwei Sonnen, die rot strahlend untergingen, spiegelten sich in den spitz gezackten Eisfelsen, und tauchten alles in diffuses Licht.

Wir gingen hinab, immer weiter, bis sich zu unserer Rechten und Linken hohe Eisberge erstreckten, von denen immer noch Sonnenstrahlen reflektiert wurden und auf unserer Haut glitzerten.

Ein leicht klaustrophobisches Gefühl überkam mich und wurde immer stärker, je tiefer wir in die Schlucht vordrangen. Doch Ice hielt mich davon ab, einen Anfall zu bekommen. Seine Finger, die mich festhielten, und sein großer starker Körper neben mir verdrängten das Ziehen in meiner Brust.

Schon von Weitem sah ich Ajax auf einem Plateau stehen. Er hatte einen dicken braunen Mantel um die Schultern geschlungen und grinste uns aus der Ferne an.

Als Sun knurrte, bemerkte ich, dass jemand vor ihm kniete. Die roten Haare stachen mir ins Auge, genauso wie die blutigen Striemen auf ihrem bleichen Rücken. Ihr Kopf hing zwischen ihren Schultern.

»Sun, nein!« Bevor ich reagieren konnte, hatte Ice den Arm seines Freundes gepackt und hielt ihn so fest zurück, dass sich seine Muskeln bis zum Bersten anspannten. Sun fuhr fauchend zu uns herum. In seinen Augen loderte die blinde, ungezügelte Wut und ich wich erschrocken zurück. Ice schüttelte ruhig den Kopf. Wieder schienen sie sich stumm zu unterhalten. Ein Gespräch, das nur jahrelange Vertraute mit Blicken und ganz ohne Worte führen konnten. Nach einer gefühlten Ewigkeit fiel die Anspannung langsam von Sun ab, während er die Augen schloss und sich dazu zwang, sich zu beruhigen und nicht die Kontrolle zu verlieren. Als er die Lider wieder öffnete, sah er mich an. Fest und bestimmt. Es war eine Frage: Kein Rückzieher?

Knapp nickte ich, weshalb er erleichtert durchatmete, sich umdrehte und mit gestrafften Schultern und hoch erhobenen Hauptes auf Ajax zuging, der da oben stand und von einem zum anderen Ohr strahlte, als wären wir jahrelange Bekannte, die zu einem Festessen angereist waren.

»Sun, mein Freund … Ich wusste, dass du kommen würdest. Hattest du eine angenehme Reise?«, säuselte er mit dieser kratzigen Stimme. »Ich hab mich gut um sie gekümmert, nicht wahr, meine Hübsche?« Somit klatschte er Lava abwertend auf die Wange. Weswegen sie fauchend zurückwich und Ajax lachte.

Doch ihre Hände waren hinter dem Rücken gefesselt und so konnte sie nichts dagegen tun, dass er sie berührte. Wir blieben unter der eisigen Erhöhung stehen, auf der Ajax thronte, und schauten zu ihm hoch.

»Fass sie nicht an!«, knurrte Sun leise, aber vor allem drohend. Ich blickte mich vorsichtig um und bemerkte Tausende von roten Augen, die uns anstarrten, sie waren überall. Automatisch drängte ich mich enger an Ice und fürchtete mich vor dem Zeitpunkt, wenn ich seinen Schutz verlassen musste und wieder auf mich allein gestellt war. Ganz ohne Dolch. Ohne irgendetwas.

»Du müsstest doch am besten wissen, dass es unmöglich ist, so eine Perfektion nicht anzufassen, oder?«, reizte ihn Ajax weiter, dann packte er Lava plötzlich am Oberarm, zerrte sie nach oben, sodass sie keuchend gegen ihn sackte, weil ihre Beine anscheinend zu schwach waren und präsentierte Sun ihr Gesicht. Ich keuchte schockiert auf, als ich es sah. Blutige Striemen auf perfekter Haut, verquollene leere Augen, die aufgesprungenen ausgetrockneten Lippen, die nun stumm Suns Namen formten, bevor ihre Lider flatterten und sie in sich zusammensackte.

»SUN!«, rief Ice. Plötzlich stand ich allein da und Sun lag auf dem Boden, mit Ice auf sich, der ihm den Arm auf den Rücken verbog und ihm eindringlich etwas zuflüsterte. Ich schaute schockiert auf die beiden hinunter … Sun unter Ice kämpfte wie eine Furie. Er wollte sich befreien, wollte Ajax für das, was er Lava angetan hatte, zerfetzen.

Der liebevollen, gütigen, offenen Lava. Dann wurden die anderen Gestaltwandler auf die provisorische Bühne geführt und keiner von ihnen sah besser aus. Alle waren sie misshandelt und zerstört. Alle außer Sweet, die als letzte kam. Zum Glück! Aber ihr Blick ging panisch hin und her, sie hatte Todesangst und mein Herz zog sich vor Schreck zusammen.

»Stopp, Ajax! Stopp!", rief ich aus. Ich wusste zwar nicht, womit er aufhören sollte, aber meine Zeit war gekommen. Ich trat ein paar Schritte vor, entfernte mich von Ice, während ich weitersprach. Laut und deutlich. »Ich weiß, was du willst und du wirst es freiwillig kriegen. Es muss keiner mehr für mich verletzt werden.« Über das behaarte Gesicht von dem Affenmenschen ging ein dreckiges Grinsen, ein böses, worauf sich mein Magen verkrampfte. Aber er ließ Lava langsam los, reichte ihren ohnmächtigen Körper achtlos einer der Wölfinnen, die zitternd hinter ihm stand.

Dann streckte er mir seine Hand mit den langen Krallen entgegen.

Ich schluckte hart, hob aber meinen Kopf und straffte meine Schultern. Bevor ich es mir anders überlegen oder von hinten überwältigt werden konnte, ging ich los.

»Seraphina!« Ich hörte ein Gemisch von einem empörten Keuchen und einem rasenden Knurren. Danach vernahm ich nur noch Gerangel, einen dumpfen Schlag, ein abgehacktes Grunzen und ein schmerzerfülltes Stöhnen … Ich drehte mich nicht um, denn ich wusste, dass Sun und Ice wahrscheinlich die Rollen getauscht hatten, und dass Sun jetzt Ice festhalten musste.

Wenn ich noch einmal zurückblicken und in Ice' Augen schauen würde, könnte ich es nicht über mich bringen, ihn zu verlassen, also zwang ich mich, meine Aufmerksamkeit weiterhin auf Ajax zu richten, während ich die rutschigen Eisstufen nach oben trat und vor ihm stehen blieb. Ich legte meine Hand in seine und versuchte ausdruckslos zu wirken. So, als würde mich das Ganze nicht berühren.

»Ihr könnt gehen«, sagte er völlig abwesend zu den Gestaltwandlerinnen und starrte mich fasziniert an. Aufgeregt murmelten sie miteinander und warfen sich fragende Blicke zu. Sie trauten dem Ganzen wohl noch nicht, vermuteten womöglich eine Falle.

»Kommt her! Sofort!« Suns strenge, angespannte Stimme riss sie aus ihren Überlegungen, denn sie fassten sich an den Händen und stürmten von dem Plateau. Der Igel trug Lava und das sogar mit einiger Vorsicht. Doch eine blieb … Sie stellte sich zwischen Ajax und mich.

»Wir lassen dich nicht im Stich, Seraphina. Du bist eine von uns«, sagte sie mit zarter Stimme und ihren großen, vertrauensseligen Augen. *Oh Sweet.* Mein Herz zog sich vor Rührung zusammen und ich strich ihr über die rosige Kinderwange, war dabei nur glücklich, dass sie ihr nicht wehgetan hatten.

»Geh, mein Schatz, und pass auf deine Familie auf. Ich komme klar.« Zärtlich strich ich ihr eine Strähne hinters Ohr, dann schob ich sie sanft Suns Richtung. Mein Blick folgte ihr … und ich keuchte auf, als ich ihn sah …

Ice, der unter dem riesigen Körper von Big begraben war und sich nicht rühren konnte. Sein Gesicht war seitlich auf den Bogen gepresst, sodass er kaum sprechen konnte, was ihn aber nicht daran hinderte, es zu versuchen.

»Seraphina, komm … da runter … Ich warne dich!« Ich schüttelte nur den Kopf, während ich die Tränen zurückdrängte. Stattdessen schaute ich ein Stück weiter und sah gerade noch wie Sun Lava aus den Armen vom Igel nahm. Ihre Augen flackerten wild … und sie öffnete die Lider.

»Hey, meine Hübsche …«, hauchte Sun leise. Er lächelte sie so sanft an wie immer, strich ihr vorsichtig eine Strähne aus dem malträtierten Gesicht, während er sie fest gegen sich gedrückt hielt und wohl auch für immer so halten würde. Sie niemals fallen lassen würde. Lavas Reaktion auf seine liebevollen Worte überraschte mich, denn sie hatte mir einmal gesagt, dass Gestaltwandler nicht weinen konnten. Aber vor Erleichterung anscheinend schon. Lava schluchzte plötzlich laut auf, als sie realisierte, wer sie hielt und schlang ihre Arme um Suns Hals, drückte sich enger an ihn, versuchte förmlich in ihn hineinzukriechen und weinte laut und hemmungslos. Zwischendurch versuchte sie ihn zu küssen, aber es gelang ihr nicht, weil sie so sehr schluchzen musste … während sie ehrfürchtig seinen Namen wisperte. Sun flüsterte ihr etwas zu. Sie schmiegte sich an ihn wie ein kleines, erleichtertes Mädchen. Ein elegantes kleines Mädchen.

Ihr Blick flog umher und fand mich zielsicher, so, als hätte sie mich gesucht.

Sie schien erst jetzt tatsächlich wahrzunehmen, was um sie herum geschah, denn ihre Augen weiteten sich vor Schreck. Im nächsten Moment war sie schon von Suns Armen gesprungen.

»Ajax! Wenn du sie berührst, dann kratz ich dir die Augen aus!« Wie eine wild gewordene Wildkatze stolperte sie zu der Erhöhung auf der ich stand, konnte sich kaum auf den Beinen halten, aber ich bekam es trotzdem mit der Angst zu tun. Jemand musste sie aufhalten, sonst würden sie ihr noch mehr wehtun!

»Nein, Lava!« Sun fing sie am Bauch ein und hob sie hoch, sodass sie nur hilflos in der Luft strampeln konnte. Er flüsterte ihr etwas ins Ohr, sah mir dabei tief in die Augen und ich bemerkte, wie sie erleichtert in sich zusammensackte. Doch trotzdem war sie meinetwegen noch voller Trauer und Verzweiflung und die Tränen rannen erneut …

Ich musste die Lider schließen, konnte das nicht sehen.

»Nach diesen herzergreifenden Szenen würde ich sagen: Trocknen wir die Tränen und widmen uns den wirklich wichtigen Dingen. Willst du deinem Wolf noch etwas mitteilen?«, verkündete Ajax ungerührt. Ich schaute zu Ice … und es gab dort nichts weiter als Verachtung, nichts weiter als Verletzung und Enttäuschung, weil ich ihn so hintergangen hatte, weil ich ihn nach allem alleine ließ.

»Ich war es euch schuldig«, erwiderte ich, weiterhin den Blick auf ihn gerichtet, zu mehr war ich nicht fähig. Er kniff gequält die Augen zusammen. Ich hätte natürlich mehr sagen können.

Hätte eine Rede halten können, dass es mir leid tat, wie sehr ich ihn liebte, wie sehr ich ihn vermissen würde, wie sehr es mich innerlich zerriss, jetzt zu gehen. Aber es würde ja doch nichts ändern. Kein Wort dieser Welt hätte das hier wiedergutmachen können. *Manchmal reichen Worte einfach nicht aus, um seine Fehler wiedergutzumachen. Manchmal reichen nicht einmal Taten. Manchmal muss man es so akzeptieren, wie es ist, denn es gibt Dinge im Leben, die kann man nicht mehr ändern.*

Ich schaffte es immer noch, stolz zu wirken, als Ajax seinen meterlangen Arm um mich schlang und mich davonzog, hinten von dem Plateau hinab, wo wir einen Gang erreichten, der so niedrig war, dass wir uns bücken mussten, um in ihn hineinzugelangen. Doch vorher drehte ich mich um.

Noch ein letzter Blick zurück auf meinen wunderschönen, verletzten Ice, noch ein letzter Blick auf den entschlossenen Sun, auf Lava, und Sweet, die sich ängstlich an Suns Oberschenkel klammerte ... Auf die Menschen, die ich liebte ...

Dann verschwanden sie aus meinem Sichtfeld und ich war absolut verloren.

Kapitel 13

Der Tunnel war lang und düster. Nur das Paar rote Spinnenaugen auf Ajax´ Stab leuchtete uns einen mystischen Weg. Wir hatten gerade mal zu zweit Platz, die Decke befand sich direkt über uns. Das Gefühl der Klaustrophobie nahm hier ganz neue Dimensionen an, denn nun stand ich kurz vor einer Ohnmacht. Die Wände schienen immer näher zu kommen. Aus meinen Poren strömte der Schweiß, obwohl mich eisige Kälte einhüllte und ich nicht aufhören konnte zu zittern.

»Wir sind bald da. Keine Angst«, meinte Ajax beruhigend und ich zog meine Augenbrauen hoch.

»Und dann? Wirst du mich vergewaltigen?«, fragte ich bitter. Er lachte grell … was in einem rauen Hustenanfall endete.

»Aber nein, meine Liebe. Ich brauche dich nicht dafür. Das war nur eine billige Ausrede. Eine Ausrede, die die sexversessenen Gestaltwandler auch verstehen. Ich brauche dich für weitaus größere Zwecke.«

»Ach? Und die wären?«

»Das wirst du gleich sehen.« In dem Moment traten wir aus dem engen Tunnel in eine vor Eiszapfen glitzernde Höhle und mir verschlug es die Sprache, denn in jeder Ecke funkelte es wunderschön.

»Wow ...«, murmelte ich leise.

»Japp«, sagte Ajax nur und ließ mich los. Ein paar Spinnen krabbelten hinter uns herein, umkreisten uns, stellten sich aber nicht direkt an eine Wand, die mir erst jetzt auffiel. Sie glitzerte und funkelte auch, aber es war, als wäre sie aus Wasser, denn leichte Wellen, die zu vibrieren schienen, waberten ruhig vor sich hin. Das war keine normale Wand. Energie traf mich, als ich mich ihr näherte. Lodernde, lebendige Energie … Einen Moment lang hörte ich tausende von Stimmen durcheinander sprechen, in allen möglichen Sprachen, die ich nicht verstand. Sie rauschten auf mich ein, wurden immer lauter – immer eindringlicher …

»Warte!« Plötzlich hielt Ajax mein Handgelenk fest und drückte es hinab. Ich wurde wieder in das Hier und Jetzt katapultiert, das ich für ein paar Minuten gar nicht mehr mitbekommen hatte. Ich stand bereits direkt vor dieser mystischen Wand und hatte die Hand ausgestreckt, um sie zu berühren. So, als hätte sie mich magisch angezogen. Angestrengt zwinkernd schüttelte ich den Kopf. Die Stimmen waren immer noch da, aber nur noch als kleines Summen im Hintergrund.

»Was ist das?«, wollte ich wissen, völlig fasziniert von den irisierenden Lichtern vor mir, die sich auf meinem und Ajax' Gesicht widerspiegelten.

»Das ist ein Wurmloch. Durch dieses bist du mit deinem

Opa vor Jahren hierhergekommen.«

Jetzt hatte Ajax meine volle Aufmerksamkeit und ich drehte ihm ruckartig meinen Kopf zu. »Du kanntest ihn?«, fragte ich leise und Ajax nickte.

»Ja, als er in diese Welt kam, nahm ich ihn bei mir auf. Ich wollte wissen, was er war, wie er nützlich für mich sein könnte. Er erzählte mir von einer anderen Welt voller neuer interessanter Dinge. Ich mochte diese Geschichten ziemlich gern und war schon immer fasziniert von den Sagen über euch Menschen … und wollte diese Welt erkunden, aber ich kam nicht hindurch. Diese Wand stößt mich zurück, verwehrt mir den Zutritt. Also schickte ich einige Spinnen und andere meiner Anhänger aus, die das Portal betreten konnten. Mir gelang es sogar ein paar Zwerge, Gnome und andere Wesen dafür zu begeistern, aber sie kehrten niemals zurück. Wahrscheinlich wurden sie getötet. Dann dachte ich an dich, ein echtes Menschenmädchen, aber ich fand dich und deinen Opa nicht mehr. Er war geflüchtet, als er merkte, dass ich in die Menschenwelt wollte und hielt euch beide gut versteckt. Tja, bis zu dem Zeitpunkt, als er starb und du zu den Gestaltwandlern kamst. Da wurde ich wieder auf dich aufmerksam«, erzählte er leise und ich lauschte ihm gebannt. Er kratzte sich gedankenverloren an der Brust. Im nächsten Moment hielt er mir seinen blöden Stab vors Gesicht und die Augen der Spinne auf der Spitze begannen stärker zu glühen.

»Schau hierher ...« Ich fühlte, wie sich mein Geist rötlich vernebelte, wie meine Gliedmaßen weich wurden, wie sich meine Augen nach oben verdrehten. »Du wirst meinem Ruf immer folgen, egal, wo du bist und tun was ich sage ...«, flüsterte Ajax heiser. »Und jetzt geh!« Somit senkte er den Stab und drehte mich herum. In meinem Kopf flimmerte noch alles und ich legte mir eine Hand auf die Stirn, doch mein Geist klärte sich nicht ...

Die Stimmen in meinem Kopf wurden lauter, eindringlicher, nahmen mich wieder voll ein. Männliche Stimmen, weibliche Stimmen, Kinderstimmen, sie zogen mich magisch an und ich streckte vorsichtig die Fingerspitzen aus.

Als sie die wabernde Wand berührten, schoss Energie meinen Arm hoch, sodass ich aufkeuchte, doch ich zog die Finger nicht zurück, die sich jetzt anfühlten, als würde ich sie in dicken feuchten Nebel halten. Der Nebel umschlang mich wild glitzernd, umschmiegte mein Handgelenk und schlängelte sich langsam meinen Arm hoch, während gleichzeitig meine Hand förmlich eingesaugt wurde. Ich schluckte, atmete tief durch und machte einen mutigen Schritt nach vorne, direkt in diesen wabernden, energiegeladenen Nebel hinein.

Die Welt verschwamm vor meinen Augen.

Blitzende Lichter tanzten um mich herum. Ich wurde nach vorne geschleudert durch eine Röhre aus Sternen und Planeten und Schwärze, die in Lichtgeschwindigkeit an mir vorbeizogen. Mein Magen verkrampfte sich und Übelkeit stieg in mir hoch. Meine Gliedmaßen verschwammen vor meinen Augen, wurden durchsichtig. Ich spürte sie nicht mehr, löste mich in nichts auf und doch war ich da. Ich war ein winziger Funken im endlosen Universum – nur noch meine Seele existierte. Panik machte sich in mir breit, denn ich konnte kaum erfassen, was mit mir geschah, hatte Angst, mich zu verlieren, während ich immer noch diesen Sog fühlte, diesen Sog der mich schnell und sicher mit sich riss …

Bevor ich jedoch durchdrehte, dachte ich an Ice, an seine Augen, seine Hände, seine Lippen, an den Ort, den ich mein Zuhause nannte. Ich durfte nicht auseinanderbrechen und die Gedanken an ihn hielten mich zusammen.

Mein Kopf fing an zu schwirren, bis sich ein übermächtiger Druck in ihm ausbreitete, als würde er platzen wollen.

Ein grelles Brüllen übertönte alles andere um mich herum. Eisblaue Schuppen schimmerten vor meinem geistigen Auge … kräftige Flügel und … lange schwarze Krallen … Ein Drache erhob sich majestätisch in die Luft und dann nahm er mich mit seinen eisigen Augen ins Visier – saugte mich förmlich ein

Mein Herz schlug irgendwo in dem nicht vorhandenen Körper wie verrückt. Mit einem Mal wurde ich förmlich ausgespuckt und landete mit voller Wucht auf … auf einem harten Körper … dem von Ajax!

Was?

Kapitel 14

Ich musste diese blöden Fesseln loswerden, die mir sofort angelegt worden waren, nachdem mich das Wurmloch wieder ausgespuckt hatte. Auf dem Weg irgendwohin, wohin sagten sie mir natürlich nicht, hatte ich genug Zeit gehabt, mir Gedanken darüber zu machen, wie es jetzt wohl weitergehen würde …

Tatsache war: Das Wurmloch ließ mich nicht passieren. Also musste ich versuchen, zu den Amazonen zu gelangen, oder zu dem netten Huasa Edward, aber nicht zu den Gestaltwandlern, denn dort würden mich die Spinnen auf jeden Fall suchen, und ich wollte sie nicht in noch einmal in Gefahr bringen. Natürlich sehnte ich mich nach Ice, aber ich wollte ihnen nicht noch mehr Ärger machen, als ich es sowieso schon getan hatte. Und irgendwann würde ich sie auch soweit verdrängt haben, dass es nicht mehr so sehr wehtun würde, an sie zu denken.

Ajax war stinksauer. Er hatte mich nicht mal mehr mit einer haarigen Arschbacke angesehen, und nur die ganze Zeit vor sich hingemurmelt, weil er nicht fassen konnte, dass es nicht funktioniert, das Wurmloch mich nicht angenommen hatte.

Ich wiederum fragte mich insgeheim, ob das mit meinen Gedanken während der Reise zu tun gehabt hatte.

Vielleicht spuckte es einen ja nur dort aus, wo man selber hinwollte und mittlerweile war nun mal diese Welt für mich Menschlein ein Zuhause geworden … dank Ice … und den anderen. Sie waren meine Familie. Ich wollte sie um keinen Preis freiwillig verlassen, umso schlimmer war es, dass ich sie nie wieder sehen würde.

Wir kletterten die verdörrten, ausgetrockneten, aber dennoch riesigen Bäume der Eisebene hoch und es wurde mit jedem Schritt wärmer. Ich staunte nicht schlecht, als ich dort über der gesamten Ebene von Baum zu Baum Spinnennetze in der untergehenden Sonne glitzern sah. Sie waren dicht gewoben und wippten kaum merklich, wenn man darüber ging. Es befand sich eine komplette Welt aus schimmernden Spinnennetzen hoch oben in der Luft – und in dieser war es angenehm warm.

Die Spinnen verzogen sich in alle Richtungen. Der ekelhafte, unzufriedene Ajax und ich blieben allein auf einem großen Netz zurück. Trotz der Temperatur, holte er aus einem ausgehöhlten Baum ein paar zerlumpte Decken und breitete sie aus. Der erwartete doch jetzt nicht etwa, dass ich mich mit ihm da drauf legte und kuschelte?

Als wäre ihm klar, was mir durch den Kopf ging, drehte er mir sein Gesicht zu und grinste mich an. Seine Reißzähne glitzerten im orangenen Sonnenlicht und ich musste jegliche Gedanken an Sun unterdrücken.

»Komm schon.« Er klopfte auf die alte Decke.

Ich rückte bis an den Rand des Netzes. Mir wurde eiskalt, was vielleicht auch daran lag, dass die Sonnen gerade jetzt ihre letzten Strahlen zurückzogen und sich ganz hinter den Eisbergen verabschiedeten.

»Vergiss es. Ich bleibe hier sitzen.« Ajax´ Blick verdüsterte sich. »Nein ...«, erwiderte er nachdrücklich, »*das* wirst du nicht tun, du wirst zu mir kommen und dich genau hierhin legen, Frau. Sonst wirst du erfrieren.«

Mist, wenn ich doch nur nicht gefesselt wäre und ich mein Messer dabei hätte, dann würde ich nicht zögern und ihm beim Schlafen mein Messer in die Brust rammen. Aber so war ich wirklich komplett wehrlos. Wobei ... gegen die eine Sache konnte ich etwas tun ...

»Okay, besser als in der Kälte zu sitzen ...«

Ich lächelte langsam, dann kam mich auf meine Knie und krabbelte umständlich auf ihn zu. Ajax zog die Augenbrauen zusammen, denn er traute mir nicht.

»Wieso schaust du so?«, fragte ich unschuldig. »Glaubst du etwa, ich war bei den Gestaltwandlern, weil ich so toll fand, mit Bestien zusammenzuleben? Ich brauchte nur ihren Schutz, nichts weiter ... Aber *du* kannst mich auch beschützen, nicht wahr?« Seine Augen begannen zu leuchten, während ich mich vor ihn kniete. Er hob die Hand und umfasste meine Wange. Ich musste ein Würgen unterdrücken, blieb aber stark und zuckte nicht zurück.

»Das wird kein Problem sein, solange du das tust, was ich will, und jetzt leg dich neben mich.« Nun würde der wirklich schwere Teil kommen und ich stärkte mich dafür.

Er half mir, als ich mich auf die Seite legte, denn das war mit hinter dem Rücken verbundenen Händen wirklich alles andere als leicht.

»Du bist wirklich schön … und so unbehaart. Deine Haut ist so glatt …«, schwärmte er und ich wollte meine Augen verdrehen, ließ es aber sein. Ich erschauerte unangenehm, als seine krallenartigen Finger über meinen Oberarm strichen, versuchte seine Berührung jedoch auszublenden, während ich unauffällig an meinen Fesseln zerrte. Irgendwie musste ich mich befreien, sonst hätte ich keine Chance.

Aber dafür würde ich ihn wohl oder übel um den Finger wickeln müssen. Keine Ahnung, woher der Mut kam, aber er war da, als ich hauchte: »Küss mich!«

Seine Lippen trafen prompt auf meine und trotz seiner Behaarung, waren sie glatt und warm. Er schob mir gleich seine Zunge in den Mund und ich überwand mich dazu, sie zu berühren, auch wenn er nach Dingen schmeckte, die widerlich waren und mich an in den Sonnen vor sich hin verwesendes faules Fleisch erinnerten. Als ich ihm entgegenkam, stöhnte er und ich merkte, dass er schon jetzt hochgradig erregt war, denn er rieb sich gegen meinen Schenkel. Nur mit Mühe beherrschte ich meinen Würgereiz!

Ich würde es nicht mehr lange aushalten, meine Nerven waren schon jetzt bis zum Bersten gespannt und mein Magen rebellierte. Er umfasste meinen Oberarm fester und zog mich an sich, sodass meine Brüste, nur mit dem Kleid als Barriere, an ihn gepresst wurden. Er stöhnte heiser … Mit aller Macht zwang ich mich, nicht vor ihm zurückzuweichen.

»Ich will dich berühren«, hauchte ich und rieb meinen Unterkörper langsam an ihm. Mit einer weiteren Hüftbewegung machte ich ihm klar, was ich meinte, womit ich ihn an der Angel hatte. Ohne weiter darüber nachzudenken, rollte er mich plötzlich auf den Bauch und dann waren meine Hände auch schon frei, dafür lag er mit seinem Gewicht auf mir und drückte mir seine Brust in den Rücken, als er meinen Nacken küsste.

Oh Nein! Jetzt war ich zwar nicht mehr gefesselt, aber dafür mein gesamter Körper gefangen. Das war keine Verbesserung der Lage. Er rieb sich an meinem Hintern und ich schluckte bittere Galle hinunter, als er in mein Ohr keuchte und über meinen Hals leckte.

»Bitte …«, flehte ich. »Bitte, lass mich dich berühren!« Ich presste meinen Hintern gegen ihn, auch wenn sich in mir alles dagegen sträubte und er drehte mich wieder nach vorne.

»Wie du willst.« Er war so selbstzufrieden mit sich und seinen angeblichen Verführungsküsten, dass ich fast aufgelacht hätte, aber ich blieb ernst und starrte ihm stirnrunzelnd zwischen die Beine, als er sich auf den Rücken legte und die Hände hinter dem Kopf verschränkte. Ich durfte ihm keine Zeit zum Denken lassen, also umfasste ich ihn mit einer Hand und ekelte mich dabei fast zu Tode. Ajax verdrehte genüsslich die Augen, während ich verbissen sein Gesicht betrachtete – um mein Tun nicht auch noch sehen zu müssen – und seine Lust immer weiter steigerte bis zu dem Punkt, als er beinahe auf Wolken schwebte.

Unverhofft packte ich mit der andren Hand einen seiner Hoden und drehte ihn so fest ich konnte nach links.

Sein Schrei hallte durch die Nacht und schien mir zu folgen, als ich bereits von ihm weg stolperte und mich über das Netz beugte. Unter mir war noch eins. Auf dieses hechtete ich mit klopfendem Herzen, rollte mich ab und stürzte gleich auf das nächste. Sie waren so angebracht, dass sie fast einer Treppe glichen. Wenn ich Glück hatte, würde ich festen Boden unter den Füssen haben, bevor er den ersten Schmerz verkraftet hatte und mir hinterherkam.

Doch ich war etwas voreilig … denn sobald ich auf dem Boden aufprallte, fühlte ich, wie sich etwas hart in meinen Rücken bohrte und mich zu Fall brachte. Es war Ajax´ Knie. In einer Hand hielt er seinen Stab, mit der anderen schlug er mir ins Gesicht, so fest, dass ich zu Boden ging. Mein Kopf dröhnte und meine Wange kam hart auf der pseudoschneebedeckten Erde auf.

»Du Tochter einer Harpyie!« Er trat mir in die Rippen und ich schnappte nach Luft, fühlte das Knacken in meinem Inneren und krümmte mich qualvoll zusammen. »Dafür wirst du büßen!« Mit enormer Kraft holte er wieder aus und erwischte meine Nieren. Ich japste erneut auf. Der Schmerz durchzuckte unbarmherzig meinen Körper, verspannte alle Muskeln. Tränen schossen in meine Augen. Er war jetzt so sauer, dass er mich vermutlich umbringen würde … Mein Sichtfeld verschwamm immer weiter. Ich konnte kaum noch etwas erkennen.

Alles wirbelte in meinem Kopf durcheinander und mir wurde davon derart übel, dass ich die Lider schloss, während ich versuchte, davonzukriechen und mir gleichzeitig die Seite zu halten.

»Aber bevor ich dich töte, werde ich dich unterwerfen!« Schon hatte er mich zurückgezogen und umgedreht – schwebte über mir ... Mit rauer Zunge leckte er über mein Gesicht und zerrte es an den Haaren hoch. Als ich meine Augen öffnen wollte, rollten sie nach oben. Mit Gewalt spreizte er meine Beine und kniete sich zwischen meine Schenkel. Nur halb bei Bewusstsein drehte sich mein Kopf unkontrolliert von links nach rechts. Ich versuchte etwas zu sagen, nach ihm zu treten, mich irgendwie zu wehren, aber aus meinem Mund kam nur ein unverständliches Wimmern. Vermutlich hatte ich eine Gehirnerschütterung, war mir aber nicht sicher. Sicher war nur, dass er jetzt grauenvolle Dinge mit mir anstellen würde und ich nichts dagegen tun konnte …

Eine Träne rann über meine Wange, die sich heiß auf meiner eisigen Haut anfühlte und ich ließ ergeben den Kopf zur Seite fallen. Genau in dem Moment, als er sich zwischen meine Beine drängte und sich bereit machte, hörte ich ein Knurren …

Ich lächelte träge … und murmelte Ice zu, dass er sich beruhigen sollte, auch wenn ich wusste, dass er nur in meinen Gedanken knurrte. Er war nicht hier, er konnte mich nicht retten, so wie immer! Es war nur meine Fantasie, die mir einen Streich spielte.

Erst nach ein paar Sekunden merkte ich, das Ajax immer noch nicht in mir war und versuchte blinzelnd, meinen Blick zu fokussieren. In der Dunkelheit um uns herum glühten Augen und sie gehörten definitiv keinen Spinnen.

Das war hier kein Wunschtraum, unmöglich, als riss ich mich zusammen und richtete mich etwas auf.

Ice in Wolfsform stand ein paar Meter entfernt, flankiert von Sun, Lava und Big, gemeinsam mit allen anderen Gestaltwandlern, die noch lebten, und sie waren mehr als wütend. Ihre verbalen Drohungen hallten befreiend durch meinen Bauch und brachten die Spitzen der Eisberge zum Splittern.

Mir kamen aus unerfindlichen Gründen wieder die Tränen. Oh mein Gott! Sie waren alle gekommen, um mich zu retten!

Ajax packte fahrig seinen Stab und erhob sich. Er wedelte damit herum, als wäre es eine Flamme und als könnte er sie damit vertreiben. »Bleibt weg! Sie ist freiwillig zu mir gekommen und hat mich anerkannt!« Doch Ice knurrte nur lauter und setzte sich in Bewegung, dicht gefolgt von Sun.

Langsam kreisten sie ihn ein. Beide mit prall gespannten Muskeln und einem geduckten raubtierhaften Gang. Sie würden ihn ohne jede Gnade zerfleischen. Er wusste es – ich konnte die Angst aus jeder seiner ungewaschenen, behaarten Poren riechen. »Ihr werdet sie nicht bekommen!«, zischte er.

Dann verwandelte sich seine Miene und er lachte hinterlistig. Im nächsten Moment glühten die Augen der Spinne auf dem Stab auf und das absolute Chaos brach los. Die Gestaltwandler wurden angegriffen.

Gleich drei Spinnen stürzten sich auf Ice, genauso viele auf Sun.

Kurzerhand wurde ich von Ajax am Arm gepackt und in einen der engen Eisgänge geschleift. Ich wehrte mich aus Leibeskräften, aber mein Kopf drehte sich immer noch wild und ich konnte kaum geradeaus sehen. Außerdem wurde mir schon wieder schlecht, was nicht besser wurde, als ich gegen Ajax' Schienbein trat und ihm meine Finger in die Augen bohrte. Er hob mich daraufhin fluchend am Bauch hoch, was mir neue Übelkeit verursachte.

So trug er mich durch den engen Gang, während ich Ice' Namen schrie und zappelte und strampelte, was meine Kräfte noch hergaben. Als ich nach Hilfe rief, presste er seine schwielige Hand auf meinen Mund, aber ich biss hinein, sodass er vor Schmerzen aufschrie.

Sobald sich der Gang etwas verbreitete und wir eine Art glitzernde Höhle erreichten, verlangsamte er seinen Schritt und schmiss mich auf den Boden. Hart schlitterte ich über das Eis und merkte, wie mein ganzer Körper aufgeschürft wurde, da ragte er bereits über mir empor. Mit einem Blick in seinen Augen, der sagte, dass jetzt mein Ende käme. Ich hob nicht meine Arme über den Kopf, um mich zu schützen, sondern starrte ihn mit all meinem Hass und aller Verachtung, die ich empfand, an.

»Du haariges Monster. Du wirst niemals so sein wie sie …«, reizte ich ihn noch und sah, wie seine Hände anfingen zu zittern.

Doch dann grinste er mich bösartig an. Er hob seinen Stab, holte zum Schlag aus und ich machte mich jetzt doch ganz klein und umschlang meinen Kopf mit den Armen.

Aber der Schlag wurde nie ausgeführt, denn etwas Weißes zischte durch die Luft und riss ihn laut brüllend mit sich zu Boden. Ice begrub ihn unter sich, verbiss sich in seiner Schulter und zerrte an ihm, aber Ajax blieb nicht untätig. Er umklammerte seinen Hals mit einem Arm und dann drückte er zu. Ice quiekte auf und Ajax stemmte seine langen Füße gegen die Brust des massigen Wolfes. Er schleuderte ihn von sich, worauf Ice gegen die gegenüberliegende Wand des Ganges knallte. Taumelnd richtete er sich wieder auf, schüttelte den Kopf, visierte Ajax an und knurrte bestialisch, zeigte dabei all seine imposanten Reißzähne.

Ajax kam keuchend auf die Beine und hielt sich die blutende Schulter. »Das sind nicht die Regeln!«, schrie er. »Verwandle dich und kämpfe mit mir von Auge zu Auge, von Mann zu Mann, dann überlasse ich sie dir!« *Nein, Ice, bitte sei nicht so dumm,* dachte ich und schloss erschöpft meine Augen. Ich wusste, er würde sich verwandeln, befolgte er doch diese dummen Regeln immer …

Und wie nicht anders erwartet, verbogen sich die Muskeln … verschwand das Fell … und richtete sich die Statur auf.

Sein Blick flog sofort zu mir, als er ganz der imposante riesige Mann war, in den ich mich unsterblich verliebt hatte und ich wollte ihm sofort in die Arme fallen.

Er vergewisserte sich mit einem kurzen visuellen Check, dass es mir nicht allzu schlecht ging und konzentrierte sich dann wieder voll und ganz auf Ajax.

Ice grinste … fast schon dämonisch. Wahrscheinlich war er noch nie attraktiver gewesen als jetzt.

»Dann komm!«, knurrte er und sie fingen sie an sich zu umrunden. Dabei hatte Ajax allerdings seinen Stab in der Hand. Er hieb damit nicht nur einmal nach Ice, aber der war auch in menschlicher Form ganz der wendige, geschmeidige Kämpfer und ließ Ajax nicht mal ansatzweise in seine oder gar in meine Nähe. Sein gesamter Körper war ein einziges Spiel aus durchtrainierten Muskeln, über die Schweiß floss.

Ajax wurde immer aggressiver, seine Schläge mit dem Stab schneller. Er rammte ihn in Ice' Hüfte, woraufhin dieser ihn festhielt, Ajax damit in seine Reichweite zog und ihm mit seinem Kopf so einen heftigen Hieb gegen die Stirn verpasste, dass Blut auf den Boden spritzte und Ajax zurücktaumelte. Ice starrte ihn ohne jegliches Gewissen, mit einem rasenden irren Glanz in den Augen an. »Willst du mehr?«, reizte er ihn und wich einem weiteren Hieb aus, indem er sich duckte. »Knapp daneben, du solltest unbedingt noch üben …«Ajax sah immer verzweifelter aus. Er hatte zwar lange Arme und einen Stock, aber er konnte nicht gegen diesen durchtrainierten Kämpfer mit den animalischen Trieben ankommen, weil er kein Raubtier war dem das Töten im Blut lag.

Dann trat auch noch Sun tief knurrend aus dem engen Gang zu uns in die Kampfarena. Sein schwarzes Fell war mit Blut getränkt, aber er selbst schien nicht verwundet.

Ajax holte schockiert Luft, als er sah, wie der riesige Panther sich auch zum Sprung bereit machte, doch dann packte er seinen Stab fester, deutete damit auf mich und forderte: »BRING IHN UM!«

Im ersten Moment wollte ich lachen, weil ich Sun mit Sicherheit kein Haar krümmen würde, aber es blieb mir in der Kehle stecken, als ich mich ohne mein Zutun erhob, in meiner Hand ein scharfes Stück Eis haltend, was sich in meine Handfläche bohrte.

Nichts konnte mich stoppen, während ich mit einem Schrei, der unmöglich von mir sein konnte, von HINTEN Sun angriff, der sich gerade noch umdrehte, als ich auf ihn zusprang und das scharfe Eis in seinen Rücken bohrte.

Er brüllte, ich auch. Tränen liefen über mein Gesicht, doch ich hielt es fest, schnitt tiefer ins Fleisch – von einer irren Macht getrieben.

Ajax' dämonisches Lachen hallte von allen Eiswänden wider, dann widmete er sich wieder Ice, der sich anscheinend noch mal auf ihn gestürzt hatte. Nur am Rande merkte ich, wie sich um uns herum einige Achtbeiner versammelten.

Aber das war Nebensache, denn Sun war zusammengesunken und hatte sich verwandelt. Er lag vor mir auf dem Boden und krümmte sich vor Schmerzen, hielt sich seine Schulter, aus der Blut tropfte, mit zusammengekniffenen Augen und Lippen …

»Oh mein Gott, Sun, ich …!« Mein umnebelter Kopf lichtete sich etwas und ich starrte ihn schockiert an.

Neben ihm fiel ich auf die Knie und fühlte mich wie in einem Déjà-vu. Mit zittrigen Händen wollte ich ihn berühren und heilen, doch der rote Nebel verdichtete sich wieder, raubte mir meine klare Denkfähigkeit und mit einem Schrei ergriff ich das Eis erneut und hieb nach Sun.

Fluchend konnte er sich gerade noch so wegrollen und auf die Beine springen, aber ich war ihm schon dicht auf den Fersen. Die Kraft des Wahnsinns wütete in mir, überlagerte alles, und ich war blitzschnell. Fast erwischte ich ihn noch einmal, wahrscheinlich aber nur, weil er lediglich versuchte auszuweichen und mich nicht anzugreifen.

»Seraphina! Stopp!«, rief er und das Eis schabte neben seinem Gesicht über die Wand, weil er sich gerade noch so weggeduckt hatte. »Du willst mir nichts antun! Hör auf!«

»Ich kann nicht! ICE!«, brüllte ich und sah hilflos dabei zu, wie mein drahtiger Körper Suns Verwundung ausnutzte und erneut seine Brust erwischte. Sun taumelte und stolperte, landete auf der Seite, wollte sich abrollen und mit seiner animalischen Wendigkeit wieder aufspringen, aber da saß ich schon auf seinen Hüften und hielt ihm das scharfe Eis an die Kehle … Keine Ahnung, wie ich mich so schnell bewegt hatte.

Die Welt blieb stehen, während ich noch einmal ein Déjà-vu hatte erneut an unsere erste Begegnung im Wald dachte … Sun sah mit schmerzerfülltem Gesicht zu mir hoch, in seinen Augen loderten die orangenen Flammen. Meine Hand zitterte, so sehr versuchte ich sie daran zu hindern, ihn weiter zu verletzen.

»Ice ...«, formten meine spröden Lippen hilflos, während Tränen auf Suns Brust tropften. Ich hatte Angst, dass jede noch so kleine Bewegung meine Selbstbeherrschung bröckeln ließ und der rote Nebel mich wirklich dazu bringen würde, Sun die Kehle durchzuschneiden.

»Jetzt nicht!«, rief Ice mir zu und konnte gerade noch so einem Hieb ausweichen. Ajax hatte sich verschätzt und sein Stab rammte sich tief in das Eis der Wand, sodass er ihn nicht mehr herausziehen konnte. Ice war schnell und nutzte seine Chance, um ihn anzuspringen und ihn mitsamt dem Stab zu Boden zu reißen. Er packte Ajax' Hals mit einer großen, starken Hand und drückte zu, doch bevor er ihn töten konnte, setzten sich die Spinnen in Bewegung. Von den Wänden und vom Rand näherten sie sich den beiden, stürzten geradezu auf sie zu, und erinnerten mich wieder an rauschenden Kies.

Meine Hand bebte weiter, der Kristall schnitt in Suns Fleisch, eine leichte Spur Rot lief herab, während mehr Tränen meine Wangen benetzten.

»NEIN!«, wimmerte ich verzweifelt, als Sun sich aufrichtete, sodass das Eis tiefer in seine Haut schnitt …

»Seraphina … lass es fallen!« Die Macht seiner Energie strömte über mich, hüllte mich ein, vermischte sich mit dem Nebel, doch er ließ sich nicht vertreiben, sondern kämpfte zurück!

»ICH KANN NICHT!«, rief ich panisch, sah ihm mit irrem Blick in die großen vertrauten Augen. »GOTT, SUN! ICH kann nicht!«

Ajax´ Gesicht verfärbte sich währenddessen blau. Er röchelte und gurgelte. Ice musste seine ganze Kraft einsetzen, dabei hätte er ihm auch einfach das Genick brechen können, wollte ihm aber sicher ins Gesicht sehen und seinen Triumph auskosten. Der Idiot.

Gleich würde ihn eine Horde Spinnen von hinten angreifen … und ich konnte nichts tun. Denn ich würde jede Sekunde Sun abstechen! Meinen Sun! Den ich liebte!

»Shhhhh … Du weißt, ich kann nicht einfach so sterben ...« Plötzlich strich sein Daumen über meine Wange und er sah mich sanft an. Vehement schüttelte ich den Kopf, was alles in mir zum Dröhnen brachte.

Die Spinnen umzingelten Ice. Sie waren nur noch einen Meter entfernt. Ice verspannte sich auf Ajax, weil er sie in seinem Rücken spüren konnte. Gerade, als er sich knurrend umdrehte, sprangen sie kreischend auf ihn los und begruben die beiden unter sich.

Im Augenwinkel bemerkte ich Lava, die durch den Gang zu uns lief. Sofort wollte sie mich von Sun herunterziehen, um mich daran zu hindern, ihn weiter zu verletzen, doch Sun deutete auf Ajax´ Stab. Sie eilte zu ihm und hob ihn mit enormer Kraftanstrengung wacklig nach oben. Das Licht der Monde, das durch Spalten in die Höhle fiel, glitzerte auf ihn herab und reflektierte Funken auf dem Eis.

Mit einem Blick auf Sun, der nur nickte, und einem grellen Schrei ließ sie die Quelle von Ajax´ Macht mit aller Wucht auf den Boden krachen, sodass die Spinne auf der Spitze zerschellte … und in tausend Einzelteile zersprang.

Die zwei glühend roten Augen erloschen und der Nebel in meinem Kopf verpuffte sofort.

Die Spinnen stockten verwirrt und verzogen sich dann wild kreischend in alle möglichen Ecken und Ritzen, auf jeden Fall waren sie plötzlich weg.

Mein Atem ging viel zu schnell und ich fiel kraftlos auf Sun zusammen, der mich auffing – natürlich tat er das. Ich war mit Schweiß bedeckt und mir war gleichzeitig heiß und kalt und so schrecklich schwindlig. Jeden Moment würde ich das Bewusstsein verlieren, aber ich bekam noch mit, dass Ice am Leben war … und dass er mich schockiert mit großen Augen ansah, und dass er zu mir kommen wollte.

»Shhhh … schon okay … Ich bin in Ordnung. Bring es zu … Ende …«, hauchte ich angestrengt.

Er zog die Augenbrauen zusammen, dann wanderte sein Blick entschlossen zu Ajax, der röchelnd am Boden lag. Genau in dem Moment, als Ice die Zähne fletschte und sich vorbeugte, um ihm endgültig die Kehle herauszureißen, fühlte ich, wie sich meine schweren Lider schlossen und ich in Dunkelheit versank. Sicher umfangen von Suns Armen ...

Epilog

Ich schwirrte zwischen verworrenen Traumbildern, die mich überschwemmten. Da war Sweet, die mit Lava über eine Wiese lief, Blumen pflückte und ihre kleinen Kinderfinger, die mir dann einen Kranz aus Blumen aufsetzten. Ihr glucksendes Lachen, Lavas Finger, die über meine Schläfe strichen, ihre Hände die mich wuschen und neu anzogen. Suns Lippen, die meine Stirn küssten, seine Hand, die sich auf Ice' Schultern legte, um Verbundenheit auszudrücken … Ice, mein Ice, der neben mir lag, mir ins Ohr flüsterte, mein Gesicht streichelte. Ich fühlte mich geborgen und war völlig ausgeruht und ausgeglichen, als ich die Augen öffnete.

Es rauschte laut um mich herum, so, als wäre über mir ein Wasserfall. Als ich nach oben sah, wurde mir klar, warum. Ich befand mich mitten im Dschungel auf weichem, samtigem Moos, und alles, was den prasselnden Regen abhielt war ein riesengroßes dickes Blatt, welches über mich gespannt war. Unter diesem hätten sicher noch sechs weitere Personen Platz gehabt. Trotz des plätschernden Regens um mich herum war es mollig warm und mir fiel auf, dass dies wohl an dem Körper lag, der sich an meinen Rücken schmiegte. Sofort wusste ich, dass es sich um Ice handelte. Sein Arm hielt mich fest an sich gedrückt.

Ich lächelte und aus unerfindlichen Gründen traten mir Tränen in die Augen.

Wohlig rekelte ich mich gegen ihn, fühlte seinen großen, imposanten Körper hinter mir und nahm vorsichtig seine Hand. Sie war unsagbar schwer, aber das lag wohl daran, dass ich ausgezehrt war. Ich zog sie hoch und küsste seine Knöchel, schließlich seine Handfläche und dann drückte ich sie einfach nur gegen mein Gesicht, weil ich die Tränen gar nicht mehr zurückhalten konnte. Mist, jetzt heulte ich schon wieder. Aber ich konnte gar nicht anders, weil ich gedacht hatte, dass ich ihn nie wiedersehen, nie wieder fühlen würde.

Etwas, das fast einem Schnurren glich, ertönte sanft hinter mir und ich versuchte nicht zu schluchzen, auch wenn er sicher merkte, dass die Tränen liefen.

»Shhht … Alles ist gut. Er ist tot, keiner wird dir etwas antun«, flüsterte Ice mit leiser Stimme und beruhigte mich. Er rührte sich hinter mir und seine unsagbar vollen Lippen glitten über meine Schulter.

»Deswegen heule ich doch nicht.« Ich schaffte es, damit aufzuhören und schniefte noch einmal, da drehte er mich schon vorsichtig auf den Rücken und schaute forschend auf mich herab.

»Wieso dann?« Die Schönheit seines strengen, aber vor allem besorgten Gesichts verschlug mir die Sprache. Vorsichtig hob ich eine schwere Hand und strich über seine Wange.

»Weil ich … dumm bin.« Er sah mich nur verwirrt an.

Schließlich fragte er: »Hast du Fieber?« Ich musste leise lachen, als er meine Stirn befühlte.

»Nein. Ich bin nur so glücklich, dass ich weinen muss.«

»Aha.« Er klang nicht überzeugt und schaute mich immer

noch besorgt an. »Sonst alles in Ordnung? Tun deine Rippen sehr weh?« Erst jetzt spürte ich den Verband unter meinem Kleid und bewegte mich ein wenig. Ich fühlte mich gut, hatte kaum Schmerzen, war aber ziemlich schwach.

»Nein«, sagte ich mit gerunzelter Stirn. »Waren sie gebrochen?«

»Angeknackst. Sonst irgendwelche Schmerzen?«

»Nein, mir geht's absolut prima, was habt ihr mir nur gegeben? Ice, ich ...« Weiter kam ich nicht, denn mit einem besitzergreifenden Knurren senkte er die Lippen und presste sie auf meinen Mund. Er rutschte zwischen meine Beine, packte mein Knie und drückte es nach oben. Ehe ich mich versah, drang er in mich ein. Ich keuchte schockiert, mir blieb die Luft weg, weswegen ich mich laut stöhnend von ihm löste, warf meinen Kopf zurück und dachte, ich müsste platzen, denn ich war körperlich auf diesen Überfall überhaupt nicht vorbereitet. Ice war das allerdings egal.

Mit aller Härte und all seiner Macht unterwarf er mich. Sein Tier rauschte durch meinen Körper, markierte mich bis in den entlegensten Teil meiner Seele und erregte mich innerhalb von Sekunden von null auf hundert.

»Mein, du bist *mein*!«, knurrte er gegen meine Lippen, dann küsste er meinen Hals, saugte hart, knabberte daran und rammte sich immer wieder bis zum Ansatz in meinen Körper. Mir schwanden alle Sinne, denn er überwältigte mich geradezu. Aber wahrscheinlich hatte ich über und über nach Ajax gerochen, als er mich fand und das brachte ihn jetzt zur absoluten Raserei.

Immer härter wurden seine Stöße, seine Lippen wanderten hinab und er zog mein Oberteil über meine Brüste. Mit einer Hand unter meinen Schulterblättern hob er mich sich entgegen, sodass er an meinen aufgestellten Nippeln saugen und den Rest meiner Brüste verwöhnen konnte.

Ich schlang beide Beine um seine Hüften und drückte meinen Rücken weiter durch, wobei ich zusammenzuckte, weil ein sengender Schmerz durch meinen Körper schoss, der aber schnell verdrängt wurde. Ich kam ihm entgegen und krallte meine Hände in seine Haare, zog meine Nägel über seinen nassen Rücken und rammte sie in seine prallen, schwer arbeitenden hinteren Muskeln. Er knurrte gegen meine Haut, als auch ich ihn markierte. Unsere verschwitzten Leiber rieben fest aneinander. Es würde nichts anders als Ice' Duft auf mir übrig bleiben. Ich stöhnte immer lauter, immer eindringlicher. Hungrig wanderten seine Lippen zurück zu meinem Hals und er stockte eine Sekunde. Ich machte ihm bereitwillig Platz, lehnte mein Gesicht zur Seite und öffnete mich ihm vollkommen. Er biss zu. Ich japste auf, bis mein Blut floss und er alles mit gieriger Zunge in sich aufnehmen konnte.

Das war mehr als genug und er katapultierte uns über den Rand der Realität, in eine Welt voll berauschender Ekstase. Tief spritzte er seine heiße Erregung in mich und ich wusste erneut, dass ich für immer ihm gehören würde …

Er ließ sein Gesicht an meinem Hals verweilen und blieb schwer atmend auf mir liegen. Presste mich hart in das weiche Moos. Ich bekam kaum Luft, aber umfing ihn mit beiden Armen und drückte ihn gegen mich.

Irgendwann hob er das Gesicht und sah mich an, während sich seine mächtige Brust schnell hob und senkte. Ich strahlte ihn an und umfasste unauffällig seinen Nacken, wollte ihn zu mir herabziehen, aber seine Muskeln spannten sich an und ich runzelte die Stirn, als er sich sperrte. Jetzt schaute ich mir sein Gesicht genauer an und erkannte, dass er immer noch vor Wut brodelte.

Oh, oh, mir war sofort klar, warum, aber ich hatte nichts parat, das ich dagegenhalten konnte.

»Ich musste es tun.« Ich klang genauso kleinlaut, wie ich mich fühlte. Sein Kiefer verkrampfte sich und ich hörte seine Zähne mahlen.

»Nein, musstest du nicht!« Gleich, jeden Moment wurde er explodieren. »Ich kann immer noch nicht glauben, dass du einfach freiwillig mit ihm gegangen bist! Wir hätten alle für dich gekämpft. Wieso habt ihr nicht mit mir gesprochen? Wir hätten einen anderen Weg gefunden! Ich könnte verrückt werden, wenn ich daran denke, dass er allein mit dir war!« Mit einem Mal blitzte es in seinen Augen auf und er packte mein Gesicht, damit ich nicht mehr wegsehen konnte. »Seraphina!«, zischte er. »Hat er dich angefasst?« *So ein ...* »Antworte mir! Hat er dich berührt?« Jetzt knurrte er und mir wurde erneut ganz warm im Unterleib. Er verengte seine eisigen Augen und ich biss mir auf die Unterlippe.

»Was, wenn ja?« Würde er mich dann nicht mehr wollen? Unangenehm berührt wand ich mich unter ihm, versuchte die Beine zu schließen und ihn aus mir zu drücken, doch er ließ es nicht zu und presste die Lippen aufeinander. Ein Muskel an seiner Wange zuckte.

Seine Stimme war plötzlich zu leise, zu beherrscht und ich erschauerte.

»Ich konnte ihn überall an dir riechen«, stieß er aus, »und jetzt spielst du mit mir?« Meine Kehle wurde ganz trocken.

»Ich äh … entschuldige. Aber so … war das nicht gemeint …« Das war wirklich mies von mir, aber ich wollte ihm nicht sagen, was mit Ajax passiert war, weil ich wusste, dass es ihn in den Wahnsinn treiben würde.

»Sag es mir, Seraphina!« Ich schüttelte den Kopf und fühlte, wie erneut Tränen in meine Augen stiegen. Ice fluchte, als er sie bemerkte.

»Es tut mir leid. Wirklich. Ich wollte das nicht …« Meine Stimme klang gebrochen und ich schloss schnell die Augen und legte einen Arm über mein Gesicht. Ich konnte ihn nicht mehr ansehen, die Scham wegen dem, was ich getan hatte, um von Ajax loszukommen, war zu groß. »B… bitte geh runter.« Mit der anderen Hand drückte ich gegen seine Brust. Ich konnte ihn nicht mehr in mir ertragen. Er bewegte sich keinen Millimeter, aber ich fühlte, wie sein Brustmuskel unter meiner Hand zuckte.

»Sieh mich an.« Jetzt sprach er wieder ruhig und beherrscht, aber ich schüttelte nur den Kopf. »Seraphina!« Immer noch weigerte ich mich, ihm irgendwas von den Geschehnissen zu erzählen, während ich versuchte, diese elende Tränenflut zu stoppen.

Er nahm den Arm von meinem Gesicht und ich schaute ihn gequält an. Als er auf meinen Blick traf, seufzte er tief und sein Ausdruck wurde weicher. Vorsichtig strich er mir mit dem Daumen die Tränen fort und runzelte die Stirn.

»Sag es mir.« Seine Stimme klang sanfter, aber der Befehl dahinter war stärker.

»Ja, er hat mich berührt … und ich habe ihn auch berührt … da unten … weil … ich habe versucht, ihn zu verführen, damit er mich von den Fesseln befreit … Aber nur weil ich flüchten wollte …« Vor Scham drehte ich mein Gesicht weg, doch ich fühlte Ice knurren bis tief in mein Inneres. »Ich … ich …. Habe ihn auch … geküsst …« Jeden Moment würde er mich angewidert von sich stoßen und mir sagen, dass er nicht mehr mit mir zusammen sein konnte. Dann wäre unser ganzer Kampf für die Katz gewesen, oder eben für den Panther … Stumme Tränen liefen wieder heiß über meine Wangen und es wurden immer mehr. Als Ice sich schließlich tatsächlich mit einem Ruck von meinem Körper löste und all seine Wärme von mir wich, war es, als hätte er mich geschlagen. Es war kaum zu ertragen.

»Es tut mir leid! Ich wollte es nicht! Ich schwöre es! Bitte verlass mich nicht! Nicht jetzt!« Es war jämmerlich, aber ich würde es nicht überleben, ihn zu verlieren. Nicht noch mal. Deswegen klammerte ich mich einfach an seinen Rücken, als er aufstehen wollte und er erstarrte. Ich heulte laut gegen die heiße Haut über seinen Rippen. »Bitte, Ice, bitte bleib bei mir. Geh nicht weg! *Geh nicht*!«

Durch den dichten Nebel meiner Tränen bemerkte ich, wie er die Stirn runzelte und mich ansah, als hätte ich den Verstand verloren. »Ich gehe nirgendwohin. Ich wollte nur etwas holen, mit dem du deine Nase putzen kannst.« Er hielt mir ein Blatt hin, welches er gerade abgerissen hatte und das so saugfähig und weich wie Stoff war. *Oh Mann* ... wie peinlich.

Ich fühlte, wie ich rot wurde, als ich es entgegennahm und laut schnäuzte.

Im Schneidersitz setzte er sich mir gegenüber, während ich es nicht wagte, ihn anzusehen und stattdessen auf den Boden schaute. »Entschuldigung, ich … ich …« Ich wusste nicht, was ich noch sagen oder tun sollte und ließ die Schultern hängen, doch Ice schien es zu wissen.

Er nahm das Blatt und schmiss es weg, dann packte er mich am Oberarm und zog mich auf seinen Schoß. Sofort klammerte ich mich an seinem Nacken fest und vergrub mein Gesicht an seiner Brust. Seine langen Arme umschlangen mich und er lehnte sein Kinn auf meinen Kopf. »Jetzt stinkst du wenigstens nicht mehr nach ihm … und ich weiß, dass du all das nur für deine Freiheit getan hast. Ich würde dich nie verlassen, Seraphina.« Leicht rieb er sein Kinn über meine Haare und ich seufzte erleichtert. »Aber wage es nicht, noch einmal ohne meine Erlaubnis irgendwen zu berühren! Wir werden jetzt ein ganz neues Regime einführen!«, drohte er düster und ich grinste breit.

»Okay.«

»Ich meine es ernst. Kein Sun, es sei denn, wir sind zu dritt.«

»Okay.«

»Oder zu viert. Lava will schon die ganze Zeit an dich ran.«

»*Was*?« Jetzt riss ich mich los, um ihn anzustarren. Ice gluckste amüsiert und zog dann eine Augenbraue hoch.

»Was, *was*? Hast du das noch nicht gemerkt?«

»Ich dachte, das wäre alles nur freundschaftlich«, meinte ich stockend und immer noch verwirrt.

»Seid ihr Menschen alle so blind?« Ice verdrehte die Augen und ich presste die Lippen aufeinander.

»Hey, das ist nicht nett«, erwiderte ich und knuffte ihn in die Seite. »Aber dasselbe gilt für dich, Ice!«

»Was denn?«, reizte er mich schelmisch.

»Na, keinen Wolfsrudelsex mehr! Keine Begrüßungszeremonien. Kein nichts! Nur ich!«, forderte ich und er lachte jetzt wieder. Er fing meinen Zeigefinger ein, mit dem ich auf seine Brust einstach und zog meine Hand an seine Lippen. Sie strichen über meinen Knöchel, während er mich neckisch beobachtete.

»Ach? Nur du?«, ärgerte er mich und ich verengte die Augen.

»Ja, ich warne dich mein Freundchen!« Er lachte und biss mir verspielt ins Handgelenk, dann zuckte er mit den Schultern.

»In Ordnung.« Somit ließ er sich nach hinten fallen und ich quiekte auf, als er mich mit sich riss, sodass ich ausgestreckt auf seinem Körper zum Liegen kam.

Erstaunt sah ich auf sein glückliches, wunderschönes Gesicht hinab. »Echt, in Ordnung?«, fragte ich jetzt verunsichert und fühlte seine langen Finger, die über meinen Rücken tanzten.

»Ja.« Er klang wieder heiser und sein Blick brannte sich in meinen. »Aber du weißt, wir haben ein Limit, das wir erfüllen müssen … Sonst werde ich ungemütlich.«

Zur Abwechslung verdrehte ich meine Augen. »Ja, ja, ich weiß ...«

»Und wir haben ein neues Rudel, das wir führen müssen.«

»Was?«

»Die Spinnen haben jetzt keinen Anführer mehr und irgendwie sind sie ganz wild darauf, dass du ihre neue Königin wirst.« Ich schluckte laut und schaute mehr als angewidert auf ihn hinunter. *Seraphina. Königin der Achtbeiner. Ganz toll ...* So hatte ich mir das nicht vorgestellt.

»Können wir nicht lieber die Gestaltwandler nehmen und Sun nimmt die Spinnen?«

»Vergiss es!«, raunte mir plötzlich eine mir sehr bekannte Stimme ins Ohr und ich setzte mich auf. Sun kniete neben uns und ich konnte nicht anders. Einen Moment starrte ich ihn an, und mir wurde ganz warm im Bauch, auf eine nicht gerade brüderliche Art, dann sprang ich ihn schon mit einem Kriegsschrei an, der es in sich hatte und hängte mich um seinen Hals. Er lachte und schwankte, fing mich aber auf und drückte mich an sich.

»Hey, mein Menschenmädchen«, flüsterte er mir ins Ohr und ich unterdrückte schon wieder die dummen Tränen, während ich mein Gesicht an seinem Hals vergrub.

»Hi!«, hauchte ich und fühlte, wie er meinen Rücken streichelte. Wir lösten uns voneinander und er umfasste meine Wangen. Als er mich zärtlich küsste, erstarrte ich, doch Sun lachte nur und Ice tat es ihm gleich, als ich mich schockiert von ihm löste. Knallrot natürlich.

Lava gesellte sich zu uns und grinste mich breit an, bevor sie Sun zur Seite schob und sich an ihm vorbeidrängte.

»Gewöhn dich schon mal dran. Wir vier gehören jetzt zusammen.«

Mit einem Mal packte sie meinen Nacken, zog mich zu sich und drückte auch ihre Lippen auf die meinen. Ich japste nach Luft und wollte zurückweichen, aber sie hielt mich einfach fest und schnurrte leise und fordernd, sodass ich sie das erste Mal richtig fühlte. Gott, waren ihre Lippen zart. Hilfe, war ihr Geruch betörend. Himmel, war das leichte Streichen ihres Mundes elektrisierend.

Das Tier, das mit einer Grazie und Anmut in mich schlich und mich zärtlich verführte, gab mir den Rest.

Wow … Ich schmolz mit einem leisen Seufzen förmlich dahin. Meine Augen fielen flatternd und mit einem leisen Stöhnen zu. Sie kicherte leise und melodisch und löste ihre Lippen langsam von mir, gab mir noch einen winzig kleinen, unsagbar weichen Kuss und strich mit ihrem Finger zärtlich über meine Wange und dann über meine Lippen.

Sie war eine Göttin … Ich folgte ihr wie ein Volltrottel und wäre fast vornüber gekippt, wenn Ice mich nicht am Arm stabilisiert hätte.

Erst da öffnete ich wieder meine Augen, hatte aber immer noch meine Lippen gespitzt. Mein Herz raste in meiner Brust, als sie mich alle anschauten und begannen lauthals loszulachen – und ich kam mir vor wie die letzte Jungfrau auf diesem Planeten. Aber ich hoffte und befürchtete gleichermaßen, dass sie mir dieses Gefühl schon bald austreiben würden, worauf sich mein Bauch vor Verlangen und Spannung zusammenzog.

Mit knallrotem Gesicht versteckte ich mich an Ice' Brust und murmelte: »Sag mir, dass das nicht gerade passiert ist.« Er drückte mich an sich und küsste meinen Kopf.

»Was denn?«

»Sag mir, dass ich jetzt nicht auch noch Lava verfallen bin.« Alle drei lachten nur noch lauter, während ich im Augenwinkel mitbekam, wie sich Lava zu uns setzte, Sun es ihr gleich tat und nebenbei an einer meiner Strähnen zog.

»Wieso sollte es dir anders gehen als mir?«, stichelte Sun. Als ich ihn böse anfunkelte und beobachtete, wie sich Lava strahlend an ihn schmiegte und mir zuzwinkerte, wusste ich, dass ich wirklich daheim angekommen war.

Bei den … *Menschen* … die ich liebte und denen ich vertraute, aber vor allem … wusste ich, dass mein Opa letztendlich mit all seinen Sprüchen recht gehabt hatte. Vor allem mit diesem:

Es ist egal, wo du liebst. Es ist egal, wie du liebst. Es ist egal, wie viele du liebst. Es ist egal, ob du Mensch oder Nichtmensch, oder Frau oder Mann liebst, das Einzige, was zählt ist, dass du dazu fähig bist, dein Herz zu öffnen.

Danke Opa. Ich werde es mir merken!

ENDE

Danksagung

Ein Autor ist nur so gut wie sein Team.

Und ich habe das beste Team dieser Welt!

Ich liebe euch und kann euch nicht genug dafür danken, dass ihr immer da seid, dass ihr meinen Wahnsinn mitmacht und dass ihr noch nicht schreiend davongelaufen seid.

Ich hoffe, dass wir zusammen arbeiten werden und unsere Freundschaft bestehen bleibt bis wir grau uns runzlig sind – das ist mein größter Wunsch!

Eure Bethy

Der letzte Teil der
Dangerzone-Reihe erscheint
noch dieses Jahr:

Dragonfire

1.

»Mein Gott … ist das laaaaangweilig!« Gerade noch so konnte ich meine Hand heben, um ein sicherlich empörendes, undamenhaftes Gähnen zu unterdrücken.

Ein Blick zur Seite sagte mir allerdings, dass der Mann neben mir – klein, mit kringeligem Schnauzbart und runder Hornbrille – dies ganz anders sah. Mein Vater. Der nur ein Ziel kannte: Meine kleine Schwester zu finden.

Natürlich ahnte ich, dass ihm das nicht gelingen würde. Ganze fünfzehn Jahre war sie jetzt schon verschollen. Nur schemenhaft konnte ich mich noch an sie erinnern: ein dreijähriges fröhliches Mädchen mit dicken Pummelbeinen und klebrigen Patschhändchen. Zwei Wochen sollte sie bei Opa verbringen, der uns immer wieder mal auf seine Wochenendhütte mitnahm, wenn er denn mal frei hatte – er war Forscher und die haben ja so gut wie nie frei, ähnlich wie Autoren oder andere Künstler, denn mit ihren Gedanken hängen sie ständig bei den aktuellen Projekten.

Gerade bei diesem Mal zwang mich eine miese Krankheit, zu Hause zu bleiben. Ich hatte mich wahnsinnig darüber geärgert, denn ich war gern bei Opa. Vier Tage lang meldeten sie sich in schöner Regelmäßigkeit und sorgten dafür, dass meine Gesichtsfarbe anhaltend grün blieb – was sie übrigens ohnehin tat, ich quälte mich nämlich mit einer Magen-Darm-Grippe herum.

Und dann kam nichts mehr. Kein Anruf, keine Mail, kein Facebookstupser, nicht das geringste Lebenszeichen. Sie schienen wie vom Erdboden verschluckt.

Damals war ich zu klein, um den Verlust wirklich zu fühlen, da ich gerade mal sechs Jahre alt war. Aber mein Vater erinnerte sich zu gut, um vergessen können. Und daher hetzte er seit Jahren jedem noch so kleinen Hinweis hinterher, den sein Privatdetektiv liefern konnte.

Dies tat er auch heute und mich schleppte er mit, ob ich wollte oder nicht. Ich hatte sicherlich anderes zu tun, als an meinem freien Tag in irgendeiner uralten Burg herumzustolzieren und der Hippiebraut zuzuhören, die sich als Fremdenführerin tarnte, aber mit Sicherheit den Geheimauftrag hatte, ihre wissbegierigen Opfer zu Tode zu langweilen.

Leider war mein Papa alt, verwirrt, liebevoll und tooootaaaal langsam. Er konnte nicht einmal geradeaus laufen und nach einem Schlaganfall erst recht nicht Auto fahren. Doch nichts hätte ihn davon abgehalten, herzukommen.
220

Hier, auf dieser Burg, hatte man Opa und meine Schwester nämlich das letzte Mal gesehen. Mir war klar, was dies werden würde: eine weitere Enttäuschung. Dennoch brachte ich es nicht übers Herz, ihm diesen Plan auszureden.

Obwohl ich bei Tommy sein könnte … oder bei Marc … Als ich mich an seinen Waschbrettbauch erinnerte, den ich bei unserem letzten gemeinsamen Shooting mit Joghurt verschönern durfte, wurde mir ganz warm und ich fächerte mir mit meinem kleinen stylebedingten Fächer Luft zu, während wir uns in einem der Türme umsehen wollten und ich auf der steinernen Wendeltreppe umknickte.

Oh Mann, diese Heels waren auch echt nicht für diese Uraltstufen geschaffen. Leise fluchend stützte ich mich an der Wand ab und versuchte, mein Gleichgewicht zu halten, während sich die bald totgelangweilte Gruppe von zehn Leuten emsig weiterschob. Sollten sie doch! Ich musste mich sowieso mal wieder nachschminken. Also ließ ich die Schafherde schulterzuckend ziehen und begab mich auf die Suche nach meinem Lieblingsort: einer Toilette, mit einem Spiegel, vor dem ich mich am liebsten sah.

Den gewünschten Raum fand ich auch nach zehnminütigem Umherirren nicht, daher machte ich mich auf, um im Foyer nachzusehen.

Mit schmerzenden Füßen sowie regelrecht angepisst, weil ich erst eine Art Wachmann fragen musste, steuerte ich schließlich die Besuchertoiletten an, die nachträglich für Touristen und die ganzen Geschichtsfreaks angelegt worden war. Na wenigstens was. Nur leider hatte es offensichtlich nicht für einen Spiegel gereicht. Über keinem der Waschbecken war einer angebracht. Viel zu schockiert über diesen Umstand stolperte ich wieder raus, um meine Suche fortzusetzen.

Vor lauter Frust ging ich sogar in den Keller. Dabei ignorierte ich das Absperrseil geflissentlich, das Unbefugten den Zutritt mit der Aufschrift »Dangerzone« untersagte.

Hier war es kalt, und ich bereute, meinen Bolero im Auto gelassen zu haben. Das knappe gelbe Kleidchen war eindeutig nicht lang genug und die hochgesteckten Haare boten meinen Schultern auch keinen wirklichen Schutz. Daher löste ich die blauen Schmetterlingsspangen und entließ meine verlängerten platinblonden Locken in die Freiheit.

Das Klackern meiner Absätze hallte unnatürlich laut durch den langen Kellergang, ansonsten war es mucksmäuschenstill um mich herum. Wäre ich genauso tussig wie ein paar meiner Freundinnen, die schon bei dem Begriff: *Maus* laut aufschrien, hätte ich mir vor Angst wohl in meinen Tanga gemacht. Machte ich aber nicht.

Stattdessen betrat ich einen riesengroßen Raum, fast so etwas wie einen Saal, in dem lauter zugehängte Gemälde standen. Hm, vielleicht eine Art Galerie? Zielstrebig ging ich auf eines der viereckigen Kunstwerke zu, das genauso groß war wie ich. Doch als ich das staubige Leinenlaken herunterzog, entdeckte ich kein Bild, sondern mich selbst in einer Spiegelung.

Perfekt gebaut. Perfekt geschminkt. Perfekt perfekt. Und ziemlich verwirrt.

Besonders, als etwas hinter meiner Schulter vorbeihuschte. Ein Schatten!

Ich wirbelte herum, doch da war nichts.

Mit einem Mal schlug mein Herz ein wenig zu schnell und auch die Hand, die ich gegen meine Brust presste, konnte nicht helfen. Ich verdrehte über mich selbst die Augen und begab mich zielsicher zum nächsten Spiegel. Auch hier entfernte ich das Leinen. Beim Nächsten auch und auch beim Übernächsten! Ha! Ich hatte keine Angst!

Auch wenn der Raum durch die kleinen, vergitterten, sehr hoch angebrachten Kellerfenster nur spärlich beleuchtet war, und vor genau diesen eine Krähe düster vor sich hinkrähte und den baldigen Herbst ankündigte. Der Staub tanzte schimmernd durch die Halle und spiegelte sich in den glatten Oberflächen tausendfach wider. Sobald alle abgedeckt waren, fingen sie den einzigen Sonnenstrahl ein, der es durch ein winziges Fenster bis hier runter schaffte und bildeten ein verrücktes Muster um mich herum, das von Staub durchwoben wurde. Als würde ich in der Mitte eines Spinnennetzes aus rotgold glühendem Sonnenschein stehen.

Perfekt! So ausgeleuchtet konnte ich mich in aller Ruhe schminken! Vielleicht waren die Burgbewohner doch nicht so primitiv gewesen wie ich immer gedacht hatte.

Zufrieden lächelnd kramte ich in meiner winzig kleinen Clutch nach Lidschatten und Lipgloss und trat näher an den Spiegel heran. Mit gespitzten Lippen zog ich genau jene nach. Ich hatte mir schon einmal überlegt, sie aufspritzen zu lassen. Aber der Schönheitschirurg hatte mich ausgelacht und gesagt, dass er sowieso kein besseres Ergebnis erzielen könnte, als mir von Natur aus schon geschenkt wurde, es sei denn, ich hätte Schlauchboote bevorzugt. Hatte ich nicht.

Gerade hatte ich die Unterlippe am Wickel, als ich wieder etwas im Augenwinkel wahrnahm … eine Kontur? Groß und dunkel, hinter mir anscheinend an der Wand lehnend! Ich wirbelte erneut herum. Aber da war nichts, außer der grauen Fläche der massiven Steine und der großen, geschlossenen Eichentür.

Okay, Memo an mich. Das nächste Mal ein bisschen weniger trinken, wenn Tommy eine Party schmeißt, oder am nächsten Tag mit Papa keine gruscligen Burgen besuchen!

Das mulmige Gefühl erneut unterdrückend, drehte ich mich wieder zum Spiegel und … erstarrte …

Er verschwamm vor meinen ungläubigen Augen, wurde scheinbar zu Wasser, das sanft vor sich hin plätscherte und es ertönte das lieblichste Vogelgezwitscher, Blättergeraschel, ein Fluss … hohes, fröhliches Lachen …

Der Spiegel schien zu vibrieren und die Schwingungen gingen auf mich über, nisteten sich in meinem Bauch ein und ließen meinen Kopf leicht dröhnen. Bevor ich mich versah, hatte ich neugierig die Oberfläche berührt. Sie war nicht hart, sie war nicht glatt. Meine Finger glitten wie durch warme, geschmolzene Butter. Ein Luftzug erfasste meine Fingerspitzen auf der anderen Seite. Ich zog sie japsend zurück und drückte sie an meine Brust.

Das kann doch nicht …

Im nächsten Moment schwappte das ‚Wasser‘ auf mich über, ich wurde von einer unbekannten Macht regelrecht am Handgelenk gepackt und nach vorne gerissen … Ich fiel. Fiel geradewegs ins Bodenlose.

Mein Magen rebellierte, das Herz hüpfte in meinen Hals, alles an mir schien zu summen und zu vibrieren, so stark, als würde sich jede einzelne Zelle spalten, einfach auseinanderfallen.

Ich hatte Angst, mich in dem Strudel zu verlieren, denn ich spürte meinen Körper immer weniger … nur noch das kleine bisschen, was sich meine Seele nannte. Ein strahlender Fleck in tiefen Weiten, durch die ich in rasender Geschwindigkeit fiel. Und mit einem Mal setzten sich die Zellen wieder zusammen und ich stürzte mit einem lauten Platsch ins Wasser.

In wahres Wasser, nass und schockierend kalt.

Dann wurde alles schwarz.

2.

Stöhnend kam ich wieder zu mir.

Mein Kopf tat weh. Mein Körper auch. Juhu, er war also doch noch da …

Ich lag halb in kaltem Wasser, halb an einem steinigen Ufer.

Flatternd öffnete ich die Lider, nur um dabei vor Übelkeit fast umzukommen. *Okay, die Augen noch ein bisschen geschlossen lassen,* sagte ich mir selbst und befolgte den Befehl auch prompt.

Stattdessen konzentrierte ich mich auf meine Atmung. Ein und aus. Langsam. Bedächtig, immer durch die Nase. *Du willst schließlich nicht zur Kotzfontäne mutieren.* Eine Hand legte ich auf meinen Bauch. Er war auch komplett durchnässt. Genau wie der Rest von mir. Meine Beine wurden von etwas gekitzelt und jetzt musste ich die Augen doch öffnen. Um geradewegs in ein grünes, kleines Gesicht zu blicken, vervollständigt von winzigen schwarzen Zähnchen.

Ein Kreischen entkam mir. So ein typischer: *Da ist eine gigantische, haarige Spinne!* - Schrei. Ich war schneller auf Händen und Füßen, als ich »OH SCHEIßE!« denken konnte und krabbelte rückwärts vor dem widerwärtigen kleinen Monster davon. Es schien Kiemen zu haben und schlug frustriert mit der Faust auf einen Stein am Ufer ein, bevor es sich wieder ins Wasser sinken ließ und aus meinem Sichtfeld verschwand.

Okay. Ich träumte. Eindeutig.

Gut zu wissen.

Wahrscheinlich war ich bei der langweiligen Führung nicht gestorben, sondern eingeschlafen. War ja klar. Wie hätte ich das auch bei vollem Bewusstsein überstehen sollen?

Ein Blick über die weitere Landschaft bestätigte meine Gedanken: Ich befand mich an einem Seeausläufer, in dem sich eine Burg spiegelte, die über allem auf einem Berg aufragte. Um mich herum gab es nichts als weites, hügliges Land mit sattem, grünem Gras bedeckt. Dünner Nebel waberte über den Boden … Am Himmel zogen auch noch zwei blutrote Sonnen ihre Bahnen. Natürlich gingen sie gerade jetzt, in diesem Moment, hinter der riesigen Burg unter und tauchten die gesamte Ebene in ein rotes, mystisches Glühen, das den Nebel wie rauchiges Blut erscheinen ließ … Wunderschön …

Meine Fantasie gab sich in diesem Traum ja richtig Mühe! Wie nett … und gleich würde mein Märchenprinz auf seinem weißen Ross daherreiten und …

Ein hohes, nervenaufreibendes Kreischen ließ mich zusammenzucken. Es kam eindeutig von oben, und als ich sah, was es verursachte, verkrampfte sich mein Magen ruckartig.

»Oh verdammt, was zum Teufel ist das?« Etwas Stierartiges? Ein Adler? Eine Mischung? Mit leuchtend roten Augen, riesigen braunen Flügeln, deren Spitzen auch rot schimmerten, gelb-schwarzen Krallen und goldenen Hörnern auf dem Kopf. Das Gesicht eines Stieres, mit dem spitzen, tödlichen Schnabel eines Adlers.

Okay, Josi, jetzt ist es an der Zeit, aufzuwachen. Da ich zum luziden Träumen fähig war, also meine eigenen Träume steuern konnte und wusste, *dass* ich träumte, war ich bisher nicht wirklich in Panik geraten. Nur leider kam dieses Ding immer noch auf mich zugeflogen.

Und es hatte einen echt spitzen Schnabel – blutverschmiert; die Augen gierig auf mich gerichtet und eindeutig nicht mit der Absicht, mich fröhlich zu begrüßen.

Es war reiner Selbsterhaltungstrieb, der mich auf meine Beine zwang, als wäre ich eine Marionette an zwei Schnüren und dafür sorgte, dass ich mich in Bewegung setzte. Nur um im nächsten Moment gegen etwas Hartes zu prallen, mir die Nase anzuschlagen und erneut auf meinem Hintern zu landen.

Was zum ...?

Als ich mir die Nase hielt und wütend nach vorne blickte, war da allerdings nichts.

Das ziemlich nahe Kreischen und ein eiskalter Luftzug erinnerten mich daran, dass ich jetzt lieber mal endlich meinen Allerwertesten bewegen sollte und ich rappelte mich erneut auf. Um wieder gegen dieses steinharte Nichts zu stoßen. Dieses Mal fiel ich nicht um, aber dafür kamen mir die Tränen, weil es so sehr schmerzte.

So eine Scheiße!

Nach dem zweiten Mal schlauer, tastete ich mich mit ausgestreckten Händen vor und fühlte etwas Glattes. Es schien rund und dick. Dann hatte ich Platz für zwei weitere Schritte, bevor meine Hände wieder auf etwas Kühles stießen und ich mich auch daran vorbeitastete. Ein Blick über meine Schulter sagte mir, dass ich allerdings bei Weitem nicht schnell genug vorging, denn der Stiervogelverschnitt war nur noch einen Flügelschlag von mir entfernt. Aber im letzten Moment fühlte ich rechts und links etwas Hartes und schlüpfte hindurch, bevor der gelbe Schnabel mit der garantiert rasiermesserscharfen Spitze mich erwischen konnte.

Anscheinend gelang es diesem hässlichen Federding genauso wenig, das Hindernis zu passieren, wie mir, wenn ich etwas größer gewesen wäre.

»Ha!« *Strike!* Ich rannte, so schnell es in High Heels möglich war, weiter, wäre jedoch beinahe wieder gegen irgendetwas Unsichtbares gestoßen. Glücklicherweise rettete mich mein Stolpern. Klar, immer diese Stolperei, wenn man vor irgendwas davonläuft. Das war so typisch Hollywood. Ich war sicher, dass mein Unterbewusstsein diese spezielle Note meines aktuellen Albtraums aus einem verdammten Horrorfilm geklaut hatte.

Aber zu meiner riesigen Erleichterung ertastete ich unter meinen Händen runde, glatte Dinge, die sich ziemlich schwer anfühlten, als ich sie anhob. Steine? Egal! Das Vieh kam wieder angeflogen und ich griff den erstbesten Stein oder was auch immer das war, und feuerte es in seine Richtung.

Von wegen, Frauen können nicht werfen! Ich traf! Mit voller Wucht. Allerdings brachte es nicht recht viel. Außer dass der Megavogel mächtig sauer wurde und so wild mit den Flügeln schlug, dass meine Haare in mein Gesicht wehten und mir die Sicht raubten. Er kreischte ohrenbetäubend laut, dann machte er sich auf in den fröhlichen Sturzflug und ich wusste … ich war verloren. Ob Traum oder Nichttraum. Ich pinkelte mir fast ins Höschen, und mir blieb nichts anderes übrig, als mein Gesicht mit beiden Händen zu schützen.

Dennoch konnte ich nicht anders als zwischen meinen Fingern auf die Szene vor mir zu schauen, auch wenn es etwas Makabres an sich hatte. Doch bevor mich das Vieh zu Hackfleisch verarbeiten konnte, rammte es ein Blitz, der plötzlich an mir vorbeischoss. Der Vogel quiekte auf, während er zur Seite geschleudert wurde und ruderte wild mit seinen braunen, riesigen Flügeln, um sich zu fangen. Die goldenen Hörner auf seinem Kopf fingen den letzten Sonnenstrahl auf und reflektierten sich an der Klinge, des … *Mannes,* der in der Hocke vor mir landete und mich anblickte. Die Faust hatte er vor mir ins nasse Gras gerammt, in der anderen hielt er ein Schwert. Sein Arm war muskulös, sehnig, nackt …

Blitzende silberne Augen … mysteriös wie die Nacht. Entschlossen. Tödlich und hochkonzentriert.

Mir entkam ein Keuchen, als ich in sie sah.

Ein winzig kleines, wissendes Lächeln umspielte einen Mundwinkel. Dann drehte er sich bereits herum, hielt in sicheren Händen sein riesiges Schwert, das wirkte, wie aus einem einzigen Diamanten geschliffen und hieb mit einer Anmut, die nur ein wahrer Krieger besitzen kann und einer Zielsicherheit, die man nur in jahrelangem Training erlangt, nach dem wieder angreifenden Riesenvogel.

Wahnsinn ...

Das Stier-Adler-Federvieh flatterte wild, schwang sich nach oben, wich aus, hatte aber anscheinend nicht mit der enormen Sprungkraft seines Gegners gerechnet, der sich mit durchtrainierten Beinen abstützte und dann regelrecht auf das Tier zuschoss. Er landete auf dem federnen Rücken, breitbeinig, anmutig und hob die Klinge mit beiden Händen über seinen Kopf. Sie blitzte auf, dann spritzte heißes Blut direkt in mein Gesicht.

Ein angeekeltes Keuchen später und das riesige Vieh fiel mit einem wuchtigen Aufprall leblos vor mir ins Gras, dicht gefolgt von meinem Verteidiger, der von ihm herabsprang und sein riesiges Schwert lässig an dem Tier abstreifte, um das Blut zu entfernen und es dann zurück in die Scheide steckte.

Mir blieb nichts anderes übrig, als zu starren, denn ganz ehrlich: Ich war von Beruf Model. Hatte somit viel mit schönen Menschen zu tun. Wusste ihre Fassade daher durchaus zu schätzen. Aber der schönste Mann, den ich bis zu diesem Zeitpunkt gesehen hatte, war nichts gegen die Kampfmaschine, die mir gerade eben das Leben gerettet hatte.

Er war groß. Ich meine: *richtig* groß.

Er hatte Muskeln, ich meine: überall, wo sie sein sollten. Aber nicht zu viel.

Er trug ein komisches beiges, ärmelloses Shirt mit verschnürbarem V- Ausschnitt – es sah aus wie aus Leder – verboten eng, verboten sexy und so etwas wie eine gleichfarbige Lederhose, die keinen Reißverschluss besaß, sondern vorne sehr, sehr weit zu Schnüren war. Sie wirkte sehr ausgefüllt. Er war barfuß. Seine ungefähr fünf Zentimeter langen Haare standen zu allen Seiten ab und sie waren silbern.

Und sein Gesicht, bei Gott …

Im kantigen Kinn befand sich mittig ein Grübchen. Hohe Wangenknochen und gebräunte Haut, die fast illuminierend schien. Große Augen, volle Lippen, blassrosa, passend zum Rest. Sein Gesicht war weich, aber auch männlich und er grinste mich absolut spöttisch an. Wahrscheinlich, weil ich ihn mit offenem Mund anglotzte. Laut klappte ich diesen wieder zu. Oh verdammt! Vermutlich hatte ich noch nie einen Mann derart dämlich angestarrt. Schnell senkte ich den Blick und regte mich über mich selber auf. Was war nur los mit mir? Sonst war ich es doch, die die Typen reihenweise um den Verstand brachte, und dieses Exemplar brauchte nur ein bisschen vor meiner Nase rumhüpfen und einen auf Priest, Avatar oder was weiß ich was machen und ich verfiel ihm mit Haut und Haaren! War ich nicht mehr ganz dicht?

»Grins nicht so dämlich, wenn ich dich erschrecke, bleibt das sonst so!«, rief ich ihm also zu und stand auf.

Er legte den Kopf schief und checkte eindeutig von oben bis unten meinen Körper, während ich versuchte, meine zerzausten Haare aus dem Gesicht zu bekommen und meinen Rock nach unten zu zerren. Irgendwie erschien er mir viel zu kurz – unangemessen. Strahlend weiße Zähne und blitzende Augen sagten mir unmissverständlich, dass ihm gefiel, was er sah. Oh ja, mir auch, und? Was fiel diesem Kerl überhaupt ein, mich so offensichtlich abzuchecken? Das war *mein* verdammter Traum! Hier bestimmte ich die Regeln! Ich! Ich ganz allein!

Er trat einen Schritt auf mich zu. »Oh nein! Bleib wo du bist!« Er lachte leise und das war nicht gut! Gar nicht! Mir wurde heiß. Warnend hob ich die Hand. »Stopp! Bevor es zu spät ist! Du wärst nicht der Erste, dem ich in die Eier …! HEY!« Da hatte er schon meine Hand genommen und sie an seine Lippen geführt, während er sich leicht vor mir verbeugte und mir von unten durch seine unverschämt langen, schwarzen Wimpern unwiderstehlich sexy in die Augen sah.

Diese typisch ritterliche Geste brachte mich so aus der Fassung, dass ich einige Sekunden wieder nur starren konnte und erst recht, als sich sein linker Mundwinkel nach oben zog und er mit kultivierter, tiefer Stimme sagte:

»Es ist mir eine außerordentliche Ehre, so eine *klef kok ka Maeva,* wie Euch kennenzulernen …« Oh mein Gott, der war doch nicht etwa ein Gentle… »Allein der Anblick Eurer Kurven wird mir zahllose schlaflose Nächte bescheren, und meine Gedanken werden nur noch um die Frage kreisen, wie sich dieser überaus appetitliche Mund wohl auf meinem Schwanz anfühlt. So einen Mund habe ich noch nie gesehen.«

Okay. Eindeutig *kein* Gentlemen!

Gottseidank! Fast wäre ich ihm komplett verfallen!

Jetzt entriss ich ihm allerdings meine Hand, denn ich fühlte immer noch das leichte Brennen, das seine Lippen auf meiner Haut hinterlassen hatten.

»Was bitte heißt Fraeva kacka? Hast du gerade mentalen Dünnpfiff, oder was?«

Er gluckste amüsiert.

»Es heißt: kostbar wie ein Diamant«, informierte er mich höflich, aber immer noch spöttisch amüsiert über die Wut, die hoffentlich sehr furchteinflößend in meinen Augen loderte.

»Wie auch immer! Ich will jetzt aufwachen!« Ich drehte mich von ihm weg und blickte in den Himmel, der nun wolkenverhangen nichts als eine dunkle, graue Fläche bot. »Hast du gehört? Du dämliches einfältiges Unterbewusstsein?! Ich will jetzt wieder aufwachen, und dann muss ich mir ernsthaft überlegen, mich in Therapie zu begeben, wenn ich mir vorstelle, dass mein Traumprinz *so* ist! Also echt …«

»Genau genommen, bin ich keineswegs ein Prinz …« Er wollte sich von der Seite in mein Blickfeld drängen, aber ich hob eine Hand und schob ihn an der breiten Brust weg. Oder wollte es zumindest. Meine Handfläche wurde sofort heiß, als hätte ich sie auf einen Hot Stone gelegt, und ich zog sie zurück.

»Und wenn du Michael Jackson wärst, ist es mir egal!«

»Dein Ton gefällt mir nicht.« Mit einem Mal klang er alles andere als amüsiert, und irgendetwas in seinem düsteren Tonfall brachte mich dazu, den Blick zu heben und dann fast rückwärts umzukippen.

Wie konnte ein einziger Mensch nur so eine Macht ausstrahlen und so absolut arrogant auf mich herabschauen, so als wäre ich ein niederer Gnom, ein Zwerg, eine Warze auf der Nase des Zwerges … oder die Warze auf der Warze … ach egal.

»Ach?«, brachte ich jedoch spöttisch hervor, gewöhnt, mit solcher Arroganz umzugehen. Marc – mein Freund/Liebhaber/Dildoersatz – war nicht anders. »Wirklich? Dann warte doch auf den nächsten Bus! Vielleicht interessiert darin jemanden, was dir gefällt und was nicht!«

Und dann fühlte ich nur noch etwas Hartes im Rücken und die Luft verließ ruckartig meine Lungen. Er hielt mich an der Schulter gegen das unsichtbare Etwas gedrückt, sein Blick lag drohend auf mir. Die Stimme klang ruhig, aber leicht heiser, als er mir in die Augen sah: »*Du,* kleine *Maeva,* hast keine Ahnung, mit wem du es zu tun hast …«

»Ich bin nicht klein, lass mich … *uh …!*« Mit einem Mal hatte er seinen Unterkörper an mich gedrückt, eine wahnsinnig dominante sowie erotische Machtdemonstration, die mir tatsächlich die Sprache verschlug, während heiße Blitze meine Wut ablösten, die von meinem Intimbereich ausgingen. »Du wirst mit mir kommen und ich werde dir beibringen, wie du dich mir gegenüber zu verhalten hast.« Ich wollte gerade ansetzen, ihm heftigst zu widersprechen, da glühten seine Augen dunkel auf. »Beim *Epos*! Wage es noch ein Wort gegen mich zu richten und ich werde dich hier an diesem Baum ficken, ob du willst oder nicht!«

Ich glaube, mein Mund war noch niemals in meinem Leben so schnell zugeklappt wie gerade eben, und meine Augen noch niemals so kurz davor gewesen, aus ihren Höhlen zu fallen …

Ach und von meinem Intimbereich muss ich jetzt gar nicht anfangen, oder? Auf jeden Fall hatten mich noch niemals nur ein paar Worte so sehr erregt wie diese und *gleichzeitig* meinen Kampfgeist herausgefordert. Irgendwas in seinem Blick sagte mir, dass er es ernst meinte und dass ich es viel zu sehr genießen würde, wenn dieser männliche, riesige Kriegerkörper sich das nahm, was er wollte. Alles, was ich noch rausbekam, war ein herzhaftes: »Hmpf!«, was ihn schon wieder leise zum Lachen brachte.

»Du bist wirklich *süß* … wie eine Bumbeere, aber auch giftig wie ein Flosch, nicht wahr?« Gott … was hatte der Kerl nur für Drogen genommen? Oder war das eine neue Art von Sprachfehler, die er an den Tag legte? Ghettoslang? Ein Dialekt? Keine Ahnung! Er presste sich immer noch an mich, was meiner Denkfähigkeit nicht wirklich auf die Sprünge half.

Stattdessen hob ich mein Knie und übte ruckartigen, heftigen Druck auf den mehr als harten Unterkörper aus, der mich gerade eben noch festgehalten hatte.

Darauf nicht vorbereitet, taumelte er tatsächlich mit schmerzverzerrtem Gesicht einen Schritt zurück, fiel aber nicht, wie sonst in Filmen üblich, auf die Knie. Doch ich konnte auf jeden Fall von ihm wegflutschen, drehte mich um und rannte … rannte was das Zeug hielt, trotz meiner Schuhe, die ich langsam hasste, ohne zurückzublicken … Geradewegs gegen etwas Hartes, und das mit so einer Wucht, dass mir schwarz vor Augen wurde. Das Letzte, was ich hörte, war ein amüsiertes Glucksen …

Na super … wie konnte ich diese Geisterdinger auch vergessen?!

3.

Ich hing kopfüber. Unter mir holperte es in einem angenehmen trägen Rhythmus, und als ich die Augen öffnete, merkte ich, dass ich bäuchlings in luftigen Höhen baumelte. Auf meinem Rücken lag locker eine Hand und presste mich hinunter, sobald ich mich stöhnend etwas aufrichten wollte.

»Nicht bewegen, Maeva …« Oh Mann, der Kerl war ja immer noch da und ich träumte immer noch und er dachte immer noch, er könne mir sagen, was ich zu tun hatte.

»Von dir lass ich mir gar nichts…! AU!« Er hatte mir auf den Hintern gehauen. »Das hast du jetzt nicht wirklich getan! Ich glaub's ja nicht! Was erlaubst du dir, denkst wohl du bist der neue Fifty shades … du, du blöder, blöder … *Bastard*!« Sein Griff wurde unerbittlich und er schnalzte ein paar Mal mit der Zunge, seine Oberschenkel spannten sich an, dann bewegten wir uns nicht mehr.

»Tem Lek na Dorras!« Es hörte sich so an, als würde er schimpfen, doch ich verstand wieder mal kein Wort, zumindest bis er in meine Sprache wechselte. »Willst du runterfallen und dir das Genick brechen? Halt still, sonst musst du zu Fuß gehen!«

»Dann gehe ich eben zu Fuß! Gern!«, schrie ich atemlos, weil mein Bauch so zusammengedrückt wurde.

»Wie du willst!« Schon hatte er die Hand von meinem Rücken genommen, und ich rutschte mit den Beinen voran hinab. Und zwar mit einem erschreckten Kreischen, denn der Erdboden kam einfach nicht in Reichweite. Hätte er nicht blitzschnell nach meinem Handgelenk gegriffen und mich mit einem Ruck aufgefangen, wäre ich in ungeahnte Tiefen gefallen.

Mit ausdruckslosem Gesicht band er ein Seil um meine Handgelenke, hielt mich dabei locker in luftiger Höhe. Dann beugte er sich sehr weit herab, um mich sicher auf den Boden zu befördern. Erst als ich stand –gefesselt und von ihm an einem Seil gehalten – merkte ich, worauf er ritt.

Das war kein Pferd. Also kein normales. Es hatte übermäßig viele Muskeln, die sich unter rosenrotem, glänzendem Fell bewegten. Einen schneeweißen Schweif, sowie eine weiße Punkerfrisur, kein Zaumzeug und riesige strahlend weiße Hufe, die sicherlich mein gesamtes Gesicht zermalmen konnten. Auf ihm hatten bestimmt drei Personen Platz, so riesig, wie es war. Mir blieb der Atem weg, und ich begab mich ein paar Schritte in Sicherheit, als es nervös schnaubend tänzelte. Doch der Reiter dieses imposanten Tieres zog an dem Seil und mich somit mit einem Ruck wieder vorwärts.

»Beweg dich! Wir müssen uns beeilen.« Stirnrunzelnd fragte ich mich, wieso, ahnte aber, dass es vielleicht etwas mit unserer Umgebung zu tun haben könnte.

Von dem Anblick viel zu abgelenkt, ließ ich es geschehen, dass dieser arrogante Kerl mich weiterzerrte und dieses seltsame Pferd antrieb, denn wir befanden uns eindeutig in einem Wald. Einem Wald aus Bäumen, die aussahen, als wären sie aus Glas. In ihnen verliefen neonfarbige ‚Venen‘.

»Man sieht sie nur, wenn die Monde scheinen … Hier hängt vieles vom Mondschein ab. Deswegen auch Lunare Zone.« Er sprach mit mir, ohne mich anzusehen, und erklärte mir nebenbei, was das vorhin wohl für Dinger gewesen waren, mit denen meine Nase unliebsame Bekanntschaft gemacht hatte. Mein Blick glitt nach oben und tatsächlich, dort waren sie: Zwei Monde. Rund und gelb. Einer etwas größer als der andere.

In meinen Heels knickte ich um und musste mich wieder auf den Boden konzentrieren. Wir gingen einen breiten Kiesweg entlang, dessen Kieselsteine genau wie die Bäume leuchteten. Er führte verschlängelt hinauf zur Burg und war auch nur jetzt sichtbar.

Gott. Wo war ich hier nur gelandet? Das konnte doch unmöglich noch ein Traum sein! Und vor allem nicht so intensiv. Ich fühlte den lauen Wind, der mit meinen Haaren spielte und unter meinen Rock fuhr. Roch die klare Luft nach sattem, frisch gemähtem Gras und etwas unsagbar Süßem, das ich nicht benennen konnte. Hörte um mich herum das Zirpen der Grillen, den Ruf einer Eule, der sich aber anhörte, als würde sie Schluckauf haben.

Das Letzte, an das ich mich erinnerte, waren Spiegel … war ich nicht … in so ein Ding gezogen worden? War ich nicht gefallen und durchnässt am Ufer eines Sees aufgewacht, in dem sich die Burg spiegelte, auf der ich davor gewesen war?

Mein Kopf schmerzte, aber ich dachte weiter nach.

Und davor … Davor hatte ich doch etwas hinter mir gesehen, einen riesigen, männlichen Schatten …

»Du warst es!« Bestimmt blieb ich stehen, sodass sich das Seil zwischen uns straffte.

»Wie bitte?«, fragte er vermeintlich höflich und lenkte das Riesenross etwas seitlich, um dann gewohnt überheblich und arrogant auf mich herabzublicken. Dieser Krieger auf seinem Pferd war wirklich ein erinnerungswürdiger Anblick.

»Du warst hinter mir! Als ich vor den Spiegeln stand.« Mein Zeigefinger zeigte starr in die Richtung des belustigten Angeklagten.

»Ja, du hast wirklich zu niedlich gewirkt … so verwirrt und neugierig …«

»Wie hast du mich gesehen?«

»Ich habe am See Rast gemacht und etwas von dem heiligen Wasser getrunken. Das darf übrigens nur ich, nicht dass du auch einmal auf die Idee kommst … Wenn du es trinkst, bekommst du faule Zähne und Warzen … Nehme ich es hingegen zu mir, kann ich sehen, was in jeder einzelnen lebenden Welt dieses Universums passiert oder noch geschehen wird. Ich habe dich gesehen, wie eine Spiegelung im Wasser, als würdest du neben mir stehen, und du hast nach meiner Hand gegriffen. Es war für mich selbstverständlich, sie zu nehmen. So, als würde genau dort dein Platz sein, an meiner Seite, als müsse ich dich beschützen ... Du hast mich angelächelt und mich angesehen, nicht nur auf mein Äußeres, sondern direkt in meine Seele. Und ich habe auch in deine gesehen ... Und dann wusste ich es.« Er zuckte mit den breiten Schultern. »Ich wusste, dass du zu mir gehörst, und habe dich geholt.« Was er sagte, machte mir Angst, aber nicht nur das ... irgendwie breitete sich ein warmes Gefühl in meinem Bauch aus ... Aber trotzdem verstand ich nur die Hälfte.

»D ... Du hast mich geholt? Woher?«

Er verdrehte die Augen und schien leicht gereizt. »Na, durch das Portal. Wenn du dich direkt davorstellst, wie ein schönes Geschenk, musst du damit rechnen, von irgendwem auch geschnappt zu werden. Also bitte ...«

Portal? »Oh mein Gott. Du hast wohl zu viel Star Gate geguckt«, entkam mir ziemlich trocken.

Er verengte die Augen. »Ich verstehe nicht«, gab er misstrauisch zu, so als wäre er es nicht gewöhnt, über irgendwas nicht Bescheid zu wissen.

Resigniert winkte ich ab. Irgendwas war an dem Kerl schräg, und zwar so gut wie alles, wenn ich genauer darüber nachdachte. Er redete inzwischen fröhlich weiter.

»Aber deine Sprache habe ich auch nicht verstanden. Zumindest, bis du den ersten Satz gesagt hast, dann konnte ich sie ja – zum Glück lerne ich jede Sprache sofort, sobald ich ein paar Worte von dieser höre. Aber du scheinst unsere immer noch nicht zu verstehen … Ganz schön langsam, diese Menschen.« Bedauernd schüttelt er den Kopf.

»Diese Menschen?« Nur schwer konnte ich meine Verwirrung unterdrücken, die mit jedem Satz größer wurde.

Er schnaubte. »Ja, Menschen. Oder willst du etwa abstreiten, einer zu sein? Mit all ihren guten und schlechten Eigenschaften und ihrem minderen Intellekt!« Diese Frage klang wie eine Drohung. Als würde großes Unheil über mich kommen, wenn ich sie falsch beantwortete. Mir stellten sich die Nackenhaare auf. Stumm verneinte ich.

»Na also.«

Dann fiel es mir erst auf. »Minderer Intellekt? Willst du also sagen, dass ich dumm bin?«

Er schien über diese Aussage wirklich ernsthaft nachzudenken, der Bastard. »Na ja. Dumm würde ich es nicht nennen … Euer Horizont reicht aber nur soweit, wie ihr sehen könnt. Alles, was für euch unsichtbar und nicht sofort fassbar ist, existiert nicht.« Ich plusterte die Wangen auf, aber er zählte weiter an langen Fingern ab. »Ihr lebt in selbst auferlegten Fesseln. Geistig wie körperlich. Ich meine, wie viel Prozent eures ehrwürdigen Denkvermögens nutzt ihr? Nur ein Bruchteil, und manche wahrscheinlich nicht einmal das! Selbst nach Jahrtausenden ist es euch nicht gelungen, euer geistiges Potential voll auszuschöpfen, so wie wir. Auch eure körperlichen Fähigkeiten lasst ihr kläglich verkümmern ...«

»Wie wir? Zum Arsch, was meinst du damit?« Sein Gelaber verwirrte mich immer mehr und machte mich noch wütender.

Er lachte. Heiser. Erregend.

»Das wirst du schon noch sehen.« Daraufhin zog er an dem Seil. »Komm jetzt, oder willst du, dass ich dich hier alleine lasse?« Die Monde wurde in dem Moment von dunklen Wolken verdeckt. Die Augen meines Begleiters leuchteten auf, silber, aber ansonsten verblassten sofort die Glasbäume um mich herum und wurden wieder unsichtbar. Auch der Weg war nicht mehr zu erkennen. Der Wind frischte deutlich auf und mich fröstelte es, weil ich nach wie vor feucht bis auf die Knochen war.

Okay ... Selbst wenn das hier ein Traum war ... was ich leider nicht mehr so wirklich schaffte mir einzureden, wäre es selten dämlich, hier allein zurückzubleiben. Ich fühlte die Gefahr überall, als würde sie nach mir greifen wollen, und dieser Typ auf seinem Monsterpferd schien das zu wissen, auch wenn ich mir sicher war, dass er mit klarkommen würde.

Deswegen schüttelte ich schweigend den Kopf und setzte mich wieder in Bewegung. Schon nach ein paar Schritten knickte ich wieder um, und meine Muskeln rebellierten schwer, sobald wir anfingen, den Berg zu erklimmen, auf dem sich die Burg befand. Die Fenster waren bunt erleuchtet und Wärme ausstrahlend.

Aber ich würde den Teufel tun und ihn fragen, ob er mich wieder aufs Pferd nahm, das er so ganz ohne Sattel und Zügel, anscheinend nur mit Worten und leisen Befehlen ritt. Die Hände lagen dabei locker auf seinen Schenkeln. Zumindest die Rechte. Die Linke berührte den Griff seines Schwertes.

Wie hatte er all das nur gemeint? Von wegen, dass er mich neben sich gesehen hatte und dass er nun wusste, dass wir zusammengehörten? So was Schnulziges kannte ich sonst nur von klettigen Frauen!

War ich durch den Spiegel direkt in diesen heiligen See gefallen? Aus unserer Welt direkt in seine? Er hatte ja gesagt, der Spiegel sei ein Portal. Scheiße! Wenn das stimmte, dann steckte ich in wahren Schwierigkeiten! Das war einfach nur unmöglich!

Aber, was hatte er noch gesagt? Dass die Menschen nur soweit sehen, wie der Horizont reicht? Was, wenn ich meine Sicht ein wenig öffnen musste, um das hier zu verstehen?

Okay, dann war ich vielleicht in einer anderen Welt. In einer Welt, in der Stieradler herumflogen, es durchsichtige, nur bei Mond sichtbare Bäume aus Glas gab, und in der so unsagbar anziehende Kampfmaschinen existierten wie er.

Nur, *was* war er?

Und vor allem: Wie kam ich wieder zurück?

Unverhofft und ungewollt fiel es mir wie Schuppen von den Augen.

Ich erinnerte mich an die raue Stimme des Privatdetektivs, hörte sogar noch den starken Regen, der gegen die Scheiben des Wohnzimmerfensters prasselte, als er vor einer kleinen Ewigkeit erzählt hatte:

»Hier wurden Sir Raymond Hell Senior mit seiner Enkelin Seraphina das letzte Mal gesehen.« Er tippte auf eine Karte, die er vor Papa und sich ausgebreitet hatte. »Sie kauften sich ein Billet für eine Burgführung des Schlosses in Mníšek, Brn. Sie und acht andere Besucher stiegen hinauf in den Turm. Doch sie kamen nie wieder runter …« Im Kamin knackte das Holz, wir hatten keine Zentralheizung, mein Vater war kein Fan von so etwas Modernem, aber vor allem wollte er immer und überall Geld sparen. Ich ging hinüber, um das Feuer zu schüren, vor allem deswegen, weil ich mein Augenrollen vor Papa und seinem Detektiv verstecken wollte. Diese kleine Gruselgeschichte war ja ganz nett, kam jedoch meinen Vater auch teuer zu stehen! Der Erzähler fantasierte indessen weiter: »Sir Hell. Sie sagten doch, Ihr Vater sei Forscher für die Regierung gewesen … Kann es sein, dass er sich vor irgendwas oder irgendwem in Sicherheit gebracht hat? Dass er freiwillig verschwand und Ihre Tochter mitnahm, aus welchen Gründen auch immer?«

Was, wenn die Spiegel *danach* abgehängt und in den Keller gebracht worden waren?

Was, wenn sich Opa wirklich in Sicherheit gebracht hatte? Aber nicht in eine andere Stadt, ein anderes Land oder einen anderen Kontinent, sondern gleich in eine *andere Welt*? Hatte er nicht an Wurmlöchern geforscht?

Bei Gott!

Was, wenn Seraphina, meine kleine Schwester, seit Jahren in dieser Welt leben musste?

Was, wenn sie hier war? Ganz in meiner Nähe?

CUT!

Danksagung

So ... hiermit wisst ihr schon mal auf was ihr euch beim nächsten Teil ungefähr einlasst.

Jetzt, kurz und schmerzlos:

Danke Anke!

Danke Bella!

Danke Babels!

Danke Mandy!

Danke A.P.P. Verlag!

DANKE MEINE LESER!

Ich liebe euch!

Eure Bethy